サーカス・ホテルへようこそ！

ベッツィー・ハウイー
目黒 条［訳］

ハリネズミの本箱

早川書房

サーカス・ホテルへようこそ！

WELCOME TO THE CIRCUS HOTEL,
HOLLYWOOD DIVECCHIO!
by
Betsy Howie

Translated by
Jo Meguro
First published 2002 in Japan by
Hayakawa Publishing, Inc.
This book is published in Japan by
arrangement with
Elaine Markson Agency
through Owl's Agency, Inc.

さし絵：小竹信節

登場人物《とうじょうじんぶつ》

ハリウッド・ディベッキオ……主人公《しゅじんこう》
キティ・ディベッキオ……ハリウッドのお母《かあ》さん
ロベルト・ディベッキオ（ポッピー）……ハリウッドのおじいさん
ロドニフィコ……「サーカス・ホテル」の団長《だんちょう》
ティンボ……力持ち
ルイーザ……オルガン弾《ひ》き
ソーリー……道化《どうけ》
ウタとグレタ……ふたごの曲芸師《きょくげいし》
ザジャとゼナ……皿回《さらまわ》しのコンビ
ジャック……猛獣《もうじゅう》使い
ボーリガード・C・ウィラモット（ボー）……見習《みなら》いの猛獣《もうじゅう》使い
チューイー……シェフ
ドミニク・ジェネロ……伝説《でんせつ》の空中アクロバット師《し》
アグネス・セント・ロイ……ハリウッドの知りあいのおばあさん
シドとバート……宅地開発業者《たくちかいはつぎょうしゃ》
フローレンス……ソーシャルワーカー

第一章

~~シカゴの少女の大失敗《だいしっぱい》、みんなの笑《わら》いものになる~~
~~シカゴの少女が経験《けいけん》した史上最悪《しじょうさいあく》の日~~

黒い髪《かみ》に黒い目の女の子が一人、ぼろぼろのノートの上にかがみこんでなにか書いていた。鉛筆《えんぴつ》には歯《は》で噛んだあとがついている。太陽がさんさんとふり注《そそ》ぎ、気持ちのいいそよ風が吹《ふ》いているのに、女の子はそんなことは関係《かんけい》ないといったようすだ。公園のベンチにすわったその子は、さわやかな五月の日を、ただひたすらガリガリ書いて過《す》ごしていた。

ハリウッド・ディベッキオという少女――十二歳《さい》の負《ま》け犬《いぬ》の肖像《しょうぞう》

ハリウッドはノートのページをむしりとり、それを破《やぶ》こうとしたが、途中《とちゅう》でやめた。やっぱりとっておこう、と思ったのだ。これを使えば、ギネスブックに「地球上でいちばんかわいそうな人」として名前がのるかもしれない。ハリウッドはその紙を折《お》りたたみ、ノートのうしろのほうにはさみこんだ。リンカーン中学の学校新聞《しんぶん》の記者《きしゃ》、ハリウッド・ディベッキオは、うつむいてノートの新しいページを見つめ、また書きはじめた。

臆病者《おくびょうもの》のシカゴの少女は大《おお》バカ

(シカゴ発《はつ》AP電《でん》) 今日、シカゴ北部《ほくぶ》のリンカーン小学校の校庭《こうてい》で、十二歳のハリウッド・ディベッキオが、雲梯《うんてい》の前で尻込《しりご》みしてしまった。そばでブランコに乗っていた目撃者《もくげきしゃ》によれば、ディベッキオは「ぜったいやる」と約束《やくそく》したという。しかし彼女はやらなかった。「ぜったいやる」というのは、なんのことかというと、うんていにのぼって上に立ち、棒《ぼう》の上をわたって歩いていくことだ。金属《きんぞく》の棒は、とても細くて滑《すべ》りやすく、もし足を踏《ふ》みはずしたら二・五メートル

（三メートルぐらいかもしれない）下の地面に落ちて、まちがいなく死ぬだろう。「綱渡《つなわた》り」（リンカーン中学の七年生と八年生のあいだではおなじみだ）は、ＫＪ会のメンバーになるためにはぜったいにやらなければいけないことだ。ＫＪ会とは、えらそうな態度《たいど》の、最高《さいこう》にいやなやつ、モリー・ブラウン率《ひき》いる「カッコいい女子の会《Ｋ Ｊ》」というグループのことである。

ディベッキオにとって、わりといい一年が、もう終わろうとしていた。六年生のとき、ディベッキオは「変《へん》なオタク」と言われていたが、七年生で変身した。おかしな癖《くせ》を直して、七年生では初《はつ》の、リンカーン中学校新聞の編集長《へんしゅうちょう》になったのだ。彼女はだんだん人気者《にんきもの》になっていった。しかし、それも今日までだった。

ディベッキオはうんていの、下から二段目までのぼったところで、動けなくなってしまった。それ以上のぼることも、そこからおりることもできなくなってしまったのだ。その後のことを、目撃者は次のように語った。「あの子はずっと変な子だったし臆病者だったよ。変身《へんしん》したようなふりをしてるけど、あんなの嘘に決まってる。だからわたしたちはあの子のことさんざん笑《わら》いものにして、指さして、からかってやった。なんでそんなことしたかっていうと、わたしたちって、人生《じんせい》のことなんかなにひとつわかってないガキで、大人になってもまともな人になんかぜったいなれっこないクズだから」

ハリウッドは書く手をとめた。そして最後の部分《ぶぶん》をもう一度読んで、一人でクスクス笑《わら》った。すると気分《きぶん》がすっきりした。でも、これで話が終わりではないことを思いだして、また書きはじめた。

そこで話が終わりかと思ったら大《おお》まちがい。まだある。最悪《さいあく》なのはここからだ。ディベッキオはようやく、なんとかうんていからおりると、ものも言わずにそこから逃げだした。生意気《なまいき》なブラウン（モリーのこと）がこうさけぶのが耳に入った。「ディベッキオ、あんたはKJ会のミーティングに出られないんだから、明日の午後はヒマになったんだよ！」あとはもう、彼女の耳にはみんなの笑《わら》い声《ごえ》しか聞こえてこなかった。

「ひどい一日だった」ディベッキオは口に出して言いながら書いた。**「本当にひどい一日だった」**

校庭《こうてい》から逃げだして、ディベッキオは親友《しんゆう》のサディの家に向かった……

ハリウッドは腕時計《うでどけい》を見た。あんまり早く帰ってアパートの部屋で一人じっとしているのもい

やだったが、かといってあんまり遅《おそ》く帰って、くだらないことをあれこれきかれるのもいやだった。まだ四時だ。あと一時間してもお母《かあ》さんは帰らないだろう。ハリウッドは上を向いた。なんだか首が痛《いた》い。そういえば、のどもガラガラしている感じだ。ハリウッドはバックパックをひざの上に置《お》いた。そして、公園《こうえん》をさっと見渡《みわた》し、他に誰《だれ》もいないことを確《たし》かめてから、バックパックを開けて一冊の重たい本を取り出した。それは「健康大百科《けんこうだいひゃっか》」という本だった。パッとひらくと、症状《しょうじょう》から病気の名前がひける便利《べんり》な見出《みだ》しが出てくるようになっていた。

しかし、病気を調《しら》べるより前に、スケートボードに乗った学校の男の子たちがハリウッドのほうにやってきた。ハリウッドは本をバタンと閉じ、バックパックの中に突《つ》っこんだ。そしてノートをめくってなにも書いていないページを開いた。今年になってからは、もう誰もハリウッドのことを「シカゴのホープ」などと言わなくなっていた。ここで「病気オタク」というレッテルをはられて、また元《もと》に戻《もど》ったら最悪《さいあく》だ。

「おう、ディベッキオ！」と手を振《ふ》ってさけびながら、男の子たちの一団《いちだん》はそばを滑《すべ》りぬけていった。ハリウッドもにっこりして手を振りかえした。でも、どうせもうすぐモリー・ブラウンが「ハリウッドがヘンになった」なんて言いふらすんだろう。そして男の子たちも、指さしたり笑《わら》ったりするようになるんだろう。ハリウッドはノートをめくって、さっきのページをまた開いた。

ディベッキオがサディ・ロバーツの家に着くと、サディはお母さんといっしょにテニスシューズを買いに出かけていて留守《るす》だった（サディはまた新しい靴《くつ》を欲《ほ》しがっていたのだ）。親友《しんゆう》サディの弟《おとうと》、ブライアンが居間《いま》でシカゴ・カブスの試合《しあい》を観《み》ていた。ディベッキオはブライアンに誘《さそ》われて（記者《きしゃ》は「誘われて」というところを特に言いたいのだが）いっしょにそれを観《み》た。

「いつもやってることなんです」とディベッキオは言った。「五年生のころから、サディの家に入りびたってました。サディの両親《りょうしん》はわたしのことをとても気に入ってくれて、いつでも好《す》きなときに遊びに来ていいよと言ってくれたんです。それに、サディは野球《やきゅう》が嫌《きら》いなので、もしわたしがいっしょに観てあげなかったら、ブライアンが一人ぼっちで観ることになっちゃうでしょう。だからつきあってあげたんです」

ディベッキオはサディの家にやってきては、サディの部屋を片づけたり、サディのお母さんの夕食作りや、いとこの子守《こもり》を手伝ったりした。親友のサディがいようがいまいが、ディベッキオはいつも一日中家に入りびたっていた。

「誰《だれ》にも迷惑《めいわく》はかけてなかったし」とディベッキオは言った。「そこまでは、たいしたことじゃなかったんです。サディが家に帰ってくるまでは（彼女は七足目のナイキを買って帰ってきました……行く前に靴箱《くつばこ》の中を見てみればよかったのに）。ともかく、お母さんと言い争《あらそ》いをしながら帰ってきて、わたしを見るなり、突然怒《とつぜんいか》りくるったんです！」

「まあ、すごい！」とサディは言った。「完璧《かんぺき》なお方《かた》がここにいらっしゃるわ。驚《おどろ》いたわね！」

「サディ！」お母さんはするどい声で叱《しか》った。

「ハリウッド・ディベッキオ！」サディがさけんだ。「ここにいるのはあなたの家族《かぞく》じゃないのよ！　うちにノコノコやってきて、わたしの『良《よ》い子バージョン』をやるのはやめてよ！　ここはわたしのうちなのよ！　自分の家族と遊んでよ！」


　ハリウッドはノートを閉《と》じた。だめだ、なんの役にもたたない。ふだんなら、いやな出来事《できごと》を新聞記事《しんぶんきじ》にすることによって、愉快《ゆかい》になったり、いくらかましな気分になったりするのだが、今回はちっとも気が晴《は》れなかった。

　ハリウッドは自分の持ち物をバックパックに入れて、公園《こうえん》の出口のほうに歩いていった。足をひきずって歩道《ほどう》を歩いていき、青信号《あおしんごう》を二回やりすごしてから、のろのろと横断《おうだん》歩道を渡《わた》った。急いで家に帰りたくもなかったし、かといって一人で外にいたいわけでもなかった。

　やっと家まで着くと、アパートは暗《くら》くてしーんとしていた。ハリウッドは時計を見た。五時だ。道ばたに突《つ》ったったまま、家に入るのはやめようかと考えた。このまま歩きつづけながら、十五分ごとに振りかえって家の明かりがついているかどうかを見ればいい。ハリウッドは、誰もいない家に帰るということがとてもいやだった。おそろしい暗闇《くらやみ》の中で鍵《かぎ》がカチャッと開く音には、まったくぞっとする。玄関《げんかん》の明かりのスイッチを入れて、台所《だいどころ》のラジオをつけるまでに二、三秒しかかからなかったけれど、そのあいだに一人ぼっちのさびしさが押《お》しよせてきて、二、三秒がとても長く感じられた。あの感じから逃《に》げるためだったら、どんなことでもするだろう。

歩道から、ハリウッドは自分の住んでいる一階建《かいだ》てのアパートの、暗い窓《まど》をじっと見つめた。

少女が孤独《こどく》によって自然発火《しぜんはっか》、燃《も》えつきる関係者《かんけいしゃ》も首をひねる

ハリウッドは今きた道を振《ふ》りかえり、そして先につづく道を眺《なが》めた。このまま歩きつづけてどこかへ行こうかと思ったが、行き先を考えつかなかった。ひどくいやな気分で、足もつかれていたし、それに、なぜ首が痛《いた》くてのどがガラガラしているのか、その原因《げんいん》もまだ調《しら》べていなかった。だからとにかく、思いきって家の中に入ろう、と心に決めた。そうして、首の痛みとのどのガラガラがなぜ起こったか、家の中でじっくり調べてみよう。自分が新しい病気を発見《はっけん》するのではないかと考えると、少し胸《むね》がおどった。ハリウッドは鍵《かぎ》を取りだして、カチャッという音が聞こえないように「ジングル・ベル」を歌いながらドアを開《あ》けた。

お母《かあ》さんが鍵《かぎ》を開ける音がしたのは、ほとんど七時近くなったころだった。

「ハリウッド？」パニック状態《じょうたい》になったお母さんの声が聞こえた。

ハリウッドは台所《だいどころ》のテーブルの前にすわって、廊下《ろうか》をとおってお母さんが現《あらわ》れるのを待っていた。そして声を出さずに口だけ動かして「ここよ、お母さん」と言った。

「ハリウッド?!」お母さんの靴《くつ》のかかとが、堅《かた》い木の床《ゆか》の上でコッコッいう音がした。

「なあに？」とハリウッドは口を動かしたが、声は出さなかった。「ほら、わたしはここで、台所の椅子《いす》にすわって、熱帯《ねったい》の伝染《でんせん》病に苦しんでいるの。それは発音《はつおん》もできないようなむずかしい名前の、コンゴの奥地《おくち》の水中にいるツェツェバエからしかうつらない病気で、どうしてわたしがかかったのか説明《せつめい》がつかないんだよ。それでもお母さん平気《へいき》なの？　時間どおりに家に帰ってきてもくれないなんて」

そんな生意気《なまいき》なセリフを、ハリウッドはこぶしを握《にぎ》りしめながら、声を出さず口だけ動かして言っていた。お母さんの影《かげ》が、台所に通じる廊下に現れた。

「なんてこと、ハリウッド！　返事をしないなんて。どこにいるかわからなかったじゃないの」

「いい気持ちはしないでしょ？」今度は大声《おおごえ》を出したが、逆《ぎゃく》に口のほうがあまりよく動かなかった。猛烈《もうれつ》に怒《おこ》っていたのだ。

「ごめんなさい。でもね、乗《の》ってた電車《でんしゃ》がとまっちゃったのよ。だから電話《でんわ》もできなかったの。病気の人が出たかなにかで、線路《せんろ》で立ち往生《おうじょう》して……」

ハリウッドはだんだんと近づいてくるお母さんの影《かげ》をじっと見つめた。お母さんは、ハリウッドがなにをするつもりなのかと、びくびくしているようだった。

ハリウッドは首を振《ふ》り、「なにもかもまちがってる」とつぶやいた。

「えっ、なあに？」お母さんの声が少しとげとげしくなった。

ハリウッドはまたもや返事《へんじ》をしなかった。ただじっとすわったまま、この家にはわたしを気にかけてくれる人がいない、と考えていた。なにごともなく無事《ぶじ》に過《す》ごすには家族《かぞく》の数《かず》が足《た》りない。家族というのはおたがいを守ることになっているはずだが、ハリウッドとお母さん二人きりでは、家族というには人数《にんずう》が少なすぎるのだった。これでは、いざというときに当《あ》てにならない。

お母さんは変《へん》な表情《ひょうじょう》をしていたが、それがなぜだか、ハリウッドにはわかっていた。お母さんは、娘《むすめ》がこんな態度《たいど》をとっているところを、今までに見たことがなかったのだ。実際《じっさい》、ハリウッドも、今までにこんな態度をとろうと思ったことはなかった。ここまではっきりと、完全に、二人が道に迷《まよ》ってしまったのは初めてのことだった。二人きりしかいないんだから、捜《さが》しに来てくれる人もいやしない。遅《おそ》かれ早かれ、二人とも大きな問題《もんだい》にぶつかるはずだが、そうなっても助けだしてくれる人など誰《だれ》もいないのだ。

「なあに？　言ってごらんなさい」

「帰ってきて誰《だれ》かが家にいたら、きっといい気分でしょうね。それだけ。今日は本当にいやな日だったの」ハリウッドは話すのをやめ、だまりこんでお母《かあ》さんを困《こま》らせようとした。でも我慢《がまん》できなくなって、またしゃべった。「本当に死ぬほどいやな一日だったの。だから先に帰ってきて、一人で電気《でんき》をつけたり金魚に餌《えさ》をやったりしたくなかった、ってこと」

「ごめんなさいね」お母さんは、傷《きず》ついたような声でそう言った。「でもどうしたらいいの？　仕事《しごと》はしなくちゃいけないし……」

「仕事しなくちゃいけないのはわかってるよ！」ハリウッドはさけんだ。「でも、どうしてこの家にはわたしたち以外の人がいないの？　なんで家族《かぞく》がいないの？　誰にだって家族はいるのに。うちだけどうして、お母さんとわたしだけなの？　今度こそ本当のことを話してよ。今までみたいに、わたしの質問《しつもん》をはぐらかすのは、もうぜったいなしにして！」

第二章

ここになにかあるはずだ。アパートのおんぼろの部屋を見渡《みわた》して、ハリウッドはそう思った。ぜったい手がかりを探してみせる！　ハリウッドはきょろきょろした。椅子《いす》、テーブル、ガラス棚《だな》、本棚……だめだ、全部《ぜんぶ》知ってるものばっかり。どこで買ったのかも覚《おぼ》えてる。どれもフリーマーケットやリサイクルショップで安く手に入れたんだ。本棚の本だって古本屋から買ってきたものだ。ハリウッドは部屋のまん中にすわりこんで、わたしの記憶《きおく》にない、昔のお母《かあ》さんが使ってたものがなにかないかしら、とあたりを見渡した。

すりきれた茶色《ちゃいろ》いしま模様《もよう》のソファー、傷《きず》がついたコーヒーテーブル、あぶなっかしいヤナギ細工《ざいく》の揺《ゆ》り椅子――これはみんな、ハリウッドの学校のそばでやっている土曜の朝のフリーマーケットで仕入《しい》れたものだ。ハリウッドが大嫌《だいきら》いな、ぼろぼろの敷物《しきもの》は、教会《きょうかい》のリサイクルショップで買ったもので、ハリウッドはいつも、これじゃまるで病気で毛の抜《ぬ》けた犬みたいだ、とお母《かあ》さんに言っていた。

家中に、さまざまな時代の古い木の家具《かぐ》が、ごちゃまぜになって置《お》いてあった。本棚《ほんだな》の本のあいだには、今までにハリウッドが作った芸術作品《げいじゅつさくひん》があれこれあった。お母さんはなんでもとっておく人なのだ。大きな紫《むらさき》色の粘土《ねんど》のかたまりにしか見えないものが置いてあったが、それは、小さいときのハリウッドにはたしかに犬に見えたのだ。ハリウッドはそれを幼稚園《ようちえん》から持って帰ってきたときのことを覚《おぼ》えている。

最初《さいしょ》から大人として生まれてきたわけじゃない（それに、生まれたときから子供《こども》が一人いるお母さんだったわけじゃない）んだから、とハリウッドは考えた――お母さんは昔どこかにいたはずで、手がかりは必《かなら》ずあるはずだ。

「わたしは記者《きしゃ》よ」ハリウッドはひとりごとを言った。「謎《なぞ》を解《と》いてみせる」

お母さんに向かって、家族《かぞく》の歴史《れきし》について教えてほしいと大声でわめいてから四日《よっか》が経《た》っていたが、お母さんはまだなにも教えてはくれなかった。誰にもまねのできないような力わざで、お母さんは話題《わだい》を変《か》えた。たとえば、

ハリウッド　わたしたち以外《いがい》の家族はどこにいるの？

お母さん　夕食にフィッシュ・アンド・チップスはどうかしら？
　とか、
ハリウッド　どこかにお父《とう》さんがいるのに教えてくれないだけなの？
お母さん　ネズミ退治《たいじ》の業者《ぎょうしゃ》はもう来たの？

　といった感じだ。ハリウッドはしまいにさけんだ。「こんなのやだよ、ママ！」そして怒《おこ》って部屋から飛《と》びだした。それ以来《いらい》、二人のあいだは、控《ひか》えめに言っても「ちょっと張《は》りつめた雰囲気《ふんいき》」になっていた。

　ハリウッドはひとりぼっちの午後《ごご》を有効《ゆうこう》に使うことに決めた。いつものように、学校であまり楽しくないときを過《す》ごしたあと、家の中を探《さが》しまわるために帰ってきた。自分がなにものなのか、他の家族はどこにいるのかわかるものをみつけるまで、家じゅうくまなく探すつもりだった。でも、居間《いま》は大《おお》はずれ、手がかりはひとつもみつからなかった。

　ハリウッドはお母さんの寝室《しんしつ》の入り口に立った。そして、入っていかなくてもなにかが見つかりますように、と祈《いの》りながら、寝室の中をじっと見つめた。お母さんの持ちものをひとつひとつ調《しら》べるなんてことは、本当にとんでもないことで、そんなことをしたらもう取りかえしがつかなくなる。この家にはそれほどたくさんの決まりがあるわけではなかったが、「お母さんの部屋に入らないこと」は数少《かずすく》ない決まりの一つだった。そこは立入禁止区域《たちいりきんしくいき》なのだ。ハリウッドは廊下《ろうか》の床《ゆか》に寝《ね》そべって、目を細くしてベッドの下を見ようとした。でもそんなことをしても無駄《むだ》だった。なにかを見つけようと思うなら、ハリウッドは決まりを破《やぶ》らなければならなかったし、その結果《けっか》をおそれてはいけないのだった。

少女が母親《ははおや》の寝室《しんしつ》に侵入《しんにゅう》したところを発見《はっけん》される
近所の人たちは、別に驚《おどろ》かないと言う——「おかしな家族《かぞく》でしたからね」

ただ部屋の中を歩くだけならそんなに悪いことじゃないだろう、とハリウッドは思った。部屋の奥《おく》までただ歩いていって、なにかないか見るだけ。おっと！　ハリウッドはつまずいて倒《たお》れた。あれえ。おもしろそうじゃない？　ベッドの下に箱がある。クリスマス用の包み紙もある。アイススケートも。あと、わたぼこり。
「キャー！　ママ、掃除機《そうじき》ってもんを知らないの？」ハリウッドは大声でさけんだ。
ハリウッドはわたぼこりにさわらないように気をつけた。自分が侵入したあとを残《のこ》したくなかったのだ。段ボールの箱を、ベッドの下からそっと引っぱりだしてきて、開くかどうかふたをひっぱってみた。ふたの片側《かたがわ》がポンと持ちあがり、ハリウッドの胸《むね》は高鳴《たかな》った。もう片方を引っぱると、箱が開いて、中に古い下着《したぎ》が入っているのが見えた。

「こりゃあすごい！　謎《なぞ》が解《と》けました。お母《かあ》さんが過去《かこ》に下着《したぎ》を着てたという大発見！　ものすごく役にたつ情報《じょうほう》だよねえ、まったく」箱を掘《ほ》りかえしてみると、たくさんの古いタイツとレオタードとソックスが出てきた。それ以外のものは入っていない。どう見ても、特別変《とくべつ》わったものではなかった。ハリウッドの引き出しの中にだってあるようなものばかりだ。全部きちんと元どおりに詰《つ》めなおして、箱をベッドの下に戻《もど》し、ついでに、わたぼこりまで元どおりの場所に戻した。

ギギー。

ハリウッドは床から飛びあがった。胸の鼓動《こどう》が速くなった。ぐるりと振りかえって、正面のドアをにらむ。しかしなにも起こらない。誰《だれ》もいない。ギギーという音の正体はわからなかった。

「こんなのばかばかしいよ、ほんとに」調査《ちょうさ》して取材《しゅざい》するということの仕事が自分には向かないと思って、ハリウッドはそう言った。わたしは事件の追跡記事《ついせききじ》よりももっと高級な記事を書く記者《きしゃ》なのだ、と思った。それはともかく、寝室に侵入するということは、ハリウッドにとってあまりにもストレスが大きすぎた。何か別の方法で真実《しんじつ》を探《さぐ》らなくては。最後にもう一度部屋の中を見回して、ハリウッドは、自分のやった悪事《あくじ》のあとがなにも残っていないことを確《たし》かめた。全部のものが元どおりの位置に置いてある――ベッド、お母さんのパジャマ、ガラスのテーブルの上の本、オーク材《ざい》のたんすの上のブラシとくし、そしてタイプライター。

タイプライター？　そんなもの、うちにあったっけ？

ハリウッドはお母《かあ》さんのクローゼットの扉《とびら》を閉めながら、クローゼットの中から飛びだしてきた、古い手動《しゅどう》のタイプライターをじっと見つめた。とても古いもので、キーの上の文字は読めるか読めないかというところまですり減《へ》っていた。ふたは、タイプライターが置《お》いてある金属椅子《きんぞくい》の下にあった。なぜ突然《とつぜん》、お母さんにタイプライターなのか、どうしてそれが寝室《しんしつ》なんかに出してあったのか。ハリウッドはキーの上に指を走らせながら、なんとかこの謎《なぞ》が解《と》けないかと考えた。白い紙の束《たば》が、ふたの上に置《お》いてある。

この謎も、たとえ質問《しつもん》したって答えてもらえないものだ。というより、どうせ質問なんかできるわけがない。ハリウッドは寝室には入れないことになっていて、タイプライターを見るはずもなかったから。寝室から出ようとしたが、ふと足をとめて、立ちすくんだ。頭の中で激《はげ》しい戦いがはじまった。

くずかごが、不自然《ふしぜん》にベッドの下につっこまれていたのだ。

（さあ中を見て）（いや、見ないで）（見よう）（いや、見ない）

ハリウッドは深《ふか》い息《いき》をつき、くずかごに一歩近づいた。やっぱり見てみよう。

くずかごはベッドの下に押しこまれていて、中になにが入っているか見るためにはそこから引っぱり出さなければならなかった。偶然《ぐうぜん》見つけちゃったの、という言いわけはできないだろう――それじゃあ……追いかけていたネズミがお母さんの部屋に入っちゃって、というのは。でなければ、火事が起こって、ハリウッドにはお母さんの部屋の窓から逃げるしか道がなかった、そしてその途中《とちゅう》でくずかごにつまずいた。でなければ――ああ、これがいい、ツェツェバエからうつった病気のせいで一時的におかしくなっていて、ふらふらとお母さんの部屋に入っていって、そこで口から泡《あわ》を吹《ふ》いたので、くずかごに泡を吐《は》きだそうとして……

いや。どの嘘《うそ》をついてもうまくいかない。お母さんは信じないだろう。くずかごの中にあるものがどんなものでも、見てしまうことにハリウッドは責任《せきにん》をとらなければならない。そうっとベッドの下からそのかごを引きだして、はっと息を飲《の》んだ。くずかごには丸めた紙がいっぱい捨《す》てられていた。ハリウッドは、両手両足に興奮《こうふん》が走り抜けていくのを感じた。ゾクゾク、ワクワクする。生まれてからずっといだいてきた疑問《ぎもん》に答えてくれるものを、ついに発見したのだ、とまずからだが感じた。その直感《ちょっかん》はたぶん当たっているだろう。しかし、突然《とつぜん》、答えを知るのが怖《こわ》いような気持ちにおそわれた。

でも見ないわけにはいかなかった。どんな答えであっても、とにかく知りたい。そこで、くずかごから、丸めた紙を一つ拾《ひろ》って拡《ひろ》げてみた。

五月二十七日

ポッピー様

わたしはこの手紙の出だしを十回も書きなおしました。こんなに時間が経《た》った今、なんて書いたらいいのか悩《なや》んでしまったのです。あなたがわたしを憎《にく》んでいないといいのですが。そして、なぜわたしが出て行かなくてはならなかったのか、わかってくれていればと願《ねが》っています。おそらくいつか、会ってこのことを話しあえる日が来るでしょう。

ところで、わたしが今あなたに手紙を書いているのは、あなたの孫《まご》、ハリウッドのことをお話ししたいからなのです。ああ、ポッピー！　わたしは娘《むすめ》を見るとあなたのことを思い出さずにはいられません。娘は今十二歳、すっかりディベッキオ家《け》の一員《いちいん》らしくなりました。あなたはこの子を誇《ほこ》りに思うでしょう。ぜひ会っていただきたいのです。娘をあなたに会わせたいのです。これを読んで今あなたがほほえんでいますように。もしその表情《ひょうじょう》が見えたら、この先をつづけていいかどうかわかりますね。でもそんなはずもないので、先へ進みましょう。

ハリウッドは家族《かぞく》と暮《く》らしたがっています。自分でそう言っているのです。わたしを質問責《しつもんぜ》めにするのですが、わたしはどう説明《せつめい》したらいいかわかりません。わたしはひどい失敗をたくさんしてきましたから、それを娘に話して嫌《きら》われたくないんです。なんとか説明しようと思いましたが、起こったことすべてを話すことなど、とてもできませんでした。自分自身《じぶんじしん》にだって説明できないと、ときどき思うぐらいですから。そこで、いちばんいいのはハリウッドをそちらに送りこんで、しばらくのあいだあなたがたといっしょに過《す》ごさせることだ、と決心《けっしん》したのです。

まもなく夏休みがやってきます。わたしには少しだけ貯金《ちょきん》があるので、もしハリウッドが行ってもよろしければ、チケットを買ってやることができます。わたし自身は別に

その手紙は、書きかけのままそこで終わっていた。

ハリウッドは息がとまりそうになった。くずかごの中をあさって、もっと先まで書いてある手紙を必死で探《さが》した。しかし、拾《ひろ》いあげるものはみんな、いま読んだものより短い手紙ばかりだった。最初に拾《ひろ》った手紙以外は全部元に戻してから、くずかごをベッドの下に押しこんだ。そして、書きかけの手紙を握《にぎ》りしめたまま、自分の部屋に駆《か》けこんだ。

なぜ手紙の相手をポッピーと呼《よ》んでいるの？　すごく変《へん》だ。どうして普通に「お父《とう》さん」と呼ばないの？「そちらに送りこんで」ってどこに？「シベリア送り」みたいなこと？もしかしてわたしの家族はシベリアの人たちなの？「ひどい失敗」ってなにのこと？お母《かあ》さんはなにをしたの？　酒屋《さかや》さんで強盗《ごうとう》をしたとか？「ディベッキオ家の一員らしく」ってどういうこと？鼻がみんな似てるとか？　一族みんなが心の病気だとか？　それともみんながわたしぐらいチビなの？　やだ。わたしのお父さんはシベリアのチビ強盗《ごうとう》なんだ。そうなの？　そうなの？　教え

て！

たくさんの質問が、ものすごい勢《いきお》いでハリウッドの心の中を飛《と》びかった。ハリウッドは古ぼけたキルティング布団《ぶとん》をかぶって、ベッドに倒《たお》れこんだ。

「落ちついて」とハリウッドはつぶやいた。「落ちついて。まず深呼吸《しんこきゅう》をしよう。そして頭を使って。この状況《じょうきょう》をしっかりつかむのよ。ヒステリーの発作《ほっさ》を起こしたって、なんにもならない」

ハリウッドは布団から飛びだして、床《ゆか》の上をゆっくりと歩きまわった。ハリウッドの部屋は、狭《せま》いけれどきれいに掃除《そうじ》されていて塵《ちり》ひとつなく、きちんと整理《せいり》されていた。ハリウッドは手に持った手紙をなん度も折《お》ったり拡《ひろ》げたりしながら、大声《おおごえ》でひとりごとを言っていた。完全におかしくなっていたが、一瞬正気《いっしゅんしょうき》にかえって立ちどまり、急に机の上の本を片《かた》づけはじめた。「整理整頓《せいりせいとん》を忘れちゃだめだ」「いくらヒステリックになっているときでも」ハリウッドはため息をついた。

ハリウッドは大きい順《じゅん》に本を積《つ》んでいった。そして、いちばん上に乗せたいちばん小さい本の表紙の「新聞記者入門《しんぶんきしゃにゅうもん》――誰《だれ》が？　なにを？　どこで？　いつ？　なぜ？」という題《だい》を読みあげた。この五つの質問《しつもん》は暗記《あんき》していた。優《すぐ》れた新聞記者はみんな、どんな記事を書くのにも、この質問を使うのだ。ハリウッドはノートをつかんで、また布団にもぐりこんだ。

ポッピーとは誰か？
そんなにひどいこととはなにが起こったのか？
そちらに送り込む、というのはどこに？
なにかが起こったのはいつか？
お母《かあ》さんはなぜずっと隠《かく》しつづけていたのか？

ハリウッドは鉛筆《えんぴつ》の先で紙を叩《たた》いてから、もう一つ書きくわえた。

どうして？　どうしてわたしをこんな目に？

第三章

手紙が過去《かこ》への扉《とびら》を開く
少女の侵入《しんにゅう》は高くつくものに

（荒《あ》れはてたおんぼろアパート発《はつ》・AP電《でん》）――真実《しんじつ》を知ることが、思った以上に重大な結果《けっか》をもたらすこともある。ある理由によってリンカーン中学で笑《わら》いものにされた、シカゴに住む十二歳の少女ハリウッド・ディベッキオは、さんざんな思いをしてそのことを学んだ。

今日、ディベッキオは、自分が立ち入り禁止《きんし》のはずの母親《ははおや》の寝室《しんしつ》に侵入しているのにふと気づいた。そこは長いあいだ、ディベッキオもその友だちも入ることができなかった場所だ（もし友だちというものがいたならば。いや、かつては彼女にだって友だちがいたのであり、決まりはその時代にできた。だから、適当《てきとう》に作った決まりというわけではない）。とにかく、ディベッキオは、自分が母親の部屋にいることに気づいてショックを受けたと言っている。「一時的《いちじてき》な記憶喪失《きおくそうしつ》とか、そういうものだったにちがいありません。ほら、夢遊病《むゆうびょう》で近所をほっつき歩いて、ガレージからものを取ったり貴重品《きちょうひん》を盗《ぬす》んだりして、朝になるとなにも覚《おぼ》えてない、っていう人がいるでしょう？　わたしもそういうふうになっていたんです。だって、許可《きょか》もなく寝室《しんしつ》に侵入するなんて、今までに一度もしたことないんですよ、本当です。たとえ許可されても侵入はできないでしょう、だって許可されてしまったら〝侵入〟ってことにはならないでしょうから。っていうか……」

どうもおかしい。この少女はしゃべりすぎている。

とにかく――夢遊病なのか、はっきり目が覚《さ》めていて侵入したのかはさておき、ディベッキオは一枚の手紙をみつけだした。そしてその手紙は、家族《かぞく》がいるのかいないのかという長年《ながねん》の謎《なぞ》に光を投げかけた。

ディベッキオの母親、キティ・ディベッキオという人は、父親（したがってハリウッドの祖父《そふ》でもあるらしい）と思われる「そちら」に住むポッピー氏という人にあてて、手紙の下書《したが》きをたくさん書いていたようだ。しかし、母親が手紙を最後まで書きおえたのかどうか、実《じつ》のところ不明であるし、その手紙をポストに入れたかどうかについては、さらに不明である。また、返事が来たのかどうかに至《いた》っては、まったくもって不明である。もし母親が手紙を最後まで書いて出していて、それがずっと前なのだとしたら、もう返事をもらっていてもいいころだ。

「この件《けん》にはまだかなりの不明点がある」というのが関係者《かんけいしゃ》の話だ。

「お母《かあ》さんは明らかに、かなり辛《つら》い思いをしてこの手紙を書いています」今日の午後、ハリウッドはそう言った。「お母さんが過去《かこ》になにをしたのかわたしは知らないので、なぜ辛かったかはわかりません。でも百回ぐらいこの手紙を読んだので、これを書きながらお母さんが心を痛《いた》めていたのがよくわかりました。お母さんは恥《は》ずかしいと思っているし、怖《こわ》がっているし、また、なにが起こったのか知りませんが、悪いことをしたと思っているようです。それがなんなのか知りたいと本当に思いますけど、お母さんにたずねるなんてことはしません。繰《く》りかえしますが、お母さんにたずねるなんてことはしません。お母さんにたずねるなんてことはしません。お母さんにたずねるなんてことはしません」

ディベッキオは、今夜お母さんが帰ってきても、変わったことはなにもなかったかのようにふるまうつもりだと語った。彼女は、お母さんを助けてあげるような、すごくやさしい子になろうと思っているそうだ。それは「あの手紙を読んで、お母さんはかなり混乱《こんらん》した、ちょっと弱いところのある人だということがわかったからなんです。わたしが気をつけていてあげなければ、こわれてしまいそうだと思ったから」だということだった。

お母さんがドアの鍵《かぎ》を開《あ》ける音が聞こえた。ハリウッドは宿題《しゅくだい》のノートをつかむと、台所《だいどころ》のテーブルにつき、なにも起こらなかったふりをしようとした。

でも、それはとてもたいへんなことだった。

お母さんにたずねるなんてことはしません。お母さんにたずねるなんてことはしません。と、ハリウッドは心の中でなん度も繰《く》りかえし唱《とな》えた。

「お仕事はどうだった？　ママ」ハリウッドの声は不自然《ふしぜん》だった。まるで、アニメのキャラクターの声みたいだった。お母さんはハリウッドを横目《よこめ》で見た。

「うまくいってるわ。学校はどうだった？」

「ああ……」ハリウッドの心に、自分が学校の食堂《しょくどう》でひとりぼっちになってすわっている光景《こうけい》がうかんだ。またまた「変《へん》なやつ」というレッテルをはられてしまったのだ。でも、そのことを話してお母さんを心配させたくはなかった。「おもしろいよ」とハリウッドは答えた。それからこう付けくわえた。「学年が終わりに近づいてきて、うれしいの。もうちょっとで夏休みでしょう。この夏、どこかに行くのも楽しいんじゃないかな？　二人でどこかへ旅行しようよ」

ハリウッドの口は、とまらない電車のように動いていた。「そちら」に行って「ポッピー」のところを訪《たず》ねよう、と言いたくなるのを我慢《がまん》するのがやっとだった。まあ、さすがにそれは言わなかった。そう言うかわりに急に立ちあがって冷蔵庫《れいぞうこ》を開けた。

「そうねえ」とお母《かあ》さんは言った、「考えてみなくちゃね。でも仕事を休めるかしら。夏はいそがしいからね」

「ねえ、夕食を作ったんだよ。ただの冷たいマカロニサラダだけど、これがあればママはなにも作らなくていいでしょ」

「ありがとう、ハリウッド」お母さんはゆっくりと動いて、コートを掛《か》け、靴《くつ》を脱《ぬ》ぎ、まるでエイリアンを見るような目で娘《むすめ》をじっと見つめた。

「どういたしまして。ねえママ、たかが映画館《えいがかん》の仕事でしょ。他の人に一週間ぐらいかわってもらえないの？　そうすれば旅行ができるよ」

「そうかもね……」

「あ、ごめんなさい。別に、たいした仕事じゃない、って言うつもりじゃなかったんだけど」

お母さんはニッコリ笑《わら》って寝室《しんしつ》に行った。仕事から帰ってくると、いつもお母さんはスウェットパンツとTシャツに着替《きが》える。ハリウッドはその場にじっとしたまま、お母さんが、なにか部屋のものの位置が変わっていることに気づくんじゃないか、とようすをうかがっていた。心臓《しんぞう》がドックンドックンと鳴《な》っているのを感じた。お母さんがどこを見ているか確認《かくにん》したかったので、寝室の入り口のところまで歩いていった。お母さんはスーツを掛《か》けているところだった。

お母さんはとても美人だった。毎晩《まいばん》ハリウッドは、大きくなったらお母さんのようになれますように、と祈《いの》っていた（家族《かぞく》に出会えますように、と祈ったあとに）。お母さんは濃《こ》くて縮《ちぢ》れた黒髪《かみ》、ところどころ緑色が入った茶色い目、そしてやわらかくてきれいな肌《はだ》をした、小さなバレリーナのような人だった。美しさの決め手は、小柄だけれど、脚《あし》が短くはない、ということだった。ハリウッドはお母さん似《に》なので、きっと小柄な大人になるだろう。でも脚さえ長ければ大丈夫《だいじょうぶ》、かっこよくなれるとお母さんを見ていて思う。

「なあに、ハリウッド」お母さんは髪の毛を結《むす》んで、ゴムのバンドでくるりととめながらそう言った。

「手紙きた？」ハリウッドはそう尋《たず》ねてしまってから、この質問《しつもん》についてすぐに言いわけをしなければ、なにもかもおしまいだということに気づいた。口が勝手《かって》に動くのを抑《おさ》えられなかったなんて。

「なにもこないわよ」

「本当？　おかしいなあ」

「なにか待ってる手紙があるの？」

「うーんと、別に。ヴィクトリアズ・シークレット（訳註《やくちゅう》・下着《したぎ》メーカー）の通販《つうはん》カタログはまだこないのかなあと思って」

お母《かあ》さんはハリウッドを、驚《おどろ》いたような、怒《おこ》ったような目でにらんだ。

「ジョーク、ジョーク。ハハハ。ハハ」ハリウッドは急いでその場をはなれ、居間《いま》に行ってテレビをつけた。気をひきしめて注意ぶかくしないと、全部おじゃんになってしまう。ハリウッドはテレビのボリュームをあげた。こうすれば、どうしようもなくなってなにか言ってしまっても、その声はテレビの音にかき消されてしまうだろう。

「ハリウッド、そんなに大きな音にする必要《ひつよう》ないでしょ」

「なあに?!」

「音、小さくしなさい!」

ハリウッドが振《ふ》りむくと、お母さんがじっと見ていた。

「いったいどうしたの?」

「別に」そう言っても、あまり説得力《せっとくりょく》がない。ハリウッドは寝室《しんしつ》に侵入《しんにゅう》したことを本当に悪いと思っていた。知ってしまったことと、まだ知らないこと、怒《いか》りと罪《つみ》の意識《いしき》、お母さんをかわいそうだと思う気持ち、そういったすべてが合わさって、ハリウッドは爆発《ばくはつ》してしまったのだ。でもそんな気持ちは隠《かく》さなければならなかった。

「これ以上けんかしないようにしたいと思っただけなのよ、ママ」そう言うと、自分でも驚《おどろ》いたことに、ハリウッドの目に涙《なみだ》があふれてきた。

「まあ」お母さんはハリウッドを両腕《りょううで》で抱《だ》きしめて、髪《かみ》の毛をなでた。「ようすが変《へん》だったのは、それでなの？」

「ママが好きよ、ママを嫌《きら》いになったりしない。なにがあっても」

お母さんの腕《うで》が急にこわばったのを感じて、ハリウッドは、ばれたかな、と思った。お母さんはこれからどなったり、さけんだり、髪を振《ふ》りみだしたりするだろう、とハリウッドは身がまえた。しかし、なにも起こらず、お母さんはだまっていた。

「あなたに嫌われてると思ったことはないわ」長い長い沈黙《ちんもく》のあと、お母さんはそう言ったが、声の調子《ちょうし》が少し変だった。「もしあなたに嫌われたと思ったら……そうねえ、わたし、どうなるかしら。朝も起きられなっちゃうだろうし、仕事にも行けなくなっちゃうでしょうね。今、そんなことになってないんだから……ね、わかるでしょ」

ハリウッドはお母さんの服の袖《そで》に顔をうずめた。しばらくして、不安な気持ちが去ったので、顔をあげた。

「大丈夫《だいじょうぶ》ね？」お母さんがきいた。

「大丈夫」

「テレビの前でごはんを食べたい？」

「うん」ハリウッドは立ちあがって笑顔《えがお》を作った。「『ルーレットでチャンス』《ホイール・フォー・フォーチュン》を見よう」

「『ルーレットでチャンス』ね」そう言うとお母《かあ》さんはパッと立ちあがって急いで台所《だいどころ》に入っていった。まるで身を隠《かく》したがっているように見えた。

ハリウッドは鼻をかんで気を落ちつかせた。今夜は長い夜になりそうだ。

長距離《ちょうきょり》マラソンみたいなおそろしい一週間だった——お母さんの寝室《しんしつ》に侵入《しんにゅう》した週のことをふり返って、ハリウッドはそう思った。学年最後の日の帰り道を、学校にすっかり絶望《ぜつぼう》しきって歩いていた。最後の七日間は、人間の歴史がはじまって以来の、いちばん長い一週間だった。学校が終わったということは、ただ、一人きりになれる、お母さんからふだんより長く身を隠《かく》せる、というだけのことだ。言うまでもなく、学校が消えてなくなったわけではないのだ。

ハリウッドのうんていでの大失敗は、リンカーン中学校新聞はじまって以来最大のニュースというほどのことではなかったが、かつてハリウッドが「オタク」と呼《よ》ばれたことをみんなに思いださせるには十分だった。友だちはハリウッドに「冷たく」するのではなく、「無視《むし》」するようになった。サディと口をきかなくなったことと合わせて、ハリウッドは学校で本当に一人ぼっちになってしまった。

そして今では、家でも一人ぼっちだった。

ハリウッドはお母さんといっしょにいることを怖《こわ》がっていた。自分の考えていることがわかってしまわないように、話すことや行動に気をつけなければならなかった。手紙を読んでわかったことと、まだわからないことが、両方とも心に重くのしかかり、ハリウッドは元気をなくしていった。でも、お母さんに言うことはできなかった。

もしも、このことに終わりがなかったらどうだろう？　もしも、お母さんが手紙を出していないのだったら？　それだったら返事なんか来るわけがない。そうすると、お母さんがハリウッドになにも言わないまま、時は過《す》ぎていく。ハリウッドはなにも言わずにじっと耐《た》えて、十八歳まで生きて、それから、お母さんに二度と会わなくていいように、遠い遠い場所に行かなければならないだろう。でも、いったいどこへ？　「そちら」に住んでいるポッピー求めて、アメリカじゅうの「そちら」を一生かけて探《さが》しまわる？　そちらに送りこむというのは、まさかラシュモア山《ざん》やナイアガラの滝《たき》にではないだろうけれど、そういう場所以外なら、どこでもありえる。調《しら》べて歩くには長い年月がかかるだろう。そんなことをしているうちに、心の病気の発作《ほっさ》が起こるだろう。もうすでに、発作のきざしは出てきている——よく見ると、手がふるえ、目の焦点《しょうてん》は合っていない。それに、しょっちゅう息切《いきぎ》れを起こす。体育の授業《じゅぎょう》のときは特に、息切れしやすい。

ハリウッドは歩道《ほどう》のまん中で立ちどまった。空中を見つめ、覚悟《かくご》を決めて、深呼吸《しんこきゅう》をした。大声を出して、ハリウッドは言った。「お母さんに話してみよう。病気がひどくなって入院《にゅういん》する前に、寝室に侵入《しんにゅう》したことをお母《かあ》さんに言おう。悪いことをした、とちゃんと言おう。そして、どんな罰《ばつ》でも受けよう。これ以上悪いことにはならないとわかったら、お母さんは謎《なぞ》の部分を話してくれるだろうから」

「なーるほど」

ハリウッドが振《ふ》りむくと、おじいさんが一人、家の前の小さな花壇《かだん》で草取りをしていた。おじいさんは、かすかにほほえんだ。

「はじめまして」とハリウッドは言い、走っていった。

アパートのドアの鍵《かぎ》を開《あ》けるとき、ハリウッドは新聞《しんぶん》の見出しを思いついた。

侵入に対し史上最高《しじょうさいこう》の厳《きび》しい罰《ばつ》
十二歳の少女が七年半のあいだ外出を禁《きん》じられる——仮釈放《かりしゃくほう》は十八歳で
「とても厳《きび》しいと思いますが、刑《けい》を受けます」と少女

ハリウッドは少しほっとしていた。お母さんに白状《はくじょう》することがすごく楽しみだというわけではなかったが、いったん決めてからは、気持ちが軽くなった。

ドアを開けたとたん、ハリウッドはハッと息をのんだ。お母さんが台所のテーブルの前にすわっていたのだ。お母さんは腕組《うでぐ》みをして、脚《あし》をプレッツェルみたいにぎっちりと組んでいた。そして唇《くちびる》を噛《か》んでいた。まるで、筋肉《きんにく》をひとつでもゆるめれば、こなごなに砕《くだ》けてしまうように見えた。

「ただいま」ハリウッドの出した声はネズミのようだった。

「おかえり」と答えたお母さんが、このまま泣きだしたりしませんように、とハリウッドは真剣《しんけん》に祈《いの》った。

「話があるの」とハリウッドは言った。こんな昼間になぜお母さんが家にいるのかわからなかった。もしかしたら、ぜんぜん別の、なにかとても悪いことが起こったのかもしれない。でも、ハリウッドは待ちきれず、いますぐ話したい気持ちだったのだ。

「ハリウッド。寝室《しんしつ》に入ったの、知ってるわよ」

沈黙《ちんもく》があった。二人はじっと見つめあい、筋肉ひとつ動かさなかった。ハリウッドの頭の中は、言葉の洪水《こうずい》になっていた。新聞の見出しが頭の中でひっくりかえり、意味のない文ばかりが頭に浮かんだ。返事をすることがどうしてもできなかった。

「で、こうしたらどうかしら……」お母さんはそこで言葉をとめて、しばらくうつむいていた。こんなに怯《おび》えている人を、ハリウッドは今までに見たことがなかった。とにかくなにか話さなきゃと思ったそのとき、お母《かあ》さんが目をあげてハリウッドにこう言った。

「その一。とても大事な決まりをあなたが破《やぶ》ったことは忘《わす》れましょう。その二。今日ポストに入っていたこのハガキをあげるわ、あとこれも」お母さんは手に持った飛行機のチケットを見せた。お母さんの手がふるえているせいで、紙がカサカサとすれる音が聞こえた。「そして、その三。今から、これを使う日――」お母さんはもう一度チケットをかざした。「つまり明日まで、わたしになにもきかないこと」

二人の目に涙《なみだ》があふれた。ハリウッドはお母さんのほうに近づき、差《さ》しだされた二つのものを取った。そしてうなずいた。

「キスして」お母さんがそっとささやいた。ハリウッドはかがみこんで、お母さんのほほを流れる涙の上にキスをした。そして、だまって自分の寝室《しんしつ》にひきあげていった。

六月一日
　キティへ
この短《みじか》い手紙が、たくさんの質問《しつもん》への答えになっているといいのですが。どうぞ孫《まご》をよこして下さい！　ハリウッドに会ってみたいし、おそらくそうなればわれわれもまた会えるだろうし。でも、今は君にいろいろ聞くのはやめておきましょう。ただ、わたしも今では老人なので家族《かぞく》が必要《ひつよう》なのだ、とだけ言っておきます。いつ来るのか教えてください。両手を広げて歓迎《かんげい》しますよ。

愛する娘《むすめ》へ
ポッピー

フロリダ州《しゅう》三四二三六　サラソタ　私書箱《ししょばこ》三七二号《ごう》
サーカス・ホテル

一七八三N、ビッセル通り
シカゴ、イリノイ州六〇六一四
キティ・ディベッキオ様

第四章

米連邦航空局《べいれんぼうこうくうきょく》は飛行機《ひこうき》が離陸《りりく》する前にも墜落事故《ついらくじこ》を起こすことを認《みと》める
航空局がこの事実《じじつ》を隠《かく》していたため少女が犠牲《ぎせい》に

（シカゴ発《はつ》ＡＰ電《でん》）――十二歳の少女ハリウッド・ディベッキオは、シカゴのオヘア空港《くうこう》で、離陸前の飛行機墜落事故によりバラバラになって死亡《しぼう》した。奇妙《きみょう》なことに、他の乗客《じょうきゃく》にけがはなかった。飛《と》ぶ前に、とまっている飛行機が墜落したという事故はこれが初めてである。「飛ぶというのがどんなに危険《きけん》なことか、これで証明《しょうめい》されたでしょう」と、ディベッキオは息《いき》をひきとる直前《ちょくぜん》に言いのこした。

ディベッキオは一人でフロリダ州《しゅう》サラソタに向かう途中《とちゅう》（ところで、これは本人の意志《いし》に反《はん》してである。彼女はグレイハウンド長距離《ちょうきょり》バスの愛好者《あいこうしゃ》なのだ。グレイハウンドバスはのろのろしていてカッコ悪いけれど、少なくとも人間の住む地上を走ってくれる）で、今まで会ったこともない祖父《そふ》のもとで二週間を過《す》ごす予定だった。この旅行は、はたから見ると謎《なぞ》だった。ニュースが報《ほう》じられたとき、ディベッキオから旅行の話を聞いていた人は誰《だれ》もいなかったのだ。彼女は学校で変《へん》なやつと言われていて、そのため、子供たち（バカ者たちともいう）は少女と口をきかないようにしていた。推測《すいそく》によると、ディベッキオのお母《かあ》さんが、ついに少女の家族《かぞく》の歴史《れきし》について明《あ》かそうと決心《けっしん》し、娘《むすめ》をおじいさんに会わせようとしたらしい。しかし、ハリウッドは、お母さんからおじいさんのことなど、これまでの人生で一度も話してもらったことがなかった！

（おじいさんのことは日に日に信じられなくなってきていた）

どうやら、少女はなんの説明もされていなかったようだ（彼女は息をひきとる直前、最後の言葉・パート2として「知らないよ……ううう……なんも説明してくれないんだもん」と言ったらしい）。事故機《じこき》の破片《はへん》の山の中から発見されたハガキを見ると、少女が、祖父のいる「サーカス・ホテル」という、ホテルとしては異常《いじょう》に変《へん》な名前の場所に泊《と》まることになっていたことがわかる。しかし、ディベッキオには（驚《おどろ》いたことに）その場所に関してまったくなんの説明もされていなかったのだ。空港にいた目撃者《もくげきしゃ》によれば、母親《ははおや》は彼女にただ「行けばわかると思うわ」とだけ言ったそうだ。まるでそう言えばディベッキオが少しは安心するとでもいうようなようすだったとのこと。本紙《ほんし》の意見では、それで安心できるとはとても思えない！

ディベッキオの母親《ははおや》は、いっしょに行かずに、地元《じもと》の映画館《えいがかん》の仕事のためにシカゴにとどまることにしたようだ（まるでそれがとても大事な仕事だとでもいうように！　この一件《いっけん》で、若く感じやすい少女の心が、取りかえしがつかないほど歪《ゆが》んでしまうかもしれないというのに）。会っ、た、こ、と、も、な、い、祖父《そふ》のもとで過《す》ごすため、たった一人で旅行をする（しかもとても危険《きけん》な方法で）ということに、少女は驚、く、べ、き、勇気で同意《どうい》したらしい。

おそらくディベッキオは、彼女の母親の言う『ひどい心配性《しんぱいしょう》』から脱却《だっきゃく》して、生まれ変わろうとしていたのだろう。彼女はきっと、命にかかわる危険な病気を世界の人々に教えるためにつかわされた聖者《せいじゃ》だったのだ。あるいは、とてもすばらしい新聞記者《しんぶんきしゃ》になるはずだった子なのか。今となってはもうわからない。しかし、彼女が教えてくれたことをわれわれはけっして忘れないだろう。うんていは危険だということや、埃《ほこり》は大敵《たいてき》だということ、とまっている飛行機《ひこうき》も墜落《ついらく》するのだということ、

ハリウッドの唇《くちびる》からクスクス笑《わら》いがもれた。でもそれは、楽しさと恐怖《きょうふ》が半々《はんはん》に混《ま》ざった笑いだった。ハリウッドは飛行機の窓《まど》から滑走路《かっそうろ》を眺《なが》めては、飛行機がゲートを離《はな》れていくのを待っていた。いろいろな恐怖が、頭の中で陣取《じんど》り争《あらそ》いをしていた。その中でも最大の恐怖は「高

さ」だった。それに加えてハリウッドは閉所恐怖症《へいしょきょうふしょう》ぎみになっていて、さらに、古びた機体《きたい》の空気中をバイキンがウヨウヨと走りまわっている、という思いにもとり憑《つ》かれていた。恐怖があれこれありすぎて、的《まと》をしぼって考えることができない。

ターミナルビルの、うすい色のついた一面のガラス窓を見た。あの窓のどれかの向《む》こう側《がわ》に、お母《かあ》さんが立《た》っているのだ。お母さんが今何を考えているのかハリウッドには想像《そうぞう》もつかなかった。それどころか自分が何を考えているのかさえ、よくわからなかった。今回のことに関しては、あっという間に時が流れたようでもあり、時間が経《た》つのが遅《おそ》いようでもあった。ゆうべ、ハリウッドはお母さんとの約束《やくそく》を守《まも》って、なにも質問《しつもん》しなかった。実《じつ》をいうと、夜はほとんど眠《ねむ》れなかった。

チケットを見ると、二週間後に帰ることになっていた。フロリダ州《しゅう》のタンパ行きだ。地図帳を取り出して見てみると、タンパはサラソタから百キロのところにあった。きっとおじいさんが空港《くうこう》でハリウッドを拾《ひろ》って、そこからサラソタまで車で行くんだな、とハリウッドは思った。そうやって考えていくと、胃《い》がひっくりかえって、てのひらに汗《あせ》がにじんだ。

ハリウッドは、しまいこんでいた夏服《なつふく》を全部引っぱりだしてきて、ベッドの上に拡《ひろ》げた。質問《しつもん》する暇《ひま》もないうちに、お母さんがさっさとハリウッドの部屋にやってきて、大きなスーツケースをベッドの横に置《お》いた。お母さんはちょっとのあいだ、なにか言いたそうにしていたが、結局《けっきょく》はなにも言わずに部屋を出ていった。ハリウッドはお母《かあ》さんを呼《よ》びとめようと思ったが、やっぱりやめた。いったん口を開いたなら、質問《しつもん》が洪水《こうずい》のようにあふれでてしまうだろう。だからそれ以後は、荷作《にづく》りをしたり、地図を見て予習《よしゅう》したり、あのハガキを眺《なが》めたりして夜の時間を過《す》ごしたのだった。

飛行機《ひこうき》がうしろに向かって急発進《きゅうはっしん》した。ハリウッドはパッと胸《むね》に手をあてた。短《みじか》い息《いき》をつき、目を見開いて窓の外を見ると、ゲートがどんどん離《はな》れていくところだった。

ハリウッドは大声でさけんでお母さんを呼びたかった。このへんてこりんな計画をやめさせたいと思った。自分が怒《おこ》ってどなった三週間前のあの日より前の生活に戻《もど》りたかった。ただもうお母さんに会いたくて……そしてこの飛行機をおりたかった。

ブル――――ン!!!

ジェットエンジンが動《うご》きはじめた。ハリウッドは、こぶしがまっ白になるほど力をこめて座席《ざせき》のひじかけを握《にぎ》りしめた。

スピーカーをとおして響《ひび》いてくるスチュワーデスの声が、非常用《ひじょうよう》のいろいろな備品《びひん》について説明していた。飛行中のたくさんの危険に対応《たいおう》するには頼《たよ》りなさそうなものばかりだ――救命胴衣《きゅうめいどうい》、エアバッグ、滑《すべ》り台《だい》。ハリウッドは考えた、なるほどね、わたしが空から九千メートルも落っこちて、山に埋《う》まったあとに、救命胴衣が助けてくれるわけね。それはありがたい！

「わたしがなにをしているかわかる?」

ハリウッドは飛《と》びあがるほどびっくりした。小柄《こがら》なおばあさんが、いつの間にか隣《となり》の席に座っていたのだ。おばあさんはハリウッドにガムを差《さ》しだしたが、ハリウッドはただぼんやりと見つめるばかりだった。

「わたしはねえ……」髪《かみ》の毛が灰色の小柄なおばあさんは、エンジンの音がしたのでちょっと言葉をとめてから、つづけた。「ただ想像《そうぞう》してるだけだ、って思う遊びをしているの」

ハリウッドはだまってガムを受《う》けとった。

「みんな本物じゃないの。空港《くうこう》も、飛行機《ひこうき》も。このガムも!」おばあさんはクスッと笑《わら》ってガムを口に放《ほう》りこんだ。

飛行機がまた動いた。

「ほら、外を見て!」おばあさんは言った。「動いてるふりをしてるだけよ」

ハリウッドのほうをちらっと見て、「わかる?」と聞いた。飛行機は迂回《うかい》しながら滑走路《かっそうろ》に向かって動いている。

「わたしの名前はアグネスよ」おばあさんはシートベルトを手に取りながら言った。シートベルトを締《し》めると、古めかしい水色の花柄《はながら》ワンピースが衣《きぬ》ずれの音をたてた。それからおばあさんは手を伸《の》ばしてハリウッドのシートベルトも締めてくれた。飛行機は前に進んでから、急にとまった。

アグネスの青い瞳《ひとみ》がハリウッドの茶色の瞳をじっとみつめた。

「あなた急にとまったふりした？」

ハリウッドはゆっくりうなずいた。

「わたしもとまったふり、って思ったのよ！」と言ってアグネスはももを叩《たた》いた。

離陸《りりく》にそなえて飛行機はゆっくりと前に進んでいた。アグネスは、起こることはみんな、自分でそういうふりをしているだけなのだと説明した。滑走路を走っているときガタガタいうのも、エンジンの音が大きくなるのも、ポンとベルが鳴《な》って非常時《ひじょうじ》の出口や事故のときの説明《せつめい》があるのも、みんな。

ふう変わりなおばあさんのゲームは、なるほど効果《こうか》があった。ハリウッドのヒステリーは消えていった。ハリウッドは目を閉じてアグネスの言うことをきいていた。やがて飛行機はどんどん速く走り出した。

「ふうううううううっ」とアグネスは声を出した、「想像するってすばらしいことでしょ？想像すると、わたしたち感じるじゃない、まるで……」飛行機の頭が上にあがり、車輪《しゃりん》が走る振《しん》動《どう》が急に消えた、「まるで飛んでるみたいに！」

アグネスとハリウッドは手を握《にぎ》りあってすわり、目をかたく閉じ、できるかぎりの想像力を使って、自分たちが鳥なんだ、自由に空高く飛《と》んでいるんだ、というふりをした。

少女はおそろしい悪夢《あくむ》から生還《せいかん》
離陸を切りぬける

ハリウッドは、自分のからだが落《お》ちついていくのを感じた。エンジンの音も聞こえなくなっていった。頭の先から足の先まで筋肉《きんにく》がリラックスしている。ゆったりと目を閉じたまま、椅子《いす》の背に頭をもたせかけて浮《う》かびあがっていた。激《はげ》しい風が顔に当たるのを感じた。飛んでいる自分の下に地表《ちひょう》が見えた。野原や、森林や、川がどんどん動いていった。飛ぶ方向を次々と変えるには、からだをほんのちょっと動かせばよかった。ハリウッドは地上を離れて浮かんでいて、もう何も怖《こわ》がっていなかった。だって、すべて想像《そうぞう》の中の出来事《できごと》だったからだ！

ハリウッドはおじいさんから来たハガキを思い浮かべた。おじいさんがどんな人なのか、想像しようとした。それから、サーカス・ホテルなんていうところのインテリアは、どんなにゴテゴテしたものなのか想像しようとした。おじいさんが道化師《どうけし》とか化《ば》け物《もの》とかじゃありませんように、とハリウッドは祈《いの》った。自分が変人一族《へんじんいちぞく》の三代目だということでは本当に困《こま》る。それじゃああんまりだ。そんなことでは、人からなんと言われるかわからない。そこで、ハリウッドは自分のおじいさんを作りだそうとした。心の中で完璧《かんぺき》な家族《かぞく》を作ってしまうのが、ハリウッドの特技《とくぎ》だったのだ。

わたしにはおじいさんおばあさんたちがいて、おじさんおばさんたちがいて、とてもたくさんのいとこがいる。それにお父《とう》さんだっている。本当はいないのでその空白《くうはく》を埋《う》めるために、友だちの家族をヒントにしてきた——エレナの、巨大《きょだい》なからだのポーランド訛《なま》りで話すおばあさん、エイボン化粧品《けしょうひん》のセールスレディーをしているデルドレーの家のポリーおばさん。ウォルターの家のマックおじさんには一卵性双生児《いちらんせいそうせいじ》のジャックおじさんがいて、いつも「二人で値段《ねだん》は一人分《ぶん》だよ」と言っている。そしてもちろん、サディの家族がいつも大きなヒントになっていた。ハリウッドはこういう細《こま》かいデータを集めて、自分だけの家系図《かけいず》を作りあげることが得意《とくい》だった。

サディの怒《いか》りが爆発《ばくはつ》するまでは、ハリウッドはこれをただ「家族を借《か》りている」だけのことだと思っていた。家族を「盗《ぬす》む」つもりはなくて、ただハリウッド自身の家族が現《あらわ》れるまでのあいだ、借りるだけなのだ。自分で一からイメージするよりは、借りるほうがずっと楽だった。借りることによってだいたいの輪郭《りんかく》ができあがる。それから切《き》りばりして、欠点《けってん》を補《おぎな》って、モデルにした実際《じっさい》の人物よりもいい人にすることができるのだった。

けれども、家族を借りたせいでサディがかんかんに怒《おこ》ってしまった日以来、ハリウッドは、がんばって自分で一から作りだすことにしていた。でもおじいさんの場合は、知らない誰《だれ》かを借りてみることにしよう。しわを増《ふ》やしたクラーク・ゲーブルみたいなタイプだ、とハリウッドは決めた。おじいさんは背が高くて、黒い髪《かみ》の毛で黒い目。外では強い人だけど孫娘《まごむすめ》にはやさしい。孫娘を見つめる時はいつもおだやかな表情をしている。ゆったりとやさしく笑《わら》う。その大きな手にさわると力強い感じがする。すごく頭がいい人なのに、もの静《しず》かだ。

しかし、ハリウッドは、おじいさんにふさわしい職業《しょくぎょう》を考えつかなかった。もちろん、今はもう仕事を引退《いんたい》しているだろうけれど、前になにをしていた人かというのは大事なことだ。科学者《かがくしゃ》、トラックの運転手《うんてんしゅ》、野球選手《やきゅうせんしゅ》、獣医《じゅうい》さん、工事現場《こうじげんば》の人、弁護士《べんごし》、お医者《いしゃ》さん、コックさん。しかし現実《げんじつ》が、ハリウッドの想像《そうぞう》を台無《だいな》しにしまうのだった。差出人《さしだしにん》の住所が「サーカス・ホテル」になっているというところが問題だった。サーカス・ホテルなんていう場所に住んでいる人は、いったい正気なんだろうか？　変《へん》なやつに決まってる、とハリウッドは思った。そうだ。それが運命《うんめい》だったのだ。DNAの中に、変なやつの遺伝子《いでんし》が組みこまれていたんだ。

いやいや、ちょっと待って。コックさんにしよう、とハリウッドは決めた。よし、おじいさんはコックさんだ。世界一の職業って感じじゃないけど、けっこういいんじゃない。でももう引退《いんたい》していて、今は、夕食の時にいつもジャケットを着ているような、上品な老紳士《ろうしんし》になっている。背筋《せすじ》をまっすぐにして歩き、ダンサーのように優雅《ゆうが》に動く人なのだ。

ハリウッドは空の上をふんわり高く飛びながら、おじいさんが通りを歩いてきて、レディに向かって帽子《ぼうし》をちょっとあげてあいさつするのを見ていた。するとやわらかい風がハリウッドを吹きとばし、耳もとで鳥がささやいた——ハリウッドは飛びあがった。目が覚《さ》めたのだ！

「タンパに着《つ》いたんですよ、お嬢《じょう》さん」スチュワーデスが、ハリウッドをゆすぶって起こそうとしていた。

「なに?! なに?!」ハリウッドは、ほとんどさけんでいた。

「着きましたよ」スチュワーデスは間抜《まぬ》けな笑顔《えがお》を浮かべてそう答えた。

ハリウッドはまわりを見回した。飛行機《ひこうき》にはもう誰《だれ》も乗っていなかった。

「アグネスはどこ？」ハリウッドはかすれ声《ごえ》で言った。

「アグネスですって？」

「おばあさんよ」と、隣《となり》の席を指さした。

「飛行機に残っているのはあなた一人ですよ」

ハリウッドは大急ぎで荷物《にもつ》をつかみ、あわてふためいて通路《つうろ》を走っていった。頭をはっきりさせて、なにが起こったのか考えようとした。アグネスって誰だったの？ いまはなん時？ おそろしい飛行機の中で、本当にずっと寝《ね》ていたの？ そして、スチュワーデスはどうしてあんな嘘《うそ》くさい、間抜けな笑顔を浮かべていたの？

自分の考えで頭がいっぱいになっていて、飛行機の乗務員《じょうむいん》が「さようなら」と言ったのもハリウッドの耳には入らなかった。

そしてまた、ゲートで待っていた巨大《きょだい》な二人の老人が「こんにちは」と言ったのも耳に入らなかった。

空港《くうこう》のターミナルの廊下《ろうか》を、ハリウッドは大あわてで、でたらめに歩いていった。どこへ行くのかまるでわかっていなかったが、とにかく動こうとあせっていた。と、肩にひどく重たい手がのっかったので、はっとしてわれにかえった。おじいさんだ！　とハリウッドは思った。背の高い上品な紳士《しんし》のはずだ。肩にのしかかったこの、二十キロ以上もありそうな重さはきっとおじいさんのものだ。

二十キロの重さでのしかかったのは誰か見るために、ハリウッドは振りかえった。息を殺《ころ》して、長いあいだ会えなかった自分のおじいさんの姿《すがた》がそこに現《あらわ》れるのを待った。

半分《はんぶん》まで振り向いたところで、ハリウッドの動きはとまった。そして、思いっきりさけんだ。すると、目の前に立っているもののもさけんだ。ハリウッドはまたさけびかえした。

第五章

もういい、と思ったハリウッドはさけぶのをやめた。そして、だまったまま立ちすくんでしまった。自分の前に立っているものの意味が全然《ぜんぜん》わからなかったのだ。ハリウッドを見おろして、ほほえみながら目に涙まで浮かべている人たちは、肉でできた山脈《さんみゃく》のような二人の巨人《きょじん》だった。右側《みぎがわ》にいるのは、今までに見たこともないほどものすごく太った女の人、そして左側《ひだりがわ》には、おそろしく大きな、ハリウッドには頭のてっぺんが見えないほどの、雲つくような大男が立っていた。

「ハリウッド！」その女の人は、子供のように高い声でささやいた、「ハリウッド・ディベッキオね！」

「見てごらん、ルイーザ。全然変わってないよハリウッドは！」巨人が低音《ていおん》の、轟《とどろ》くような声でそう言った。

「お、お……おじいさ……？」予測《よそく》していた最悪《さいあく》の事態《じたい》よりもさらにひどいことになった。おじいさんは「変《へん》な人」ではなくて、「異形《いぎょう》の人」だった。なんてことだ。本物の異形の人だ。去年《きょねん》、ハリウッドが数学のクラスでいっしょだった片方ずつ目の色がちがう子が、メガネにガムテープをはりつけて歩きまわったり、蟻《あり》んこ入りのチョコレートを食べたりしていたけど、あんなのとは全然ちがう。そういうのではない。目の前に立っているのは、予約《よやく》して送ってもらう専門的《せんもんてき》な医学雑誌《ざっし》にのるような人だ。こんなはずはない。こんなはずはない！ ハリウッドは今、身長一四七センチ。巨人の血をひいてるなんてことは、ありえなかった。

いや、ありえないことじゃないかも。

もし、あらゆる異形を作りだせる「万能《ばんのう》異形遺伝子《いでんし》」があったとしたら、ひとつの家族《かぞく》にいろんな種類《しゅるい》の異形がいる、ということがありえるかもしれない。ハリウッドには一つ目のおじさんや、頭が三つあるいとこや、蜘蛛《くも》みたいに脚《あし》のたくさんあるおばあさんがいるのかもしれない。とにかく、ここに巨人のおじいさんがいる。ハリウッドは、あとで遺伝学の雑誌で調べるためにメモをとった。

調べてみること——万能の異形遺伝子

　太った女の人はすすり泣きをはじめた。ティッシュで目を拭《ふ》きながら、「あなたは本当に美人ねえ」とハリウッドに言った。

　この太った女の人は誰《だれ》だろう？　わたしのおばさんにちがいない、とハリウッドは考えた。異形のおばさん。これじゃあわたしたちは「ディベッキオ」一家《いっか》じゃなくて、「ディベッ奇妙《キミョー》」一家じゃないか。

　巨人が、ハリウッドの肩にアメリカの広さと同じぐらい大きな手をのせたので、ハリウッドはまたさけび声《ごえ》をあげた。

「ごめんなさい、大きな声を出しちゃって。今後《こんご》気をつけます」とハリウッドは言った。

「僕の名前はティンボ」と彼は言った。でもハリウッドがただ呆然《ぼうぜん》と見つめているだけだったので、ティンボはちょっと困《こま》ったような顔をした。「〝強い男のティンボ〟だよ」と付けくわえて、恥《は》ずかしそうにほほえんでみせた。ハリウッドは無理に笑顔《えがお》を作った。

「あたしはルイーザ」女の人はそう言って、ハリウッドに手を差《さ》しだした。「〝デブのルイーザ〟っていうの。見ればわかると思うけど」と言ってからオホホと笑《わら》ったが、それは作り笑いのようにしか聞こえなかった。ハリウッドは、とりあえず笑顔を浮かべ、そしてルイーザと握手《あくしゅ》した。

「ハリウッド・ディベッキオです」そう言って、ハリウッドは唇《くちびる》をすぼめ、ちょっと頭をさげた。「なになにの、っていうのはなくて、ただのハリウッド」

ティンボとルイーザはどっと笑った。ものすごくうるさい笑い声だった。ハリウッドは身をすくめて、あたりを気にするようにキョロキョロしてみせた。

「車に乗るわよ」ルイーザはそう言い、ティンボはハリウッドのバックパックを持った。「行かなくちゃ。あなたのおじいさんが待ってるわ！」

あら。新情報《しんじょうほう》。この巨人《きょじん》はおじいさんじゃなかったんだ。ちょっとホッとしたような気もするけど、でもそうなると、わたしが今しゃべっているのはまったく赤の他人ということになる。

二人は、急いでいるような口ぶりのわりには、信じられないほどゆっくりと歩いていた。ハリウッドは、自分が前に行ってしまわないように注意しながら、二人に合わせて歩かなければならなかった。ティンボは歩くたびにゴホゴホというような声を出していた。ルイーザは十五メートル歩いたあたりからもうハーハーいっていた。

地球上にある時間のねじれを科学的《かがくてき》に証明《しょうめい》
フロリダに行った少女が二週間で三十年分生きた
「長い二週間でした」と少女

「ところで……」ハリウッドは、ちゃんとした文章で、会話らしくていねいにしゃべろうと努力《どりょく》した。「あなたたちはおじいさんのお友だちなんだと思うんですけど」

「そう」ティンボがいきなり轟《とどろ》くような声で答えたので、ハリウッドはまたキャッと言いそうになるのをあわてておさえた。普通《ふつう》の会話をしてるだけなんだから、爆音を出すの、やめてもらえないかなあ、と思った。ハリウッドの願《ねが》いはただひとつ、高いところや、うるさい音や、異形《いぎょう》の親戚《しんせき》たちなんかにおどかされずにすむ時間《じかん》が、ちょっとでもいいから欲《ほ》しいということだけだった。

「おじいさんは迎《むか》えに来られなかったの？」

「そう、迎えに来られなかったのよ」と答えたルイーザは、ハーハーしながら足をひきずって歩いていた。

ハリウッドは、もっとくわしく話してくれるのを期待《きたい》してルイーザを見つめていたが、話はそれで終わってしまったようだった。いちどきにいろんなことが起こりすぎて、もう死にそう、とハリウッドは思った。そして、急に新しい不安におそわれた。この人たち――お母《かあ》さんの言い方《かた》を借《か》りるなら、この「お年を召《め》した方たち」――を、ハリウッドはぜんぜん知らないのだ。もしかしたら、これは誘拐《ゆうかい》で、ハリウッドはまんまとひっかかってしまったのかもしれない。

たぶん、おじいさんはとってもお金持ちなのだ。その最愛《さいあい》の（かどうか知らないけど）孫娘《まごむすめ》が飛行機《ひこうき》に乗って会いに来るという話を、この二匹の巨大《きょだい》な動物が嗅《か》ぎつけ、おじいさんをおそった……そうなると、今おじいさんはどこにいるのだろう？　そう考えたらハリウッドのパニック状態《じょうたい》はいっそうひどくなった。この二人はおじいさんになにをしたんだろう？

おじいさんはきっと新型《しんがた》シボレーのトランクにつめこまれて、エヴァーグレーズ湿地《しっち》の、ワニがうようよしている沼《ぬま》のどこかに沈《しず》んでいるのだ。なんてこと！　ほんとに、なんてことだ！　とハリウッドは心の中でさけんだ。でも億万長者《おくまんちょうじゃ》のおじいさんの家には、ハリウッドを待っている人がきっと他にもいるはずだ。もしおじいさんがワニの餌《えさ》になってしまったとしても、おじいさんの秘書《ひしょ》がハリウッドのことを待っていてくれる。

うん！　この話、ほんとに筋《すじ》がとおっている。そう、おじいさんはとてつもなくお金持《かねも》ちなのだ！　だからホテルに住んでいるのだ。映画スターとか大富豪《だいふごう》とか、とてつもなくお金持ちな人たちは、ホテルに住んだりするものだということを、ハリウッドは「ピープル」という雑誌《ざっし》で読んで知っていた。おじいさんはたぶんホテルのオーナーなんだ。というか、今はもう、ワニのおやつになってしまったので、オーナーではなくなってしまった。もうすぐ会えるはずだったのに、残念《ざんねん》だった。でも、お母さんがホテルを相続《そうぞく》するということはありえるし、悪くないんじゃないかと思う。そうしたらまず最初にホテルの名前を、間抜《まぬ》けな名前から新しいのに変えるだろう。いや、変えないだろうか。お母さんにはたぶん他のきょうだいもいるだろう。ハリウッドはお母さんに兄弟や姉妹がいるなどということを、今までに考えたことはなかった。自分におじさんやおばさんがいるかもしれないと考えたことはあったけれど、それをお母さんに兄弟や姉妹がいることと結《むす》びつけられなかったとは、バカだった。

そういえば、そうか！　なんてことだ！　ティンボとルイーザだ。二人がお母さんのきょうだいなんだ。ああ、なんだかどんどんひどい話になっていく。二人は、ホテルをそのでっかい手でつかむために、実《じつ》の父親《ちちおや》をエヴァーグレーズの沼に沈めたんだ。そしてお母さんが訴《うった》えたりしないように、ハリウッドを人質《ひとじち》にとろうと計画した。利口《りこう》なやり方《かた》！　うん、なかなか頭がいい人たちだ。二人はお母さんのきょうだいにしては少し年をとっているような気もするけど……

ティンボが腕《うで》をつかんできたので、ハリウッドは金切《かなき》り声《ごえ》をあげた。ハリウッドは自分がどこにいるのか、全然わからなくなっていた。ティンボはグレイハウンドバスにハリウッドを乗せようと、手を貸していた。ハリウッドの荷物《にもつ》をどんどん積《つ》んで、バスでどこかへ行こうとしているのだ。

利口《りこう》だ、とハリウッドは思った。財産《ざいさん》を手に入れて急にお金持ちになったことがわからないように、わざとバスを使うんだ。二人が自分の巨体《きょたい》をバスに押しこむのを、ハリウッドは口を開《あ》けて眺《なが》めていた。ルイーザは一番前の座席二つを占拠《せんきょ》してしまった。ティンボは、からだを二つ折《お》りにして進んでいき、二番目の座席二人分と通路《つうろ》を占拠した。

運転手のうしろの席を指さし、「きみはそこにすわったらいい。そこなら、きみの顔も見えるし、話しかけることもできるから」ティンボはそう言って、恥《は》ずかしそうにほほえんだ。

ハリウッドは言われたとおりにすわった。そして他の乗客たちを見回した。みんなが二人の誘《ゆう》拐犯《かい》を見ていた。ハリウッドは助けを求めるサインを出そうかと思った。

「お腹《なか》すいてない?」ルイーザがバッグを開けて、食料品をどんどん出しはじめた。ハリウッドの目には、四人家族の一週間分の食料に見えるぐらいの量《りょう》だった。ハリウッドは首を横にふった。

大きなため息をつきながら、ハリウッドは思わず言った。「わたしたちって、親戚《しんせき》どうしなの?」これを聞いたルイーザは驚《おどろ》いたようだった。

「いいえ、血のつながりはないわ」と答えると、ルイーザは悲しそうな表情《ひょうじょう》になった。が、そのあとすぐに大口《おおぐち》を開《あ》け、八センチ角ほどのチーズの塊《かたまり》がのった大切れのりんごにかぶりついたので、それほど悲しくなかったのかもしれない。

「でもあたしたちは、あなたの一家《いっか》とずっといっしょにいたわ。そうでしょ、ティンボ」クラッカー四枚とぶどう五つとコーラを、ルイーザは飲みこんだ。そして、サーディンの缶《かん》を開けはじめた。

「そうだ」とティンボがどなった。

「どうしておじいさんは迎《むか》えに来られなかったの？」

「ああ」ルイーザが困《こま》った顔をしてティンボを見たので、ハリウッドは胸騒《むなさわ》ぎを覚《おぼ》えた。「遅《おく》れそうだったから……それであたしたちが迎えに行くって申《もう》しでたの。でもおじいさんは、あなたに会えることをとても喜んでいたわよ。ホテルに帰ったら会えるわよ」

ハリウッドは横目《よこめ》でにらんで、二回うなずいた。そんな話はまったく信じてない、ということをわからせたかったのだ。ハリウッドだってバカではないから、二人の演技《えんぎ》に気づいていた。

「でもよかったよ」食器《しょっき》をガチャッといわせながらティンボが言った。「僕らがこうやって話すチャンスができたんだから」

ふと、ベイビー・ヒューイ（訳註《やくちゅう》・テレビアニメのキャラクター。大柄《おおがら》で大食《たいしょく》、怪力《かいりき》の赤ちゃんアヒル）がハリウッドの頭に浮かんだ。ティンボを見ていたら、あの、おむつをした巨大な赤ちゃんを思い出したのだ。

「じつは」ハリウッドは偉《えら》そうな口調《くちょう》で言った。「わたし、本を持ってきてるの」。バックパックをつかむと、医学雑誌《いがくざっし》の最新号《さいしんごう》を引っぱり出した。そして最初の特集記事《とくしゅうきじ》のところを開いて、読むふりをはじめた。実《じつ》のところ、ハリウッドの頭脳《ずのう》はすごい速《はや》さでぶんぶん回っていて、次から次へとどんどん悪い話を作り出すのにいそがしかったのだけれど。

それからしばらくのあいだ、ハリウッドはティンボとルイーザのほうを見むきもしなかった。もし振《ふ》りむいたなら、二人の傷《きず》ついた顔が見えただろう。


海沿《うみぞ》いに南へ向かって走るうちに、ハリウッドの心は徐々《じょじょ》に落《お》ちついてきた。自分が誘拐《ゆうかい》されているなどという疑《うたが》いは、きれいさっぱり消えていた。でも一方《いっぽう》では、これからなにが起こるのか見当《けんとう》もつかずにいた。ルイーザとティンボって変《へん》だ。その点だけは考えが変わらなかった。誰《だれ》だってそう思うだろう。誘拐するつもりがなかったとしても、この旅のはじまり方《かた》は普通《ふつう》じゃなかった。ハリウッドは、これはたぶん誘拐ではないだろうと思いながらも、油断《ゆだん》せず、通《とお》りの名前や番地や、その他の目印《めじるし》をメモするようにしていた。荒野《こうや》のまん中でひとりおろされて助けを求めるような場合に、このメモが役にたつだろう。

ハリウッドは開いた雑誌《ざっし》をひざの上に置《お》いて、窓の外を見た。

「それはしんぴ？」ルイーザの声で、ハリウッドはハッとして現実《げんじつ》にもどった。

「えっ？」ハリウッドは驚《おどろ》いた。

「真皮《しんぴ》。それ、皮膚科《ひふか》のページでしょ？」

「そうだけど……どうしてわかったの？」

「もう今月号《ごう》を読んだから。写真に見覚《みおぼ》えがあったのよ」ルイーザは開いてある雑誌を指さした。

容器《ようき》に入ったイボをアップで撮《と》った写真が、ページいっぱいに載《の》っていた。

「どうしてこの雑誌を読んでるの？」ハリウッドは、真皮を見てすぐわかる人に生まれて初めて出会ったのだった。

「あら……」ルイーザは恥《は》ずかしそうなようすになり、口にクッキーを押しこみながら言った。

「ただの趣味《しゅみ》よ」

「真皮が？」

「そうじゃなくて」ルイーザは目を見開いた。「あたしは医学関係《いがくかんけい》の本をたくさん集めてるの。ホテルに帰ったら見せてあげるわね」

どんどんおかしなことになってきたな、と思いながら、ハリウッドはルイーザに向かってうなずいた。

高速道路《こうそくどうろ》からおりて五分たったところで、バスはグレイハウンドのターミナルにとまった。

「サラソタ」という字がハリウッドの目に入った。座席から立ちあがるのに大変《たいへん》な思いをしているティンボとルイーザをおいて、ハリウッドはバッグを持っておりていった。他の乗客《じょうきゃく》が、ハリウッドをじろじろ見ながらおりていく。ハリウッドはなにげなさをよそおい、肩をすくめてニコニコしていたが、本当は穴があったら入りたい気分だった。

「あとちょっとだけタクシーに乗って、ほんの少し歩いたら、もう着くわよ！」ルイーザがおりると、バスの車体が十五センチぐらい持ちあがった。「どうやったらこの二人がふつうの車に乗れるのか？」という疑問《ぎもん》でハリウッドの頭は一杯《いっぱい》になった。しかし表向《おもてむ》きは、ハリウッドはニコニコしていた。

車のバックミラーを見ると、あまりの重さに車体が沈《しず》み、マフラーが地面《じめん》をこすって火花が散《ち》っているのが写《うつ》っていた。ヤシの木、エキゾチックな花や木、自動車ほどもある大きな鳥、道の横に並んだ壁《かべ》のないビル――ハリウッドは窓から見える風景《ふうけい》を観察《かんさつ》した。

フロリダ州《しゅう》が、エイリアンが入《はい》りこんできたと結論《けつろん》
シカゴから来た天才児《じ》が動かぬ証拠《しょうこ》をみせる
「誰《だれ》も気づかないのには驚《おどろ》きました」と少女

「そこです」とティンボが大声を出したので、びっくりしたタクシーの運転手はブレーキをキキーといわせて車をとめた。

「すいません」運転手は、お客の大声に怯《おび》えてしまったことが気まずくて、緊張《きんちょう》しながらそう言った。

「その気持ち、わかるわ」とハリウッドはささやいた。

三人は車からおりた。ハリウッドは期待《きたい》してあたりを見回した。しかしホテルなどどこにもなかった。また、いやな胸騒《むなさわ》ぎがした。

「ついてきてね」ルイーザがかん高い声でそう言い、三人は通りを歩きはじめた。

「ホテルの入り口まで車で行けなかったの?」ハリウッドがたずねた。

二人の巨人《きょじん》は、聞こえないふりをしていた。一ブロック歩いたところで、裏道《うらみち》に入り、古ぼけた建物《たてもの》の裏口が二ブロックほど並んでいるところを歩いていった。それから曲がって、別の裏道に入った。そこには割《わ》れたガラスや、ごみバケツや、錆《さ》びた金属《きんぞく》の切《き》れ端《はし》なんかが散《ち》らばっていた。ルイーザは医学雑誌《いがくざっし》の読者なのに、伝染病《でんせんびょう》の危険がこんなにある場所でどうして我慢《がまん》していられるのか、ハリウッドがたずねようと思ったそのとき、二人の巨人はとまった。小さな木の扉《とびら》の前に立った二人は、その扉を指さしていた。

ハリウッドは大声で笑《わら》った。「わたしにここに入れっていうの？」

「ついてきなさい」とティンボが言った。縦《たて》が長過《す》ぎるティンボと、横が大きすぎるルイーザが扉につかえてしまうのを見てやろうと、ハリウッドは腕組みをして待っていた。しかし驚《おどろ》いたことに、二人はからだをひねって、するりと扉を通り抜けてしまった。それからティンボは手をのばしてハリウッドをつかみ、建物の中に入れた。

なんの予告《よこく》もなく、巨大な手がハリウッドをかかえあげた。ハリウッドは息ができなくなった。ティンボはハリウッドをふうっと空中に持ちあげ、自分の目の高さまで持ってきて、目を見つめた。ティンボを見つめかえすハリウッドの目は飛びだしそうになり、まばたきもできなくなっていた。一瞬《いっしゅん》、気持ち悪さがこみあげてくる。ハリウッドはこの大きなからだに向かってベーッと吐《は》きちらしてやろうかと思った。

ティンボは深《ふか》く息を吸《す》いこみ、ゆっくりとほほえみを浮《う》かべて、ハリウッドの骨《ほね》にまでひびく声で言った。「ハリウッド・ディベッキオ、サーカス・ホテルへようこそ！」

第六章

お母《かあ》さんに電話しなくちゃ。今すぐに。お母さんもこんなつもりじゃなかったはずだ。もしこういう場所だと知っていたら、ハリウッドを一人でこんなところに来させたりしなかっただろう。今のわたしは、あの恐怖《きょうふ》映画『シャイニング』の世界にどんどん入りこんでいってる。ハリウッドはそう思った。そう、熱帯版《ねったいばん》の『シャイニング』。気候《きこう》がどうであれ、ホラーであることには変わりない。

ハリウッドが放《ほう》りこまれたのは、板で囲いをしてある、崩《くず》れかかった、薄暗《うすぐら》くてとても汚《きたな》い無気味《ぶきみ》なホテルだった。巨人たちと空港《くうこう》で出会っていっしょに来るところまでは、なんとか笑《わら》いとばすこともできた。でもここはなに？　これじゃ、あんまりだ。心配性《しんぱいしょう》ではない普通《ふつう》の子供だって、そう思うだろう。

床板《ゆかいた》に体重《たいじゅう》をかける前に、ハリウッドはいちいち足もとを確《たし》かめた。両腕《りょううで》はからだの脇《わき》にぴったりつけ、古ぼけた壁にけっしてさわらないようにしていた。

「電話をかけたいんだけど」ハリウッドは足をひきずりながら、薄暗《うすぐら》い廊下《ろうか》をやみくもに歩いていたが、とうとう、せっぱつまった声でそう言った。

「電話ならあるわよ」ルイーザが、ハリウッドのほうを振《ふ》りむきもせずに言った。

「どうして？」ハリウッドはカッとなった。「どうしてこんなところに住んだり、電話を使ったりできるわけ？　こんなこわれた家に、住んじゃいけないんじゃないの！　法律違反《ほうりついはん》じゃないの！」

「最近なのよ、立ちのくように言われたのは」ルイーザは無邪気《むじゃき》に答えた。「先週言いわたされたばっかりなの」

「ちょっと、歩くのやめて！」ハリウッドはさけんだ。「お母さんに電話をかけさせてくれないんなら、わたし、もう一歩も歩かない」

ルイーザとティンボは立ちどまって、ハリウッドのほうを振りかえった。二人の顔に恐怖《きょうふ》の表情を見てとって、ハリウッドは驚《おどろ》いた。急に、自分の責任《せきにん》の重さを感じた。

「ハリウッド」ルイーザがやさしい声でゆっくりと言った。「あなたに助けてもらいたいの」

ハリウッドは答えなかった。今までよりいっそう頭が混乱《こんらん》してきた。眉間《みけん》にしわを寄《よ》せて、顔

をしかめた。

「お願《ねが》いだよ」弱々《よわよわ》しく、すがるような声が聞こえた。それがティンボが出した声なのだと気づくまでに時間がかかった。

「あとで全部説明《せつめい》するし、もちろん電話もかけていいけど、でも……」ルイーザが口ごもった。

「でも、なに？」

「あのね、みんなが……」

「みんな？」

「みんなは、あなたをびっくりさせようとしてるの。あなたがここに来ることは大事件なのよ。だからそのために、みんなはいっしょうけんめいに準備《じゅんび》したの……」

ハリウッドはルイーザとティンボを、頭の先から足の先までじろりと見た。それからまたうつむいた。

「安全は保証《ほしょう》するわ」ルイーザはなぐさめるように言った。

「見かけほど悪くないところだよ」ティンボは首を曲げてほほえみながら言った。それから空中に飛びあがり、ドシンという雷《かみなり》のような音をたてて着地した。「ほら。がんじょうだろ?」

「そういうこと、やめて」ハリウッドはどなった。

「おじいさんのために協力してくれる?」ルイーザは、意味不明の質問《しつもん》をした。

妙《みょう》な気分だった。なぜだか「いやだ」と言えずに、ハリウッドはそこに突《つ》ったっていた。二人を傷《きず》つけることはできないと思った。突然《とつぜん》、自分が強くなったように感じた。まるで、世界中がハリウッドの答えを待っているような気分になったのだ。この人たちは、なぜだか知らないが、明らかにハリウッドを必要《ひつよう》としている。今、引きかえすことはできない。

ハリウッドはあきらめて、こう言った。「それじゃあ、行く! さあ行こう! でもわたしがひどいけがをしたらあなたたちの責任《せきにん》よ!」

二人は小さな子供のようにニッコリ笑《わら》い、それから、今度は前よりずっと速足《はやあし》で廊下《ろうか》を歩きはじめた。そして、ずんずん進んで、廊下の突きあたりのドアにたどりついた。二人はそのドアを開《あ》け、ハリウッドが追いついてそこまでやってくるのを待った。そして腕を伸ばして、まるで宮殿《きゅうでん》の入り口から入場させるように招《まね》きいれた。ドアをくぐる前に、ハリウッドは二人を見つめて、それから敷居《しきい》をまたいだ。そして、驚《おどろ》いて立ちすくんだ。

そこは今までに見た中で、いちばんすばらしい場所だった。

「ここが大《だい》ホール」背後《はいご》からティンボがささやいた。

「『センターリング』ともいうの」とルイーザが付けくわえた。

〝ようこそハリウッド・ディベッキオ！〟と書いた幕《まく》が、入り口の大きなアーチや、彫刻《ちょうこく》をほどこしたバルコニーの手すりなど、あちらこちらからさがっていた。部屋のそこここに、おかしな、こわれかけみたいなものがいろいろ飾《かざ》ってあった。じっと眺《なが》めてみなければ、それがなんなのか想像《そうぞう》もつかないものばかりだ。部屋のまん中には、鉄の棒《ぼう》でできた車輪《しゃりん》つきの巨大な檻《おり》があった。ピエロの道具かも？　ライオン用かな？　ばかでかい太鼓《たいこ》と、ハンマーとラッパが、部屋の隅《すみ》に立てかけてあった。大階段から垂《た》れさがって、バルコニーの手すりまで巻きついている、金や銀や赤のひもがついたたくさんの飾り。あれは象《ぞう》につけるもの？

「ここにすわってなさい」ティンボが言った。その声は、今までとちがってとてもやさしかった。ティンボが指さしたのは、広々《ひろびろ》としたホールのまん中に置《お》かれた、王冠《おうかん》のような赤いビロードのひじかけ椅子《いす》だった。ハリウッドは大理石《だいりせき》の床《ゆか》の上をそっと歩いていった。靴《くつ》のかかとがカツカツいう音が響《ひび》きわたった。

「そこにいてね」ルイーザがハリウッドの頭をなでて言った。「怖《こわ》くないわよ。すぐに戻《もど》ってくるからね」

ハリウッドは、かつては豪華《ごうか》できらびやかだったらしいホテルのまん中に一人ですわって、おじいさんを（たぶんおじいさんだと思う）待っていた。床《ゆか》や壁《かべ》を縁《ふち》どっているタイルのモザイクは、部分的に元の形を残していた。複雑《ふくざつ》に彫《ほ》ってある木彫《きぼり》は、すり減《へ》っている部分もあったが、いま新しく見える部分もあった。かつては鮮《あざ》やかな色だったらしいペンキのなごりが、淡《あわ》い色になってぼんやり光っていた。

危険な家に住む奇妙《きみょう》な二人組に少女だまされる
その手にはのらなかった、と少女

たいていの子供たちだったら、お化《ば》け屋敷《やしき》のような建物《たてもの》に泊《と》まるのを楽しいと思うだろうけれど、ハリウッド・ディベッキオはそうは思わなかった。ハリウッドは火災《かさい》が起こると危険な建物とか、ペストの元《もと》になるネズミがどんどん増えているような場所には敏感《びんかん》だった。ここで危険な事故が起こるとしたら、たとえば腐《くさ》った床を踏《ふ》みぬいて転落《てんらく》すること、落ちてきた天井の下敷《したじ》きになること、蝶番《ちょうつがい》がさびてドアが開かなくなること、それから……

ピイイイイイイイッ!!!　ピイイイイイイイイッ!!!

高く鋭《するど》い笛《ふえ》の音が、耳をつんざいた。ホテルがまっ暗闇《くらやみ》になり、ハリウッドは身を固くした。闇《やみ》の中で大音響《だいおんきょう》の声が響《ひび》きわたった。「サーカスがはじまりまあす！」

ハリウッドはほとんど発作《ほっさ》を起こしそうになった。もう降参《こうさん》。これ以上びっくりするのはもうごめんだ。失神《しっしん》してしまおうとして頭をうしろにそらし、息をとめた。もし気を失ってしまえば、なにも見ずにすむ。

突然《とつぜん》、闇を裂《さ》いてスポットライトが照《て》らされた。ライトに当てられ、逆《さか》さにした大きなバケツの上に立っているのは、赤いタキシードのジャケットと黒いパンツを身にまとい、大きな帽子《ぼうし》をかぶった、上品な老人《ろうじん》だった。

おじいさんなの？　とハリウッドはさけぼうとしたが、声を出すことができなかった。

「レディズ・アンド・ジェントルメン！　坊《ぼ》っちゃん嬢《じょう》ちゃん！　チビちゃんたちとお兄さんお姉さん！」

「わたしは団長《だんちょう》のロドニフィコです。ようこそいらっしゃいました……」どこからかダカダカという太鼓《たいこ》の音が響《ひび》いてきた、「世界一のサーカスに！」ジャーン！　とシンバルが鳴って、ハリウッドはキャッとさけんだ。そしてあわてて口をふさいで、椅子《いす》にすわりなおした。

ロドニフィコは笛を三回、鋭《するど》く高く吹《ふ》きならした。ピイイイイイイッ！　ピイイイイ

イイイッ！　ピイイイイイイイッ！　すると部屋に、色と光と音楽があふれでた。スポットライトが動いてあちこちを照《て》らし、ミラーボールがくるくる回って、ロビー中に無数の小さな光が踊《おど》った。つづいてその上に、色のついた強いライトが降《ふ》りそそぎ、虹《にじ》のように部屋の中央を照らした。どこかから聞こえる音楽が大きくなった。蒸気《じょうき》オルガンが演奏《えんそう》する陽気《ようき》なマーチ。太鼓《たいこ》がドン、ドン、ドンというリズムを打ち、やがてバイオリンやラッパもくわわった。古いホテルの中は音楽でいっぱいになり、弾《はず》むようだった。

ハリウッドはじっと椅子《いす》にすわっていた。「奇妙《きみょう》きてれつだ」小声《こごえ》でつぶやいた。「わたしが怖《こわ》がりだからそう思うんじゃなくて、この場面がほんとに異常《いじょう》なんだよ！」しかし、ハリウッドはまばたきもせずに見つめていた。異常であるだけでなく、それがあまりにも美しかったからだ。

「地上最強の男、ティンボです！」ロドニフィコが紹介《しょうかい》した。

音楽が雷《かみなり》のようなダンスビートになり、ティンボが登場《とうじょう》した。彼は片手の上に十二脚《きゃく》の椅子を積《つ》みあげて、完璧《かんぺき》にバランスをとっていた。もう一方《いっぽう》の手の上には、巨大《きょだい》な木のテーブルが縦《たて》になって乗っていた。あんなに重くて、しかもバランスのとりにくいものをああやって持ってしまうなんて、すごいことだ。もっと驚《おどろ》いたことに、ティンボは持ちあげた椅子を一つずつおろしていって、長方形《ちょうほうけい》になるようにきれいに並べていった。椅子に囲まれた中に、大きなテーブルを置《お》いた。ティンボがとてもていねいに、とてもじょうずにおろしたので、あんな巨大なテ

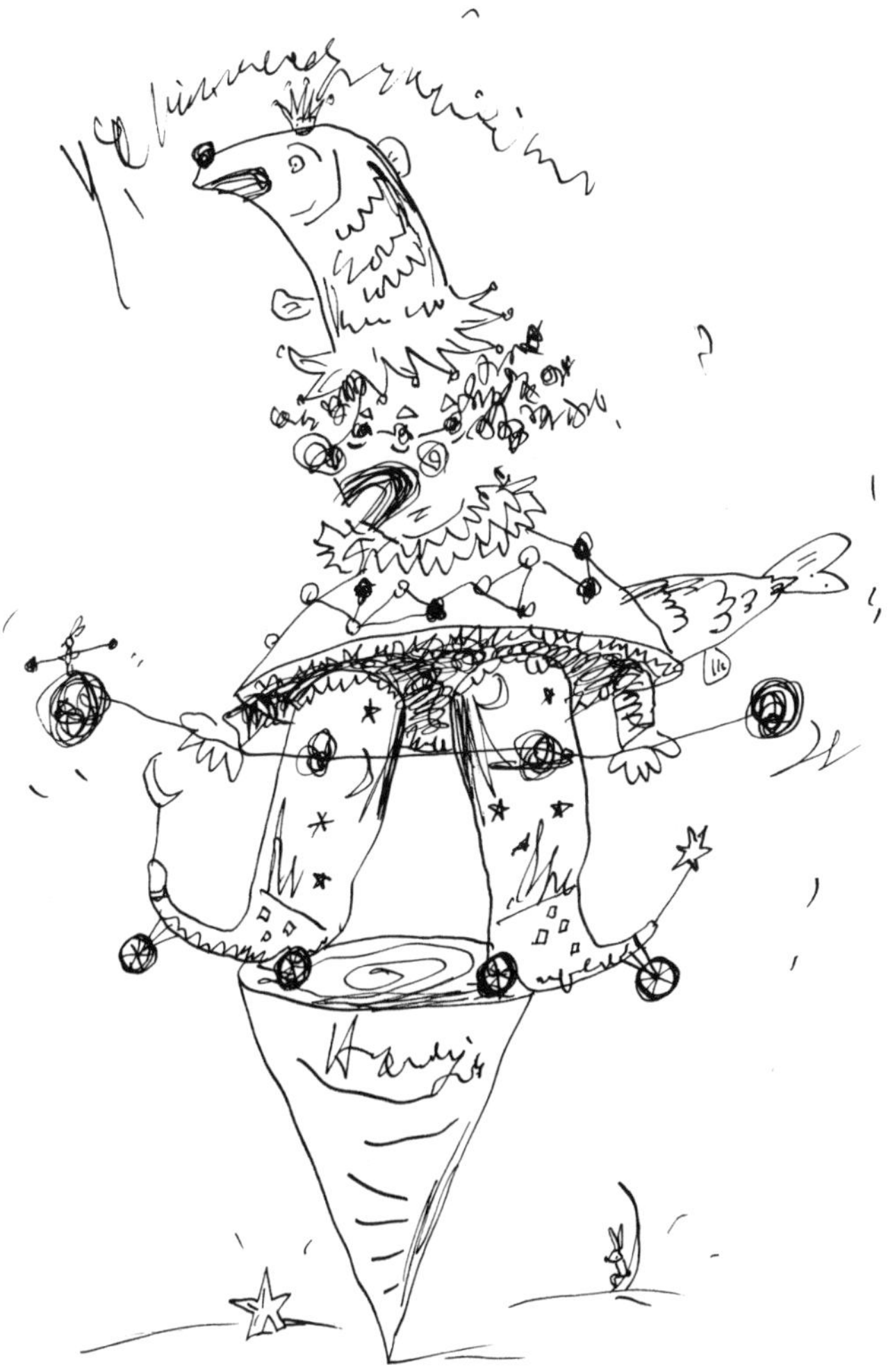

ーブルが、なんの音もたてなかった。まるで、着地せずに地面の上に浮《う》いているみたいだった。ハリウッドは息がとまりそうになった。ティンボはハリウッドのほうを向いてほほえみ、それから、お辞儀《じぎ》した。

「道化《どうけ》のソーリー登場！」ロドニフィコがさけんだ。

あっという間《ま》に音楽《おんがく》が変わって、キュッキュキュッ、ピッピピッ、という滑稽《こっけい》なリズムが流れはじめた。一人のピエロが、まるで大砲《たいほう》から発射《はっしゃ》されたみたいに飛《と》びだしてきた。腕には深紅《しんく》と紫《むらさき》のビロードの布をかけている。ピュルルルルルン、という笛《ふえ》の音がして、ソーリーはテーブルの上を飛んだ。そして飛びながら、持っていた立派《りっぱ》な布をテーブルの端《はし》から端へと広げた。神業《かみわざ》のようにぴたりと敷《し》かれたその布は、美しいテーブルクロスに変身した。布を敷いてしまうと、今度はソーリーはからだを丸めて玉のようになり、床の上をゴロゴロゴロゴロ転《ころ》がった。そうしているうち、ついに玉になったからだがほどけ、大の字になって寝《ね》そべったまま動かなくなってしまった。音楽がとまった。

ハリウッドは椅子《いす》から飛びあがった。あの人は背骨《せぼね》を折《お》ったか、脊髄《せきずい》のけがをしちゃったんだ。と思ったとき、キュッキュキュッ、ピッピピッ、という音楽がまた鳴りだした。ハリウッドはもうちょっとで助けに行くところだったが、それより前に、ソーリーは自分の足で立ちあがった。ハリウッドのほうをびっくりした表情で見て、一、二回よろめいてみせてから、満面《まんめん》の笑《え》みでウインクをして、いなくなった。

「オーストラリア大陸《たいりく》からやってきた、ザジャとゼナにご注目を！　正確《せいかく》かつ軽快《けいかい》、驚《おどろ》くような技《わざ》をお目にかけまーす！」鳴り響《ひび》く蒸気《じょうき》オルガンの音をバックに、ロドニフィコの声が轟《とどろ》きわたった。

まばゆいばかりの金髪《きんぱつ》の、力づよくて素敵《すてき》な男の人と女の人が、音楽に合わせてジャンプや宙返《ちゅうがえ》りをしながら登場した。たちまち、そこらじゅうがお皿《さら》だらけになった。棒《ぼう》の上で廻《まわ》るお皿、右へ左へ飛びかうお皿、そして高く宙を舞《ま》うお皿。二人がひょいひょいと投げ合っている空中のお皿の数を、ハリウッドは数えた。十二枚だ。それからお皿は一枚ずつ、次々とテーブルの上に落ちてきて、ティンポが並べた座席のちょうど前の位置にぴたっ、ぴたっと着陸《ちゃくりく》し、食卓《しょくたく》ができあがってしまった。どのお皿も、まったく欠けていなか

った。ふと気がつくと、ハリウッドは拍手《はくしゅ》していた。「おっと」ひとりごとを言った。「だまされないようにしなきゃ……」お辞儀《じぎ》をする時に、ザジャとゼナはハリウッドを正面から見つめた。この二人は年とっている、とハリウッドは思った。ここの人たちはみんな、すごい年寄《としよ》りばかりだ。

ソーリーが燭台《しょくだい》と二つの花《か》びんを持って、歩いてきた。それをテーブルの上に置《お》くがはやいか、ソーリーは行ってしまった。あっという間《ま》の出来事《できごと》だった。それから、チェロとマンドリンとチャイムが鳴《な》りだし、音楽が神秘的《しんぴてき》なものに変わった。そのメロディーを聞いて、心に不思議な悲しみがわきあがったちょうどそのとき、ハリウッドは台所《だいどころ》のほうからやってきた、びっくりぎょうてんする光景《こうけい》を目撃《もくげき》した。

「みなさん、不可能《ふかのう》が可能になるのを見届《みとど》けてください、ハンガリーから来たふたごの曲芸師《きょくげいし》、ぎょうてんのウタと、驚《おどろ》きのグレタです！」

どこからどこまでが誰《だれ》なのかさっぱりわからなかったが、それでも、この年とった女の人二人がまったく同じ顔をしているのはわかった。二人はおそろいの格子縞《こうしじま》のタイツと、おそろいのかぎ針編《ばりあ》みのセーターを着ていた。二人とも明るい赤毛《あかげ》の髪《かみ》を束《たば》ねていて、信じられないぐらいやせていた。人間わざとは思えないほどからだを曲げたりねじったりして、ひとかたまりにからみあった二人は、台所のドアをそろそろとすり抜けて、ハリウッドにはまねのできないような優雅《ゆうが》さで床の上を進んでやってきた。ウタ（なのかグレタなのか？）は、背中を弓《ゆみ》なりに一回転《いっかいてん》そらせて脚《あし》のあいだから頭を前に出し、つま先と指先でコトコトと歩いていた。そのひっくりかえったお腹《なか》の上に、グレタ（なのかウタなのか？）のお腹が乗っていた。頭を前にあげ、脚を背中に向けてそらしていた。

ハリウッドは、拍手したらいいのかべーッと吐《は》いたらいいのか迷《まよ》った。これはやっぱりとても異常《いじょう》な、たぶん人間の背骨《せぼね》にとって危険な体勢《たいせい》だ。それに、この人たちは老人で、関節炎《かんせつえん》とか骨粗鬆症《こつそしょうしょう》とか、いろんな問題をかかえているはずだ、とハリウッドは思った。老人は普通《ふつう》、自分の骨をいたわるものだ。

上にのったほうの一人の反《そ》らした脚の上、足とひざのあいだのあたりに乗っかって揺《ゆ》れていたのは、二つのお碗《わん》だった。両手には肉や野菜が山積《やまづ》みになった大皿《おおざら》がのっていた。

テーブルのところまで来ると、下にいるウタ（かグレタか）は曲げた背中を四十五度ぐらいの角度まで起こし、二人は少し高くなった。上の一人がお碗《わん》や大皿《おおざら》をテーブルに置いて回るとき、下の一人はテーブルの周《まわ》りをゆっくりと優雅に動いた。そうして二人はまた床のまん中に行って丸まり、低くなった。それから、上の一人が脚《あし》を前にぐっと伸ばして、頭より先まで持っていき、地面に降りたった。ものすごい背筋運動《はいきんうんどう》から元に戻ると、今度は前から脚のあいだに頭を入れた。それから静《しず》かな表情《ひょうじょう》でハリウッドのほうを見た。ふたごのもう一人は立ち上がって、脚を高く振《ふ》りあげ、首のうしろに着《つ》けた。そして、その体勢《たいせい》のままお辞儀《じぎ》をした。

ハリウッドは、ただ見つめるばかりだった。ふたごは長くゆっくり会釈《えしゃく》して、それを合図《あいず》に暗《くら》闇《やみ》の中に消えていった。

「さあ、ご注目《ちゅうもく》、死をもおそれぬ男が登場」ロドニフィコが言った、「勇気をもってご覧《らん》ください、荒《あ》れくるう動物に立ち向かうジャックと、そして『猛獣《もうじゅう》ウィー・オルガ』！」

熱狂《ねっきょう》的な音楽が響《ひび》いた。不規則《ふきそく》なリズムがドンドコと鳴りわたり、それから大音量《だいおんりょう》のマーチがはじまった。ふたごを浮かび上がらせていたスポットライトからパッと変わって、今度は部屋全体にあふれるライトがついた。ヤナギの枝《えだ》を手にした男の人が、明かりの中に全速力《ぜんそくりょく》で走ってきた。ジャックのあとを追ってきたのは、小さいけれど獰猛《どうもう》そうな三毛猫《みけねこ》だった。ひっきりなしに出している深いうなり声は、猫にしては大きすぎるおそろしい音だ。

ハリウッドのちょうど前まで来ると、ジャックは突然《とつぜん》止まった。目の前に、かっこいい初対面《しょたいめん》の人が立ったので、ハリウッドはドキッとした。ジャックは他の人たちより若かった。その顔に一瞬《いっしゅん》ほほえみが浮《う》かんだので、ハリウッドもほほえみかえした。

さて、ジャックはいよいよ対戦相手《たいせんあいて》のほうを向いて、その周《まわ》りを動きまわった。オルガは動きをとめた。ジャックとオルガはおたがいの目を見て、戦いの体勢《たいせい》に入った。彼らはからだを低くしてかまえながら、にらみあってぐるぐる回っていた。ジャックはうしろにジャンプすると、椅子《いす》の一つをヤナギのムチでパシッと打った。オルガはこれに反応《はんのう》して、前足でパンチしようととびかかった。ジャックはそれをかわしてから、かっこよくポケットに片手《かたて》を突《つ》っこんだまま、椅子の上をもう一度打った。オルガは前へうしろへと動いた。さっきまではうなっていたのだが、今や、口を大きく開《あ》けて、わめいている。オルガがジャックに向かって突進《とっしん》したので、ハリウッドはハッとして椅子から跳《と》びあがった。オルガはズボンの脚《あし》にしっかりとつかまったかと思うと、高さをすばやく目ではかって跳びあがり、ジャックの胸にぶらさがった。そして肩に前足を置《お》いて、ジャックの顔を見つめた。ジャックは膝《ひざ》をついて、片手で猫の小さな両手をつかんだ。

彼らはなんとか相手を負かそうと前へうしろへともつれ合い、ついにジャックが優勢《ゆうせい》になった。彼らがからみあったまま止まると、ダカダカダカダカダカダカ、と血も凍《こお》るような太鼓《たいこ》の音が響《ひび》きわたった。

ジャックは大きく口を開けた。かたずを飲むような瞬間《しゅんかん》だった。ウィー・オルガは勇気を奮《ふる》いおこして、頭を動かし、ライオン使いの口の中に自分の頭を突っこんだ。

太鼓《たいこ》の音がやんで、シンバルの音が響《ひび》き、オルガはぴょんと床へおりた。二人はまたぐるぐる回る。そして、ジャックが再びヤナギのムチで椅子《いす》を打ちつけると、オルガは飛び上がって、得意《とくい》げなようすで椅子の上におさまった。「ジャジャーン！」という音楽が鳴って、ジャックは深《ふか》ぶかとお辞儀《じぎ》をした。オルガも片足で立って前かがみになり礼をした。

気取《きど》ってお辞儀をする猫の姿を見てハリウッドは大声で笑《わら》った。そのとき、そこにいるのが自分一人ではないことに気づいた。サーカス一座《いちざ》の全員《ぜんいん》が、それぞれの食卓《しょくたく》の席についていた。照明《しょうめい》がゆっくりと明るくなり、赤、黄色、青、紫《むらさき》の光を投げかけた。オーケストラの演奏《えんそう》する、美しくて胸にせまるカノンが流れだした。

肩の上にウィー・オルガをのせたジャックが、ハリウッドの手をひいて、食卓に連れていき、椅子をすすめてくれた。そしてジャックはハリウッドの隣《となり》の椅子の前に立った。台所《だいどころ》のドアにみんなが注目した。ハリウッドはまるで教会にいるときのように、周《まわ》りの人につられて自分も同じように注目した。ドアがゆっくりと開くと、そこにはティンボが立っていた。肩の上には、とても小さな、黒い髪《かみ》の男の人が乗っかっていた。その人は、みんなの注目から恥《は》ずかしそうに視線《しせん》をそらしている。手には、グツグツ煮《に》えたつ大きなふたつきの壺《つぼ》を持っていた。サーカス一座はどっと拍手《はくしゅ》をした。「ここのシェフの、チューイーだよ」ジャックがハリウッドのほうにかがんでそうささやいた。ハリウッドはなにも言わなかった。

ティンボがテーブルの奥《おく》の席につき、拍手はぴたりとやんだ。部屋の中には美しい音楽が流れていた。ティンボがチューイーのズボンのウエストをつかんで持ちあげ、チューイーが炎《ほのお》をあげている壺《つぼ》をごちそうの山のまん中に置《お》けるように、ゆっくりとテーブルの上に移動《いどう》させていった。小さなシェフは慣《な》れた手つきでパパッと手を振って、火を消した。

ティンボはチューイーを高く持ちあげて、みんなの頭の上をとおして運び、そっと床の上におろした。チューイーは、片脚《かたあし》をひきずっているせいで、からだをかたむけながら歩いていって、自分の席についた。
「毎晩《まいばん》こんななの？」とハリウッドはジャックにささやいた。
「金曜日だけだよ」とジャックは言

った。「今日来られてよかったよね」

ふと気がつくと、今まで暗かった部屋の一角《いっかく》にみんなの注目が集まっていた。ルイーザがそこにいて、巨大なオルガンの前の椅子にすわっていた。オルガンには、空中に向かって高くそびえたつ、たくさんのパイプがついている。ルイーザは歌いはじめた。正しく言えば歌ではない。歌詞《かし》のない美しい音が、ひとつの高さからいろんな音程《おんてい》に変わっていくのだ。ハリウッドは今度こそ本当に、教会《きょうかい》にいるような気持ちになった。

部屋いっぱいにルイーザのきれいな音楽が広がると、一座は頭《こうべ》をたれてお祈《いの》りをはじめた。ハリウッドもみんなにならって、頭をゆっくりと前に倒《たお》した。ハリウッドはこの人たちは、なにをお祈りしてるんだろうかと考えた。音楽が突然《とつぜん》やみ、教会の雰囲気《ふんいき》は消えた。ハリウッドはテーブルについている一人一人の顔を見た。ひとつはっきりしていることは、おじいさんはここにはいない、ということだ。

「わたしのおじいさんはどこ？」敬《けい》けんな沈黙《ちんもく》を破《やぶ》って、そうたずねた。

一同《いちどう》は凍《こお》りついたようになった。誰《だれ》も口を開かなかった。みんな、そわそわとあたりを見回したり、うつむいて下を見たりしていた。それから、少しずつ、みんなの視線《しせん》が上がってきた。上へ、上へ、とハリウッドはみんなの視線の先を追った。

ここで初めて、ハリウッドはこのホテルの巨大さに気づいた。この空間の上には、少なくとも十階ぶんぐらいのバルコニーが、空に向かって上へ上へと連《つら》なっていた。二階の上には、ホール全体《ぜんたい》を覆《おお》ってネットが張《は》られていた。ネットの上には空中《くうちゅう》ブランコや綱渡《つなわた》りの綱が、あらゆる方向にはりめぐらされていた。そしてそのもっと上、ずっとずっと高いところ、天窓《てんまど》のそばになにかある。ハリウッドは顔をしかめて、目をこらした。

はるか高みにある空中ブランコに、老人がすわっていて、ゆっくりと、前へうしろへとブランコをこいでいるのだった。

「わかった」それを見たとたん、ハリウッドは小声《こごえ》でつぶやいた。「さあ、ほんとにお母《かあ》さんに電話しなくちゃ」ハリウッドは首をそらして、まばたき一つせずに、上にいるおじいさんをじっと見つめた。

第七章

「電話貸《か》して」時間を無駄《むだ》にしてしまった。今すぐ電話のあるところに連れていってもらうか、逃げ出してそのまま警察《けいさつ》にかけこむか、どちらかだ。

「台所《だいどころ》にあるわよ」ルイーザが静かに言った。「わたしたちが会いたがってる、ってお母《かあ》さんに言っておいて」

「本当だいね」強いオーストラリアなまりのある男の人の声がした。「今月の終わりにここを立ちのきになったら、どこに送りこまれたかちゃんと連絡《れんらく》するから、って伝《つた》えてくれよ」

「あともう一つ」オーストラリアなまりの女性の声が言った。「あたしたちは、ポッピーが病院に送られてしまわないようにがんばってる、って言っておいて」

台所に行こうとしていたハリウッドは立ち止まった。そして、今誰《だれ》がしゃべったのかと振《ふ》りかえった。しゃべったのは、皿回《さらまわ》しの女性だった。

「なに？」ハリウッドはどなった。「それどういう意味なの？」

「あのね」ジャックが言った。「おじいさんがあそこからおりてこないのがなぜなのか、僕《ぼく》たちにはわかってても……」

「じゅうねんもおりてこないのよずっと」

「僕たちにはわかってても、それでも」とジャックがつづけた。「普通《ふつう》の人はみんな、ポッピーのことを……その……気がおかしくなってると思っちゃうんだろうな」

「グルルルル！」ジャックの相棒《あいぼう》の小さなトラが、あいづちを打った。

「十年も？」ハリウッドは小声《こごえ》で言った。

「おい、ちょっと！」団長《だんちょう》のロドニフィコが大声《おおごえ》を出した。「この子がおじいさんのことを聞きたがっているのはわかった。しかし、われわれのショーがまだ終わっていない、ってことを思い出してくれないか？」

テーブルの上をすばやい視線《しせん》がとびかった。一座《いちざ》は大切なことを思いだしたように見えた。

「ほんとだわ」とルイーザが言った。

「ロドニフィコの言うとおりだ！」ザジャが賛成《さんせい》した。

「さいごのおじぎをしなくちゃまだしてないわあたしたち」

「さいごのおじぎをしなくちゃまだしてないわあたしたち」ハリウッドはからだがやわらかい、異常《いじょう》なまでにやせたふたごを見つめ、二人の言葉を聞きとろうとした。

突然《とつぜん》、一座は席を立ち、わあっと拍手《はくしゅ》かっさいをはじめた。ルイーザが自分にとって精一杯《せいいっぱい》のところまで巨体を曲げて、お辞儀《じぎ》をした。それからティンボ。一座の一人一人は順番《じゅんばん》に、はてしなくつづく拍手に向かって、芝居《しばい》がかった深《ふか》ぶかとしたお辞儀をしていくのだった。ハリウッドは、この部屋を飛びだして、お母《かあ》さんに電話して、空港《くうこう》に引きかえしたいと思った。今すぐそうしたいのだが、しかし足が動かなかった……

「あなたの番よ」とルイーザが促《うなが》した。

「わたしはなんにもしなかったのに」ハリウッドは腕組《うでぐ》みをしてそう言った。

「あら！　早くしなくちゃ」ゼナが大声でさけんだ。

「きみがいちばん大事な役をやったんだから！」とティンボがどなった。

ハリウッドはジャックのほうを見て、それからルイーザのほうを見た。

「あなたはあたしたちのお客さんをやってくれたのよ」ルイーザが歌うような声で言った。

チューイーが深呼吸《しんこきゅう》し、スペイン語《ご》なまりの混《ま》じった恥《は》ずかしそうな調子で言った。「僕たち、長いあいだずっと観客《かんきゃく》を待ってたんですよ。僕たちのお祈《いの》りがかなって、あなたが来てくれた」

この言葉をきいて、一座《いちざ》は頭を下げて感謝《かんしゃ》の祈りをささげた。ハリウッドは、のどにしこりができたような変《へん》な感じがしてきたのが、気になってしようがなかった。お祈りが終わって、また拍手かっさいがわきおこったが、今度の拍手はハリウッドへのものだった。

ハリウッドは目を閉じて、もうやめてほしい、と思った。この奇怪《きかい》な悪夢《あくむ》が終わってくれることを、ただ祈るばかりだった。ハリウッドが前に頭《こうべ》をがくっと垂《た》れると、拍手が高まった。みんなはわたしがお辞儀をしてると思ったんだ、とハリウッドは思った。映画スターか何かみたいな芝居がかったお辞儀だと思ったんだな。


少女が大理石《だいりせき》の床の上に卒倒《そっとう》し、頭蓋骨《ずがいこつ》を割《わ》る原因《げんいん》は老《お》いぼれサーカス団員たちによる拍手

「ハリウッドに乾杯《かんぱい》！」轟《とどろ》きわたる声でそう言って、ティンボがグラスを持ちあげた。

「ハリウッドに乾杯！」と、こだまのようなみんなの声。

「やめて！」とハリウッドはさけんだ。室内《しつない》はしーんとなった。「まず、どういうことなのかちゃんと説明してくれなくちゃ、なにもはじまらないよ！」ハリウッドはみんなをじっと見つめた。

命令《めいれい》するような口ぶりの自分の声が、静《しず》まりかえった部屋の中に響《ひび》いているのが聞こえた。ハリウッドは笑《わら》いたくなった。今までの人生で、こんなふうにはっきりなにかを要求《ようきゅう》したのは初めてのことだ。そんなことをしてしまったせいで緊張《きんちょう》して、なぜか笑いたくなってしまったのだ。でも笑ったら不真面目《まじめ》に見える、と思って舌をかんだ。

最初に沈黙《ちんもく》を破《やぶ》ったのはチューイーだった。苦労していっしょうけんめいに自分の椅子《いす》からおりると、ハリウッドの横に少しずつ近づいてきた。チューイーは静かにこう言った。「僕《ぼく》が全部お話ししますよ。知りたいことはわかってます。でもどうぞ、ハリウッドさん、すわって僕の作った夕食を食べてください。特別《とくべつ》にあなたのために作ったものですから、冷《さ》めないうちにどうぞ」

ハリウッドは頭をあげてチューイーを見た。チューイーはとても背が低かったが、しっかりした強い心を持っていた。こういう人にいやだと言うのはむずかしい。ハリウッドの前にとても上品に立っているチューイーは、ハリウッドより三〇センチも背が低かった。ハリウッドはうなずいて、席についた。

「さあ、召《め》しあがれ！」よーいドンのピストルのように、ロドニフィコがさけんだ。

みんないっせいに椅子を引いて立ちあがり、お皿をひったくり、料理をてんこ盛《も》りにとった。グラスはカチャカチャ鳴り、スプーンやナイフやフォークが空中を飛びかった。なんてお行儀《ぎょうぎ》のいいこと。ハリウッドが身動きもできずにじっとしているあいだに、自分のお皿にも、肉やパンや野菜や果物がどんどん盛られていった。陶器《とうき》やクリスタルグラスがものすごいスピードで飛《と》んできて、ハリウッドの鼻をかすめた。お皿に積《つ》みあげられた食べものは、普通《ふつう》の食事の百倍以上もの量《りょう》になっていったが、ハリウッドは、よそってもらうのをとめるために、もういい、と手を出すことができなかった。食器が飛びかっているので、危なくて手が出せなかったのだ。

　ハリウッドは、テーブルの周《まわ》りのおかしな老人たちを一人一人目で追っていった。そして最後に、空席《くうせき》になっている、テーブルの端《はし》のいちばんいい席に目がいった。食べ物を取る大騒《おおさわ》ぎがおさまり、みんなが食べ終わって静《しず》かになったところで、ハリウッドは言った。「あれはおじいさんの椅子なんでしょう?」

「そのとおりよ」とゼナが答えた。

「ここにいてくれないからさびしいん

だってことをわかってもらうために、そのままにしてあるの」

「どうしてわたしが来たのにおりてきてくれないの？」自分の声が小さい子の泣き声みたいに聞こえて、ハリウッドはぞっとした。深呼吸《しんこきゅう》して、背筋《せすじ》を伸《の》ばしてみる。ばかばかしいことはもうたくさんだ、と思った。一週間前には、おじいさんがいることさえ知らなかったんだから。おじいさんがわたしに会いたくなかろうが、頭がおかしい人だろうが、わたしの人生にはなんの関係もない。でも、やっぱり悲しい。自分の中で、おじいさんから受けついだ血が騒《さわ》ぎだすのを、ハリウッドは感じた。それは、おじいさんがハリウッドを愛してくれないと困る、という強い思いだった。

「君に会いたくないからじゃないんだ、ハリウッド」ジャックが言った。

「あなたに会いたくないからじゃないのよ」と、ルイーザが繰《く》りかえした。

ジャックは食べものを飲みこんでから言った。「君のおじいさんは、ブランコの上からもうなん年もおりてきてないんだよ」

「一度もおりて来てないの？　それとも、めったにおりて来ないっていうこと？　全然《ぜんぜん》まったくおりてこない、っていうこと？」

「全然まったく。ブランコの上で寝《ね》て、ブランコの上で食事する……つまり、あの人はあそこに住んでるんだよ」

「あたしたち、ちゃんと面倒《めんどう》みてあげてるのよ」とルイーザがハリウッドのショックをやわらげた。「食べものとか服とか、必要《ひつよう》なものは上にあげてあげるの。それに、チューイーが作ってあげた、その、どうしても必要なプライベートな空間、ね、それもちゃんとあるわ」

「トイレも上にあるの?!」ハリウッドは思わず、はっきり言ってしまった。そして頭をそらして、ブランコの上の老人を見あげた。

「おりるためのプラットフォームが空中《くうちゅう》にあるだろう、あの上にあるのさ」とザジャが言った。

「たいした工夫《くふう》だいね」

ハリウッドはまたジャックのほうに向きなおった。「どうして?」と強い口調《くちょう》でたずねた。

ジャックはそわそわしているように見えた。ジャックは周《まわ》りのみんなをチラチラ見た。

「どうしておじいさんはおりて来ないの?」ハリウッドはさらに強い調子になって言った。

ジャックはなにか言おうとしていた。みんなは、もしジャックがへまをしたら、つかみかかってやろう、とでもいうように身を乗りだした。

「ええと」ジャックがついに言った。「ブランコの相棒《あいぼう》がいなくなってしまったんで、かわりに相棒をつとめてくれる人がくるのを、上でずっと待ってるんだ」

「相棒が〝いなくなった〟ってどういうこと?　だいたい、今の話は、おじいさんが自分で言ったことなの?」ハリウッドは新聞記者《しんぶんきしゃ》だから、たとえ一晩《ひとばん》かかったって、話を聞きださなければならないのだ。

「いやね、それほど長くしゃべったわけじゃないけど……あんまりしゃべらないんだよ、あの人は」

「でも手紙を書けるんじゃない？　お母《かあ》さんに手紙を書いたみたいに」

食卓《しょくたく》のみんなは、ハリウッドの目を見ることができなくなったというように、すっかりうなだれてしまった。

「なんなの?!」ハリウッドは腕《うで》を振《ふ》りあげて、こぶしでテーブルをドン、と叩《たた》いた。「あなたたちって本当にイライラする！　どうしておじいさんがブランコの上に住んでるのか、教えてよ！」

「今はそんなこと気にしないで」ルイーザが必死《ひっし》になってさけんだ。「あなたがここに来てくれた、それが大事なことなのよ！　デザートはいかが？」

ハリウッドはテーブルをおしのけて立ちあがった。そしてズボンのポケットからハガキを出した。「おじいさんはお母さんあてに、これを出したのよ。これを見ると、別におかしい人には思えないんだけど……」

「おじいさんが書いたんじゃないんだ」ロドニフィコがかたくるしい姿勢《しせい》で椅子《いす》にすわったまま、ハリウッドをじっと見つめて言った。

ハリウッドはお腹《なか》をぽりぽり掻《か》きはじめた。それから腕も。そのうち、全身がかゆくなってきた。シャツをちょっとめくってみると、赤いブツブツがいくつか見えた。「最高だね！　最高！　ほんとにありがとう。あなたたちのせいでかゆくなっちゃった！　誰《だれ》かかゆみ止め持ってないかな？」

「なんですって？」ハリウッドはかみつくように言った。生意気《なまいき》に聞こえようが、そんなことにかまっていられなかった。

「あのハガキはあたしたちが書いたのよ」ルイーザがつぶやいた。

「よくないことだったと思う」ジャックが再び口を開いた。「君をだまして悪かったと思ってるんだけど、その手紙は僕《ぼく》たちが書いて君の家に送ったものなんだ」

「悪かったわ、ごめんなさい」ゼナがささやいた。「あと、かゆみ止め、あたし持ってるわ」

それから、テーブルについた全員のあやまる声がこだました。ソーリーはただ自分を指さす仕《し》草《ぐさ》をした。

「あなたのお母さんから来たあの手紙は……まるですばらしい贈《おく》りもののようだったわ……」ルイーザはまた涙を流し、言葉をつまらせた。

「たちのきしなきゃいけないまさにそのときでいいたいみんぐだったわ」

「たちのきしなきゃいけないまさにそのときでいいたいみんぐだったわ」

ふたごは熱心にうなずいていた。

「君がここに来るチャンスをのがすわけにはいかなかったんだ」ジャックはひどく冷静《れいせい》な口調《くちょう》になっていた。「君の助けが必要なんだ、ハリウッド」

「あなたたちっていったいなに者？」ハリウッドは言った。それから、脚《あし》をボリボリかきむしった。

「あたしたちは、あなたのおじいさんの家族《かぞく》よ」ルイーザが静かに答えた。「つまり、あたしたちはあなたの家族なの。家族があなたに、ここにいて欲しいと思っているのよ」

「血のつながりはないって言ったじゃない！」これが本当の家族だなんて言われたら、わめきちらしたくなる。これはわたしが欲しかった家族じゃない。ぜったいちがう！　もしこれが本物の家族なのだとしたら、想像《そうぞう》の中で作り上げた家族のほうがよっぽどましだ。お母さんが逃げだすのも無理ないよ！

「血のつながりはないんだけど、ね、ハリウッド、あたしたちは普通《ふつう》の家族なんかよりずっと長いこといっしょにいるのよ……」

「僕《ぼく》らはこの建物《たてもの》から立《た》ちのかされるんだ」ジャックが言った。「取りこわしの人たちがやってきて、本当に出ていかなきゃいけなくなるまで、あと二週間しかない。ここには新しく高級《マ》コンドミニアム《ンション》が建《た》つんだそうだ」ジャックの声は、もうやさしい声ではなくなっていた。その口調は、ハリウッドをなだめるような調子《ちょうし》から、何をするべきか教えようという調子に変わっていた。

「その人たちは、なにもあなたたちを道ばたに放《ほう》りだそうっていうんじゃないでしょう」ハリウッドは、何か解決《かいけつ》方法を考えだそうとした。どうせもう帰ってしまうのだから、自分には関係ないんだけれど。もう決めたのだ。シカゴに戻ろう、そして、二度と家族のことをたずねるのはやめよう、と。

「うん。僕たちが路頭《ろとう》に迷《まよ》うことはないと思う。でも、ほとんど全員が老人ホームに入れられてしまうだろうね。知りあいもいないところに、みんなバラバラになって送りこまれる。それから、もし僕たちが、ソーシャルワーカーが来る前におじいさんをあそこからおろさないと、おじいさんは病院に送られてしまう。だからもう、君に来てもらうしかなかったんだ」

「わたしはおじいさんをおろすことなんかできない！　高いところなんてとんでもないわ」ハリウッドは言いかえした。

「どういう意味だろうね？　高いところが〝とんでもない〟とは？」ロドニフィコがザジャを見て言った。

「高いところが怖《こわ》いっていう意味じゃないかね」ザジャがあきれたように言った。

「そのとおりよ！」ハリウッドは乱暴《らんぼう》に言った。「校庭にある、小さい子用のうんていにものぼれなかったんだから、あんなものにのぼれるはずないでしょう！」ハリウッドは、ホテルの上のほうに向かってどこまでもはてしなくつづく、長い縄《なわ》ばしごを指さした。

「そうすると、空中《くうちゅう》ブランコから飛《と》ぶことなんかまったく無理ってこと？」ゼナがザジャに言った。

ハリウッドは目をまんまるにしてゼナを見た。「なんですって?! わたしが？ 空中ブランコ??? ……で飛《と》ぶの?! 冗談《じょうだん》でしょ!!」ハリウッドはとうとう笑《わら》いはじめた。笑っているうちに、なんだか頭の中のスイッチがバチッと入ったようになった。突然《とつぜん》、今日というおかしな一日のうちに積《つ》もり積もったストレスが、一気に爆発《ばくはつ》してしまった。そうして、さらに激《はげ》しく笑《わら》いはじめた。自分でも気づかないうちに、ハリウッドはテーブルをドンドン叩《たた》き、のけぞり、キャーキャー声をあげて爆発的に大笑いしていた。ほんの一瞬《いっしゅん》、笑いがとまって、顔をあげたかと思うと、またドッと爆発し、前よりもひどく笑いだした。

一座《いちざ》はショックを受けてだまりこんだまま、じっとすわっていた。ロドニフィコが静かな声で「ハリウッド・ディベッキオ＝ジェネロが高いところを怖《こわ》がるのか」と言ったが、ハリウッドはヒステリーの最中《さいちゅう》だったので聞いていなかった。

ロドニフィコの言葉が老人たちをほほえませたようだった。一人また一人と、老人たちも笑いはじめた。最初は低い笑い声が起こり、それから部屋じゅうが笑い声でいっぱいになっていった。十人がみな、ヒステリーの発作《ほっさ》を起こし、美しいが古めかしいこわれかけのホテルの、ホールを転《ころ》げまわった。ふたごは、二人重なりあって笑っていた。ルイーザとティンボは、倒《たお》れないようにおたがいに抱《だ》きあって笑っていた。ルイーザは顔を流れる涙《なみだ》を拭きながら笑っていた。ジャックはひざまずいて、笑いの大波《おおなみ》と大波のあいだになんとか息をつこうとしていた。ソーリーはテーブルに突《つ》っぷして足で床《ゆか》を踏《ふ》みならし、ももの横を手でバシバシ叩《たた》いていた。ハリウッドは、馬鹿笑《ばかわら》いの大波におそわれるたびにつまずきながら、台所《だいどころ》のほうへよろよろと移動《いどう》していった。

「わたし……」ハリウッドはひとつの文を最後までしゃべることができなかった。「わたしこれから……」そこまで言ってから、またキャッキャというさけび声《ごえ》が飛びだす。「電話……ママに電話……する」ハリウッドは、台所のばね式ドアを押して倒れこみ、カウンターにもたれかかった。ヒステリー状態《じょうたい》が弱まってきたところで、身ぶるいしながら深呼吸《しんこきゅう》する。そして起きあがって周囲《しゅうい》を見渡《みわた》した。とてもたくさんの台所用具《だいどころようぐ》や、巨大な流し台、ものすごい大きさのオーブンやかまどが周《まわ》りを囲んでいる。今までに見た中でいちばん大きな台所だった。小さなチューイーが、この巨大なスプーンの国でおおわらわになってごちそうを作っているようすを思い浮かべて、ハリウッドはまたイヒヒヒ、と笑いだしかけた。でも、うしろで声がしたので、笑いはとまった。

「どこだかわかりますか?」

振りかえると、チューイーが入り口に立っていた。うしろには、一座《いちざ》の他のみんなが立っていた。みんなまったく正常《せいじょう》に戻っていた。もう誰《だれ》も笑っていない。みんなはハリウッドを見つめ、ハリウッドもみんなを見つめかえした。

「電話はあそこですよ」チューイーはそう言って、壁に取り付けられた古い黒電話を指さした。

みんなが何も言わず、二十個の目玉でハリウッドの背中《せなか》をじっと見つめる中、ハリウッドは電話のところに歩いていって、受話器《じゅわき》をとり、ダイヤルを回しはじめた。

第八章

お母《かあ》さんはしくじった
少女は苦しんだ
サーカスの異形《いぎょう》たち

裏切《うらぎ》り！

（フロリダ発《はつ》ＡＰ電《でん》）――今日の午前中、飛行機《ひこうき》に乗ったにもかかわらず奇跡的《きせきてき》に生きのこった、シカゴの有名《ゆうめい》な少女ハリウッド・ディベッキオが、今夜になってひどい目にあった。彼女《かのじょ》は、サーカス芸人《げいにん》である十人の異形の老人たちが仕組《しく》んだ詐欺《さぎ》の被害《ひがい》を受けたとみられる。さらに、もっとも驚《おどろ》くべきことは、ディベッキオの母親《ははおや》が心配していなかった――それも、全然《ぜんぜん》心配していなかった、ということだ！

「親が子供にとるような態度《たいど》ではありませんでした」彼女は今夜、電話インタビューに答えてそう語った。「特に、わたしのような心配性《しんぱいしょう》の子に対しては、ああいう態度はいけないと思います」

ディベッキオが話しているのは、今日、彼女が祖父《そふ》を訪《たず》ねるためにサラソタに着いたあと、母《はは》親《おや》にかけた電話での会話のことだ。彼女が泊《と》まった場所は、雰囲気《ふんいき》も、設備《せつび》も、許《ゆる》しがたいものだった。本紙《ほんし》の意見では、そこはまったくもって危険で胸《むね》の悪くなるようなところで、才能あるデリケートな少女ハリウッド・ディベッキオが、母親の言うままにそこに泊《と》まるなどということは、一泊《いっぱく》だって、けっしてあってはならない。さらに本紙の意見では、ただちに車を出して少女を助けだし、空港《くうこう》のそばにある本物《ほんもの》のホテル（普通《ふつう》の名前のところ）に連れていき、明日の朝いちばんの飛行機でシカゴに帰らせ、あとは少女がこのことをすべて忘れられるようにすべきだ。

もし本紙に少しでもお金があったなら、本紙が費用《ひよう》を負担《ふたん》しただろう！　記者が言いたいのは、こういうことをするのはけっして大変ではない、ということだ。今は西暦《せいれき》二〇〇〇年代《だい》である。電話もクレジットカードもファックスもある時代だ。車やホテルや飛行機の予約《よやく》だって、その支《し》払《はら》いだって、遠くにいても簡単《かんたん》にできる（そんなことをしてくれるやさしい人がもしもいれば）。しかし、これはただの意見だ。ニュースに戻ろう。

ディベッキオと母親の電話での会話を、次にそのままのせる。

手が疲《つか》れたので、ハリウッドは書くのを途中《とちゅう》でやめた。とても腹《はら》を立てていたせいで、鉛筆《えんぴつ》をぎゅっと握《にぎ》りしめていたのだ。点を打つところでは、鉛筆の芯《しん》が折《お》れるほど強く叩《たた》きつけていた。からだがふるえた。鳥肌《とりはだ》を立てながら、ハリウッドはこれから一夜《いちや》を過《す》ごす部屋を見渡《みわた》した。

ハリウッドは、四本柱《よんほんばしら》のベッドの上に足を組んですわった。熱帯特有《ねったいとくゆう》の熱気《ねっき》が、ぬれた毛布《もうふ》のようにはりついていた。じゅうたんやカーテンや椅子《いす》にはった布《ぬの》はボロボロで、金属《きんぞく》は曇《くも》っていたが、ここがかつて上品で素敵《すてき》な部屋だったというおもかげはのこっている。外から板が打ちつけてある巨大な窓には、重そうなビロードのカーテンがさがっていた。かつてはこの窓も、広い広い青空や、ねんじゅう照《て》りつける太陽に向かって開かれていたのだろう。でも、今ではもう開かれることはないのだ。

ハリウッドは「明日の朝、洗剤《せんざい》を探《さが》そう」とメモした。できることなら今夜泊まりたくはなかったが、自分がここに閉じこめられてしまうのなら、せめてここを消毒《しょうどく》したかった。それでも、サーカスの人たちがいっしょうけんめいやったことは認《みと》めてあげよう。この部屋はホテルの他の場所よりずっと清潔《せいけつ》だ。明らかに、みんなはハリウッドのために部屋を掃除《そうじ》してくれたのだ。それでも、長い年月のあいだ放《ほう》っておいた部屋を完全にきれいにするのはむずかしいことなので、たぶんそこらじゅうにダニがいるにちがいなかった。

ハリウッドは腕《うで》をかきむしり、それからゼナのかゆみ止めを、ブツブツの上に塗りつけた。なぜかゆくなったかを人に説明するのはむずかしかった。ストレスと関係《かんけい》があるのかもしれないし、アレルギーかもしれない、あるいはダニとかバイキンのせいかもしれない。

「もう考えるのやめよう」ハリウッドは大声で言った。「少なくとも明日の朝までここに泊《と》まらなきゃいけないんだから。本物の精神《せいしん》病にならないようにしなくちゃ」

ハリウッドは鉛筆を取りあげて、お母《かあ》さんとの会話を記録しはじめた。一言《ひとこと》だって書きもらさないようにしよう、と思った。お母さんをこれから先、なん年も罪悪感《ざいあくかん》に悩《なや》ませるのが狙《ねら》いだ。だから証拠《しょうこ》として、会話を全部そのまま書き取らなければならないのだ。

『裏切《うらぎ》り』ドキュメンタリー・ラジオドラマ（ハリウッド・ディベッキオ作）

ハリウッド　お母さん！　わたしよ！

お母さん　まあ！　声が聞けてうれしいわ！　大丈夫《だいじょうぶ》？

ハリウッド　大丈夫じゃないよ！　っていうか、少しは……、じゃなくて、全然《ぜんぜん》だめ！

お母《かあ》さん　あなたは無事で、ポッピーもいっしょなんでしょ？　ポッピーは空港《くうこう》に迎《むか》えに来てくれた？

ハリウッド　来ないよ！　ルイーザとティンボっていう人たちが来た……（ため息をついて）巨人のね。

お母さん　あら。（驚《おど》く）ルイーザはまだそこにいるの？　元気？　ああ！　ルイーザがあなたといっしょにいるなんて、よかったわ。もう安心ね。

ハリウッド　えっ、なんですって？

お母さん　わたしが電話した時、出たのはジャックで、他の人とは話さなかったから。ルイーザがいるなんて知らなかった。ああ……（鼻をすする）

ハリウッド　えっ?!

お母さん　ルイーザはわたしにとって、もう一人の母親《ははおや》なのよ。

ハリウッド　お母さん!!

お母さん　なあに？

ハリウッド　ここから助けだしてちょうだい。

お母さん　意味がわからないわ。着いたばかりじゃないの。

ハリウッド　ここはねえ、お母さん、立ちのきしなきゃいけない場所なのよ。お母さんのお父《とう》さんって人はブランコの上に住んでるし、それにここにいる人たちは……（ため息）すっごく変だよ！

長い沈黙《ちんもく》。

お母《かあ》さん　そういうこと、二度と言わないで。あの人たちのことを悪く言っちゃだめよ、ハリウッド・ディベッキオ！　あれ以上いい人たちとは、死ぬまで出会えないわよ。

ハリウッド　お母さんはなにもわかってないよ……

お母さん　自分がどこから来て、どんな家族《かぞく》がいたのか知りたいって、あなたが自分で言いだしたんでしょう。知りたいのはもっともだと思ったのよ。

ハリウッド　気が変わった。もう家族になんて会わなくていい。

お母さん　わたしまちがってたと思うわ……ほんとにまちがってた……こんなに長いことあなたに隠《かく》してたなんて。

ハリウッド　（泣きながら）でもお母さん……

お母さん　帰るだなんて、もっとよく考えてちょうだい。みんなはあなたの家族なんだから。

ハリウッド　でもおじいさんはブランコで暮《く》らしてるんだよ……

お母さん　知ってるわよ。それが仕事なのよ。

ハリウッド　そういう意味じゃなくて……おじいさんは本当に空中に住んでて、おまけに、ここは立ちのきしなくちゃいけない建物《たてもの》なんだよ。

お母さん　そういう芝居《しばい》がかったこと言うのやめなさい。あと、病気ごっこはしないようにね。

ハリウッド　（わあわあ泣いて）お母さ～ん！　これは冗談《じょうだん》じゃないんだよ！

お母さん　ねえ、わたしのことを考えて。これはわたしにとっても辛《つら》いことなのよ。いっしょに立ちむかっていかなきゃ。（涙で言葉がつまる）

ハリウッド　じゃあここに助けに来て！

沈黙《ちんもく》。沈黙。沈黙。

お母さん　二、三日したら、このことをまた話しましょう。あなた、今日はもう寝《ね》なくちゃ。

（また鼻をすする）

ハリウッド　わたしはぜったいに、ぜったいに、こんなとこで寝ないよ。

お母《かあ》さん　どうするか、また考えましょうね。あさって話しましょう。愛してるわ、ハリウッド。

ハリウッド　愛してるわ、わたしも。

ハリウッドはほほに落ちる涙《なみだ》をぬぐった。あまりにも怒《おこ》っていたので、自分が赤ちゃんのように泣いていることにもかまっていられなかった。すべてのことが許《ゆる》しがたかった。他に言うことはない。他に書くこともない。ハリウッドはノートをバタンと閉じて、ベッドカバーを引きはがした。そして布団《ふとん》の中に入る前に、虫がいないかどうかを注意深く確《たし》かめた。

目を閉じると、さんざんだった一日が心の中に再生《さいせい》された。ホラー映画のように、みんなの顔が実物《じつぶつ》より大きく浮《う》かびあがる。ルイーザとグレタとザジャとチューイーとゼナと、それからウタとロドニフィコとティンボ、ソーリーにジャックにオルガ。みんなハリウッドを指さして笑《わら》っている。ハリウッドは目を開《あ》けて、顔をこすり、深呼吸《しんこきゅう》をした。それから、別の場面を思いだした。遠い昔のことみたい。飛行機に乗ったのが今朝《けさ》のことだなんて信じられなかった。

「ねえ、アグネス」ハリウッドは大きな声で言った。そして顔をあげて、暗闇《くらやみ》をじっと見つめた。

「わたしはね、板をはって閉鎖《へいさ》した古いホテルで、頭のおかしい人に囲まれてる……ふりをしてるの」ハリウッドはささやいた。

アグネスの姿を、もっとはっきりと心に思い浮《う》かべようとした。

「わたしには、ブランコの上に住んでるおじいさんがいる、ってふりをしてる」

部屋の隅《すみ》にあるパイプがガタガタ音をたてた。

「このホテルでは変《へん》な音がする、ふりをしてます……おかあさんはわたしがここに泊《と》まるのがいいことだと思ってる、ってふりをしてます……」ハリウッドの声はだんだん小さくなっていった。怖《こわ》いことの「ふりをしてるリスト」を心の中で唱《とな》えていたと思ったら、次に目を開けると、部屋はかすかな朝の光におおわれていた。

ハリウッドは、安心してため息をついた。暗い、おそろしい夜をのりこえたのだ。

第九章

　ハリウッドはドアをそっと押《お》して台所《だいどころ》に入っていった。そうせずにはいられなかった。本当は、お母《かあ》さんが来てくれるまで部屋にたてこもって、絶食《ぜっしょく》するつもりだった。しかし、絶食することの問題点は、食べられない、ということだった。ハリウッドはとてもとてもお腹《なか》がすいていたのだ。夜明け前にはもう、お腹がグーグー鳴りはじめていた。ゆうべ、チューイーのおいしそうな夕食に全く手をつけなかったからだ。

　台所にはすばらしい香《かお》りが漂《ただよ》っていた！　ばね式のドアを押した瞬間《しゅんかん》、ハリウッドは人生最高の空腹《くうふく》を感じた。胃袋《いぶくろ》が「フレンチトーストだ！」とさけんだ。

「ハリウッドさん、おはようございます」そう言いながらチューイーが、脚《あし》をひきずって歩いてきた。チューイーはきれいな色を塗《ぬ》った木のお盆《ぼん》を持っていた。「今、お部屋まで朝食を持っていってあげようと思っていたところなんですよ。でも、ここまで来てもらってよかったです」

ハリウッドの視線《しせん》はお盆《ぼん》の上に釘《くぎ》づけになった。そこには、いろいろな食べ物が美しく盛《も》りつけられて並んでいた。クリスタルボールに入った新鮮《しんせん》なフルーツ、背の高いグラスに入ったオレンジジュース、小さな陶器《とうき》の入れ物に入った溶《と》かしバターとあたたかいシロップ。そしてエキゾチックなピンクの花が飾《かざ》ってある、きれいに磨《みが》かれた銀の花《か》びんも置《お》いてあった。お盆のまん中の、金色のふち取りをした大きなお皿の上には、分厚《ぶあつ》いフレンチトーストが山のように積《つ》んであり、ソーセージが七本そえられていた。

「すごーい」とハリウッドは思わずつぶやいた。

「さあ、ボーリガードといっしょに食べられますよ。この子はふだん一人で食事をしてるんですがね」

ハリウッドは急に暗い気持ちになった。またか。もし目の前のフレンチトーストが食べたければ、またもや登場《とうじょう》する、この世《よ》のものとも思えない、イカれたサーカスの変人《へんじん》につきあってやらなきゃいけないんだ。

「ハリウッド・ディベッキオさん」チューイーがやさしく言った。「ボーリガード・C・ウィラモットです」小男のチューイーは、自分の背後にいた誰《だれ》かに合図した。ハリウッドはハッとして、新登場《しんとうじょう》の変人のほうを振りかえった。

「どうも」男の子はごく簡単《かんたん》にそうあいさつした。別にハリウッドに関心《かんしん》はなさそうで、それより朝食のほうに夢中《むちゅう》になっていた。ハリウッドはその子をじろじろ見て、どこに問題があるのか見つけようとした。腕《うで》がたくさんあるの？　なんだろう？

「こんちは」と言って、男の子は握手《あくしゅ》のために片手《かたて》を出したが、そのあいだも、もう一方《いっぽう》の手はフレンチトーストを口につめこむのにいそがしかった。

ハリウッドは握手するために手を伸ばしながら、この子は皮膚《ひふ》にうろこがあるんじゃないか、指が七本あるんじゃないか、とびくびくしていた。しかし、どうも普通《ふつう》の人のようだ。じつは、ほんの一瞬《いっしゅん》、自分がこの子のことをちょっとカッコいいと思った（不良《ふりょう》っぽいカッコよさだ）ことに、ハリウッドは気づいた。でも、そんなことない、とハリウッドはその思いを押《お》しやった。それから、もう一度その子を観察した。澄《す》んだ青い目の上にかかっている、灰色がかった金髪《きんぱつ》。すっかり日焼《ひや》けした顔に、絶《た》えず浮かぶ笑顔。たぶんハリウッドと同じくらいの年だ。そう思ったらまたもや、この子がけっこうカッコよく見えてきた。

チューイーはお盆をテーブルの上におろした。

「座ってください、ハリウッドさん」

ハリウッドは言われたとおりにして、すぐにフレンチトーストにかぶりついた。

「これ、ほんとにおいしい」もぐもぐしながらそう言うと、チューイーはうれしそうにほほえんだ。

「君、ここに来たばっかりなの？」ボーリガードがやっと食べるのをやめて一段落《いちだんらく》し、たずねた。

「きのう来たの。でももうすぐ帰る」

「ほんと？　二週間ここにいるんだと思ってた」

「いろいろあってね。シカゴに帰ることになったの」

「残念だね」またフレンチトーストにかぶりつきながら、ボーリガードはそう言った。「だって、ここは世界一おもしろいとこなのに」

ハリウッドは大声で笑《わら》った。そんな皮肉《ひにく》を言えるこの子のセンスが気にいったのだ。しかし、真面目《まじめ》な顔《かお》をしているところを見ると、どうやら皮肉ではなく心からそう言ったようだった。わかった、この子はカッコいい。でもバカなんだわ。

「あなた、なにもの？」ハリウッドはきいた。

「ボーリガード・C・ウィラモット」

「ああ、それは聞いたけど」

「近所に住んでるんだ。だけどほとんど一日中ここにいる」

「なんで？」ハリウッドは思わず偉《えら》そうな口調《くちょう》で言ってしまった。

ボーリガード・C・ウィラモットは、そんなあたりまえのことをきくなんてバカじゃないか、という表情《ひょうじょう》でハリウッドを見た。「みんないい人だし、食べものはおいしいし……あと、僕《ぼく》は獰猛《どうもう》な猫《ねこ》の調教《ちょうきょう》を習ってるから」

ハリウッドはこの少年が嫌《きら》いになりはじめた。今しゃべった声の調子《ちょうし》が、「このバーカ！」と言ったのと同じような感じに聞こえたからだ。

「そう」ハリウッドはそっけなく答えた。

「そう」ボーリガードは、ハリウッドの生意気《なまいき》な口調《くちょう》をそっくりまねてかえした。

ハリウッドは目を大きく見開いて、自分の思いをこのバカに今にもぶつけてやろうとしていた。しかし、そこに突然《とつぜん》ジャックが現《あらわ》れた。

「僕の弟子《でし》のボーともうあいさつしたみたいだね」

「うん」ハリウッドはうつむいてお皿を見ながら、乱暴《らんぼう》に言った。「したよ」

「さあ、ボー、時間だ。君も行くかい？」と言って、ジャックはハリウッドのほうをまっすぐ見た。

「ううん、この子は行けないよ、ジャック！　なんにもわかってないんだから」ボーは半《なか》ばささやくようにジャックに言った。「きっとあいつらを怖《こわ》がらせちゃうよ」

「やってみればわかるさ。君もそうだったろ」

「いったいなんの話なのか教えてよ」ハリウッドは言った。ないしょの話や謎解《なぞと》きばかりの一日がまたはじまるのはいやだった。

「ボーは獰猛な猫をつかまえようとしているんだ。もう一年以上も訓練《くんれん》をつづけてきたから、ボーもそろそろ自分専用《せんよう》のライオンを飼《か》うころなんだ」

ハリウッドはただ二人を見ているばかりだった。もし自分が、閉じこめられている囚人《しゅうじん》のような状態《じょうたい》でないときなら、この人たちをおもしろいと思えるかもしれないけれど。

「ねえ、ハリウッド、いいからおいでよ。君から見たら馬鹿《ばか》げてて、どうかしてるって感じかもしれないけど、でもまあ来てみなよ。獰猛なやつらが走り回ってるよ」

「やだよ、この子が僕のライオンを驚《おどろ》かせちゃったら……」

「ボー！」ジャックが怒《おこ》った。「礼儀《れいぎ》正しくしろ！」

「お願いでございます、どうか僕たちといっしょに来てくださいませんか、ハリウッド・ディベッキオさま」ボーが今度は馬鹿ていねいに言った。これでハリウッドの心は決まった。このバカに対するいやがらせのためだけにでも、行ってやろう。

「いいわ」ハリウッドはナプキンを投げすてて言った。「わたし行く」

「じゃあお昼ごはんのときに、また」チューイーがさけんだ。

「君はおじいさんのブランコの相棒《あいぼう》なんだろ？」朝の湿《しめ》った空気の中を歩いていく道で、ボーがひどく大きな声を出して、きいた。どうしようもない暑《あつ》さがたれこめていて、ハリウッドはまるで自分の体重が百キロになったように感じた。

「それがどうしたの？」ハリウッドはせせら笑《わら》うように言った。

「この子、態度《たいど》わるいね、ジャック」ボーが言った。

「まずはおたがいを知ることだよ」ジャックは二人のどちらも見ずに言った。

ボーがハリウッドとジャックに憎《にく》たらしい顔をしてみせたので、ハリウッドは笑った。ジャックは歩く速度《そくど》を上げ、ついてくるよう二人に合図《あいず》した。海岸の北を走る古い高速道路《こうそくどうろ》のうす汚《ぎたな》い路肩《ろかた》を、三人は歩いていった。道沿《みちぞ》いのところどころに、さびれた建物《たてもの》が立っていた――美容《びよう》院《いん》、ファーストフード店《てん》、水泳用品店など、おたがいに関係ない店がゴチャゴチャと並んでいる。

「フロリダって、どこもこんななの？」ハリウッドは非難《ひなん》するようにきいた。

「こんなって、なにが悪いんだよ」ボーがぶっきらぼうに言いかえした。

「計画性《けいかくせい》がない町だね」

「そうかよ？　じゃあシカゴは完璧《かんぺき》なのか、え？」

「ここよりはましだよ！」

「おじいさんのことだけどさ」ボーはわざと話題《わだい》を変えた。「おりさせるつもり？　どうするつもり？」

ハリウッドは、こんなやつ信じられない、という目でボーを見た。顔を近づけて「バカッ！」とさけびたい気持ちを、やっとのことでおさえた。そのかわり、ハリウッドは静かに言った。

「おじいさんをおろすことはできないわ。わたしはそんなことしない」

「病院に連れていかれるのをだまって見てるの？」

「あなたには関係ないでしょ」

「君はあの人のことなんかどうでもいいんだろうけど、僕《ぼく》は心配《しんぱい》してるんだ！」

「あなたがなにを心配するの？　あなたの家族《かぞく》じゃないんでしょ！」

ハリウッドはまっすぐボーのほうに向きなおってにらみつけた。すると、ボーは今までに見せたことのない表情《ひょうじょう》を浮《う》かべていた。困って、言葉につまってしまったようだった。ハリウッドには新しい考えがひらめいた。

「あなたの家族なの？」自分とボーとが親戚同士《しんせきどうし》なのではないかと、ハリウッドは急に思ったのだ。

「血はつながってない」ボーは小声《こごえ》でささやいた。

「じゃあなにを心配してるの？　あなたの家族じゃないじゃない、わたしの……」ここまで言って、ハリウッドは突然《とつぜん》だまった。頭の中にサディの声が響《ひび》いてきた。サディそっくりの言い方《かた》でをしてしまった！「とにかく、やめてくれない?!」とハリウッドはどなった。とても混乱《こんらん》していたので、もうきちんと順序《じゅんじょ》よくものを考えられなくなっていた。

「着いたぞ！」ジャックが振《ふ》りかえってさけんだ。両手を腰《こし》に当てて立ち、二人が追いつくのを待っている。ボーは閉鎖《へいさ》したガソリンスタンドの隣《となり》にある、ガラクタが山積《やまづ》みになった廃品置《はいひんお》き場《ば》で、なにかをつかまえるかっこうをしてみせた。

「気をつけなよ」ジャックは身をかがめて言った。「やつらは陰険《いんけん》だから」ボーはジャックの横にしゃがみこんできいた。「いる？」

「うじゃうじゃいるよ」とジャックはささやいた。

「こんなのバカみたい！」ハリウッドは大声でさけんだ。

「シ――――ッ！」ボーがハリウッドをとめた。

「あら、ごめんなさい。野生《やせい》のライオンをおどかしちゃった？」ハリウッドは皮肉《ひにく》っぽく言った。

「突《つ》ったってないでしゃがんで、静かにしろよ！」ボーがそうささやいて、腕をとても乱暴《らんぼう》に引っぱったので、ハリウッドはほとんど倒れるようにして二人の横にかがみこんだ。

と、突然《とつぜん》、ガサゴソいう音が聞こえた。古びたフォルクスワーゲンのうしろの割れた窓から、一匹《いっぴき》のトラ縞《じま》の猫《ねこ》が飛びだした。ほんの一瞬《いっしゅん》、見えたと思うと、次の瞬間、それは背の高い草の茂みに消えてしまった。

「いた！」ジャックが声を殺して小さくさけんだ。

「あれ、猫じゃん！」ハリウッドははっきり言いきった。

「ああ」ジャックは静かに言った。「そうかもしれない。じゃああいつの目を、見つめられるもんなら見つめてみなよ」ジャックはハリウッドのほうに振《ふ》りかえり、静かな挑戦《ちょうせん》をしかけた。

ハリウッドは、その空《あ》き地《ち》をしげしげと眺《なが》めた。草むらの上をゆっくりと観察《かんさつ》していると、こちらを見かえしてくるたくさんの目玉が、だんだん見えてきた。そこらじゅうに猫がひそんでいる。車のドアのかげ、草むらの中、さびた金属《きんぞく》の樽《たる》や古いゴミ袋のうしろ。あらゆる大きさの、さまざまな色の猫がいた。身を起こしている猫、寝《ね》そべっている猫、すわっている猫、這《は》いまわっている猫。見ていると、ハリウッドはかゆくなってきた。

「ついてきなよ」とジャックは言い、高い草のほうに、静かにゆっくり歩いていった。ボーがあとにつづいた。

「いや、行かないわよ！」ハリウッドはきっぱりとそう言った。

ボーは立ちどまって、お手あげだ、という身ぶりをした。「絶望的《ぜつぼうてき》だよ！」ボーはさけんだ。

「この子が全部ダメにしちゃうよ。こんな子嫌《きら》いだよ、ジャック。いっしょうけんめい努力して、なんとかやさしくしてやれ、っていうんでしょ。でももう無理だよ。この子はクソガキだし、性格も最悪《さいあく》！」ハリウッドは、ほっぺたをひっぱたかれたように感じた。目が涙《なみだ》でツーンとした。

ハリウッドはひたいにしわを寄《よ》せて、唇《くちびる》を噛《か》み、なんとか泣《な》かないようにがんばった。

「フォルクスワーゲンのほうを見て、ボー」ジャックは静かな声で言い、ハリウッドのほうを振《ふ》りかえった。「君はここで待ってるほうがいいかな？」

ハリウッドは落ちつこうと必死《ひっし》になった。「野良猫《のらねこ》がどれだけバイキンだらけで、どれだけいろんな寄生虫《きせいちゅう》を持ってるか、知ってるの?!」とハリウッドは早口でまくしたてた。「あ、僕《ぼく》はまだつかまえたことがないから。もうなん年もずっと、このサバンナで、獰猛《どうもう》な猫をつかまえようとして追いかけてるんだけど」

ハリウッドはジャックをまっすぐに見た。「わたし、ここで待つ」

「オーケー」ジャックはため息をついた。「でも後悔《こうかい》しないね」そう言うと、ハリウッドに背を向けて、高い草のはえているほうに行こうとした。

「ただのアメリカン・ショートヘアーでしょ」急に一人でいるのが怖《こわ》くなったハリウッドは、ジャックをそばに引きとめておきたくてさけんだ。「野生化《やせいか》したふつうの飼《か》い猫でしょ。それだけのことで、ライオンでもなければ、トラでもヒョウでもないじゃない」

「じゃあ、やつらの目を見つめてごらん、ハリウッド」ジャックはもう一度挑戦《ちょうせん》してきた。

二人はにらめっこのように見つめあった。意志《いし》の戦《たたか》いだ。ハリウッドはじっとがんばったが、ついにジャックより先にまばたきしてしまった。そこでハリウッドは、心の中で大声で読みあげていた伝染病《でんせん》の病名リストをいったん忘れることにして、背の高い草の生えているほうへ足を踏《ふ》みだした。

「わたしは猫にさわらないからね」とハリウッドはつぶやいた。

ジャックは笑《わら》った。「あいつら、さわりたくたってさわらせてくれないよ！」

ジャックとハリウッドは、おそろしくゆっくり歩いていった。数《すう》センチ前に歩いてから、とまり、また数センチ歩いてとまり。そうやって、とうとうボーの待っているところまでたどりついた。ハリウッドはすばやく前後に目を走らせた。一匹の猫も見えなかったが、猫たちの気配は感じることができた。自分たちが猫に囲まれているのがはっきりとわかった。そして、まるで猫たちが本当にライオンであるかのように、ハリウッドは身の危険を感じた。

「たかが猫じゃない」とハリウッドは小さい声でつぶやいた。そして、アグネスのことを思いだして言った。「わたしは野生のライオン狩《が》りをするふりをしている……」

ジャックがとまった。ボーのほうに振《ふ》りむき、それから遠くであぶなっかしげにかたむいている、古いシボレーのトラックを指さした。車の横に、巨大なブルーグレー（青っぽい灰色）の猫がいた。猫は大胆《だいたん》に直立《ちょくりつ》したまま、距離《きょり》をへだてた遠いところからジャックを見つめていた。先が白いしっぽを、猫は一定《いってい》のリズムでパタ、パタと小さく振っていた。

「こいつだよ」とジャックはささやいた。「僕がなん年も前からつかまえようとしているのは」

「目は光ってる？」ボーがたずねた。その声には畏敬《いけい》の念《ねん》が感じられた。

「目が光って生き生きしてる。猫《ねこ》の王様だ！」

「目が光るってなんなの？」ハリウッドはたずねた。

「獰猛《どうもう》な猫は、目が鋭《するど》く光るんだ」とボーがハリウッドに教えた。「目の光があるかないかで、野生《やせい》のライオンと言えるかどうかが決まるんだよ。偉大《いだい》なスターは、目が光ってるんだ！」

ハリウッドはブルーグレーの猫のほうをふりかえって、深いため息をついた。この高貴《こうき》な動物たちへの驚《おどろ》きの気持ちがからだをかけぬけた。左右を見回し、空《あ》き地《ち》を一部分ずつじっとにらんで、獰猛な猫がもっといないか探した。そして、ハリウッドは、二つの燃《も》える金色の目玉と目が合い、そのまま釘《くぎ》づけになった。それは、やせているが背の高いジンジャー色（赤茶色）の猫の目だった。ボーがはっと息をのんだ。

「あいつだ」声を殺してボーは言った。「あれが僕の猫だよ、ジャック」

ハリウッドはボーの指さす先を見た。ボーはジンジャーを指さしていた。ジンジャーは、ハリウッドがしゃがんでいる草むらから十メートルぐらい先で、今にも飛びかかろうという姿勢《しせい》でうずくまっていた。

「ああ、すごいすごい……」ジャックがため息をついた。「まさしく目が光ってるよ！　でも無理だと思う。あいつはつかまらないよ。なん年か前に、僕があきらめた猫だ。手品《てじな》みたいにいなくなっちゃう猫なんだ。じつは空を飛《と》べるんじゃないか、と思ったこともあったよ」

ボーは歯を見せてニヤリと笑《わら》った。挑戦《ちょうせん》を受けて立とうという気持ちになったのだ。ジャックのほうを振《ふ》りむき、大きく目を見開いたが、そこでジャックがボーの腕《うで》をつかんで言った。

「気をつけなきゃ。あいつは危ないよ。見つめられただけで、こっちがまいっちゃうんだ。僕《ぼく》だって一度もあいつの目を見られなかった」ジャックはしばらくだまっていた。「僕には勇気がなかった、ってことかな」

ハリウッドの心の中の、もうすぐティーンエイジャーという部分は、あきれかえっていた。でも、残りの部分の、子供らしいハリウッドは、うらやましくてたまらなかった。あの猫を自分でつかまえてみたい。戦いに勝って、強いジンジャーを自分のものにしたい。ジャックに感心されたい。ハリウッドはボーを見て、それからもう一度ジャックのほうを見た。「こんなのバカみたい」だったはずなのに、と思っても、それで自分を納得《なっとく》させることはできなかった。

馬鹿《ばか》な少年、ホームレスの猫の捕獲《ほかく》に熱中《ねっちゅう》
愚《おろ》かな子供、動物の隠《かく》れ場所《ばしょ》にライオンがいると思いこむ
フロリダの田舎者《いなかもの》の目を、猫がくりぬく

まともな見出しを思いつくこともできなかった。

「待て！」ボーがジンジャーのほうを向いたとき、ジャックがささやいた。自分のバックパックからキャンバスの袋《ふくろ》を取り出し、ジャックは「これがいるよ」とボーに渡した。

野生《やせい》の猫《ねこ》に近づいていって、つかまえて袋に入れるなんてことが、どんなに危険なことかと思うと、ハリウッドの全身《ぜんしん》は緊張《きんちょう》した。たとえ野蛮人《やばんじん》でも、ボーが顔をひっかかれるのを見たくはなかった。

ボーは深呼吸《しんこきゅう》して、ジンジャーと向きあった。

「目を見つめるまでは、動いちゃだめだよ」ジャックがささやいた。

ボーはうなずいた。足を一歩《いっぽ》踏《ふ》みだしたとき、驚《おどろ》いたことに、ハリウッドはボーに「がんばってね」と言った。これには、ハリウッド自身がいちばんびっくりした。

ボーとジャックは二人とも振《ふ》りむいて、軽くうなずいてみせた。ハリウッドもうなずきかえした。そして目を丸くした。このところ、自分がなにを考えているのかまるでわからない。

ボーは、忍《しの》び足《あし》でとてもゆっくり進んでいった。ジンジャーの目は、ボーの動きをじっと追っていた。ボーは前に進みつづけたが、そのあいだ、にらみつけるジンジャーの金色の瞳《ひとみ》からけっして目をそらさなかった。ハリウッドはやっとのことで息をしていた。やせた獣《けもの》の力強さを感じて、脚《あし》や腕にはふるえが走った。

飼《か》い猫のアメリカンショートヘアーなんかとはぜんぜんちがう、とハリウッドは思った。これは獰猛《どうもう》な野生の猫だ。だって目の力でボーを負かそうとしている！　ジャックの言うとおりだ。でも、ボーは自分の役目を果たそうといっしょうけんめい集中していた。ボーがジンジャーにピタッと視線《しせん》を定《さだ》めると、猫もまっすぐに視線をかえしてきた。心と心の戦いを、ハリウッドは感じた。まるで、誰《だれ》もが人の心を読めて、口を使わずに超能力《ちょうのうりょく》で会話している、というSF映画みたいだった。

ジンジャーが手を伸ばせば届くところに来たとき、ボーはとまった。

「袋を使うのよ」ハリウッドがささやくと、ジャックは振りかえらずにうなずいた。ボーとジンジャーは目をかっと見開いてにらみあっていた。と、そこで突然《とつぜん》、ジンジャーがいなくなった！　まるで水が蒸発《じょうはつ》したように消えてしまったのだ。ハリウッドには、どっちの方向に行ったのかさえわからなかった。ハリウッドは振りかえってうしろを見た。しかしなにもいなかった。猫はきれいさっぱり消えてしまったのだ。

「つかまえた！　つかまえた！」

ハリウッドは声のほうを振りかえった。自分の目が信じられなかった。ボーが頭の上にキャンバスの袋をかかげて立っていた。中で怒《いか》り狂《くる》った野獣《やじゅう》がギャーギャーとわめき散《ち》らしていて、袋は今にも爆発《ばくはつ》しそうだった。ハリウッドは信じられない気分でそれを見ていた。ボーがそんなに速く動けたなんてありえない。

馬鹿《ばか》な少年が驚《おどろ》くべき才能《さいのう》と勇気を発揮《はっき》――
ミニミニ・ライオンに勝って、見事《みごと》とらえる!
「あんなに馬鹿な子でもできたとは驚《おどろ》いた」と目撃者《もくげきしゃ》

突然《とつぜん》、ボーは弾丸《だんがん》のようにかけだした。ボーは走ってジャックとハリウッドの前を通りすぎ、道路のほうへ飛びだしていった。ジャックはボーを追って走りだし、ハリウッドも追いかけた。

「待てよ!」ジャックがさけんだ。「とまれ!」

少年は、高速道路《こうそくどうろ》の路肩《ろかた》まで来て、やっと走るのをやめた。「こいつを檻《おり》に入れなくちゃ、ジャック! 袋の中でめちゃくちゃに暴《あば》れてるよ!」

「ゆっくり歩くんだ、ボー。走るとますます猫《ねこ》が興奮《こうふん》するよ!」ジャックは満足《まんぞく》したようすで、じっとボーを見おろした。「あんなすごい狩《か》りは、初めて見たよ。本当に初めてだ」

ボーはジャックにほほえみかけ、うなずきながら、「つかまえたんだ。ほんとにつかまえたんだ」と言った。

ハリウッドはなにか言おうとした。ボーがやりとげたことは感動的だと思ったけれど、ただ、言葉が出なかった。感動《かんどう》的かもしれないけど、そんなにたいしたことじゃない。ボーをあんなにほめたたえるなんて、ジャックもちょっとバカみたいだ。二人がおたがいに喜びあっているのを見ていると、ハリウッドは、自分の唇《くちびる》が自然にゆがんだ笑《わら》いを浮《う》かべてしまうのを感じた。なにこれ？　父と息子《むすこ》の感動《かんどう》の瞬間《しゅんかん》？　こんなお涙《なみだ》ちょうだいの場面なんて見ていたくない。こんなのがわたしの家族《かぞく》だったなんて！　ハリウッドは首を振《ふ》って、家族なんていう言葉を頭から追いだそうとした。もう、どうだっていいや。

「行こう」ジャックはそう言って、ハリウッドの背中に手を置《お》いた。「僕《ぼく》たち、調教《ちょうきょう》用のライオンをしとめたんだよ」

ハリウッドはジャックを見てうっすら笑った。もう意地悪《いじわる》なことは言いたくなかったけれど、ジャックが「僕たち」という中に、ハリウッドは入っていないのだなと思った。うまく説明できないのだが（ということは、自分がもうすっかり頭のいかれた変人《へんじん》になってしまったということだろうか）、そう言われると本当に頭にきた。まるで気づかいがない。でも別に、このバカ

な連中の仲間になんか、これっぽっちもなりたくないのだ。それなのに、ハリウッドは明らかにねたんでいた。自分をだますことはできなかった。ハリウッドはやきもちという気持ちをはっきり感じた。

医者にもわからない
ダメな負《ま》け犬《いぬ》の少年に、少女はやきもち
嫉妬《しっと》することなど何もない——しかし少女はひどくねたむ「彼女は、老《お》いぼれたサーカスの
異形《いぎょう》の人たち、とか、獰猛《どうもう》な猫《ねこ》、とか、ブツブツつぶやいていました……」

数々《かずかず》のいやな出来事《できごと》で頭が一杯《いっぱい》になり、しまいに爆発《ばくはつ》しそうになる自分と、ハリウッドは必死で戦った。そして、感情をぶちまけるかわりに、舌をぐっと噛《か》んで、ホテルに戻った。

第十章

「ちょっと」
という声がしたので、ハリウッドはノートから顔をあげて、広いホールを見渡《みわた》した。誰《だれ》もいない。ぜったいに声は聞こえたはずなのに。ハリウッドは、部屋のまん中に置《お》かれたボロボロのビロードのソファのはじっこで、ひざを抱《かか》えて小さく丸まった。そして再び、ノートに顔をうずめた。ハリウッドは、ここ数日に起こったおかしな出来事《できごと》の記録《きろく》をつけようとしていた。奇怪《きかい》なことをいろいろ経験《けいけん》して、本当にたいへんな目にあっている。

ある少年が、凶暴《きょうぼう》な猫《ねこ》を袋に入れようとあがいていた。少年は、そんな子供っぽい追いかけっこをするには、もう大きくなりすぎているようだった。ボーリガード・C・ウィラモットは、昨日、猫《ねこ》をつかまえたところを三十七回も再現《さいげん》してみせた。話すたびごとに、話はどんどん劇的《げきてき》になっていき、狩《か》りの危険《きけん》度もどんどん増《ま》していくのだった。「その子供は、専門家《せんもんか》のカウンセリングが必要な精神状態《せいしんじょうたい》ですね」とある関係者《かんけいしゃ》が語った。奇妙《きみょう》なことに、ハリウッド・ディベッキオ（サーカス・ホテルの中でたった一人まともで、コメントのできる人物）によれば、立ち退き勧告《かんこく》されたホテルに住みつづけている住人巨《きょ》デブだの巨人だのチビだの、赤鼻だの皿回し芸人だの《の》といった老人たちはみな、少年のことをヒーローのようにあつかったそうだ。「みんな午後じゅうずっとその話ばかりしていました」とディベッキオは言った。「ガンの治療薬《ちりょうやく》でも発見したかのような騒《さわ》ぎでした」

「ちょっと」

また聞こえた。いたずら好きなボーのしわざだろう、とハリウッドは思った。でも考えてみたら、ボーは今、自分の「ライオン」のことでいそがしいはずだ。ハリウッドのことなど、もうすっかり忘れているだろう。ボーとジャックは、今朝《けさ》早くからライオンの調教《ちょうきょう》にかかりきりだ。ジャックはいっしょにやらないかと誘《さそ》ってきたけれど、ライオン調教なんてものはうんざりだと思って、断《ことわ》った。それに、もうボーリガードとあまり顔を合わせないほうがいいと思ったのだ。

「ちょっと！」

「なに?!」ハリウッドはついに大声でさけび、ホールの入り口のほうを見た。「誰《だれ》なの？」

「ちょっと!!」

ハリウッドはノートをバタンと閉《と》じた。「誰だか知らないけど、お化《ば》けみたいなまねはやめて、どうしたいか言いなさいよ！」

上だ。

頭の中にそんな言葉がひらめいた。

いや、頭の中にひらめいたんじゃない。誰かの声が実際《じっさい》にそう言ったのだ。

「上だ」ほら、また。

ハリウッドはゆっくりと首をうしろにそらした。その視線《しせん》は、バルコニー一階分ずつ上にあがっていって、最後にホテルの天井《てんじょう》まで行った。ハリウッドは大きく二回まばたきをした。自分の見ているものが信じられなかった。手をこぶしにして、すわっているソファのビロード生地《きじ》をぎゅっとつかんだ。そして口をポカンと開《あ》け、大きく息をついた。腕《うで》や脚《あし》にアドレナリンがかけめぐった。

ブランコの上のおじいさんが、ハリウッドをじっと見つめていた。

遠すぎて顔ははっきりとは見えなかったが、手を振《ふ》っているのが見えた。おじいさんはまっすぐハリウッドに向かって手を振《ふ》っていた。小さな動きではあったが手を小刻《こきざ》みに動かして、確《たし》かに手を振っていた。

「こんにちは」ハリウッドはささやいた。

「チャオ」ささやきが響《ひび》くのが聞こえた。

「すごい！」洞窟《どうくつ》のように深《ふか》いロビーまで声が届いたのに驚《おどろ》いて、ハリウッドは小さな声でそう言った。

「うん！　すごい！」おじいさんがささやいた。

ハリウッドは上を見あげ、おじいさんはハリウッドを見かえした。

「あなたはしゃべらないって聞いたけど」ハリウッドはおじさんに言った。

「みんなにはしゃべらない。君にはしゃべる」

「わたしにだけ？」

「そう」

自分の血液《けつえき》がすごい速さで流れる音が聞こえた。わたしはショックを受けているんだ、これはショックへの反応《はんのう》なんだ、とハリウッドは思った。次に、感情があふれだしてきた。指先でビロードをいじりながら天井を見あげ、どうして突然《とつぜん》泣《な》きたくなってきたのか考えた。今初めてここに着いたような気分だ。空港《くうこう》でおじいさんに初めて会ったらきっと感じるだろうと想像《そうぞう》していた、その気持ちが、今になってわきでてきた。空港では、ついに感じることができなかったものだ。飛行機《ひこうき》からおりた時、おじいさんが待っていてくれなくて自分がどんなにがっかりしたか、ハリウッドは今やっと気がついた。

「空港で会えると思ってたのに」

「ごめんよ。なぜ無理だったかもうわかっただろう」

「まあね。でも、ここに着いたときも、わたしにあいさつ一つしてくれなかったじゃない」

「今あいさつしてるんだ」

「おじいさんなんかどこにもいないのかと思った」
「ここにいる。わたしを許《ゆる》してくれるかね？」
ハリウッドはすぐに答えなかった。心の中が、はげしい感情とたくさんの質問《しつもん》でいっぱいになっていた。ふと、今までずっとおじいさんがいなくてさびしかった、とさけびたい気持ちにかられた。たくさんの重大《じゅうだい》な質問《しつもん》に答えて欲しかった。「お父《とう》さんはどこにいるの？」「なぜお母《かあ》さんは出ていったの？」「どうしてブランコの上に十年も住むなんて思いついたの?!」——こういう問いを大声でさけびたかった。

でも結局《けっきょく》、「許すわ」とだけ言った。こんな年寄《としよ》りに向かってさけぶのはまちがっていると思ったのだ。それに、いちばん困るのは、おじいさんに見すてられることだったからだ。「おりてこないの？」とハリウッドはたずねた。

「おりない。君がここに来なさい」

ハリウッドの目に涙《なみだ》があふれてきた。

「君がサーカス・ホテルに来てくれてうれしいよ」とおじいさんはささやいた。

「わたしが誰《だれ》だか知ってるでしょ？」ハリウッドは聞いた。

「シー！（訳註《やくちゅう》・イタリア語《ご》で『はい』という意味）もちろん。君はわたしの孫娘《まごむすめ》だ。君のお母さんやおばあさんに似た美人だ」

「そう？」

「どうして上にのぼって来ないんだ？」

「どうして下におりてこないの？」ハリウッドは答えた。

「それは、君が上に来るのを待っているからだ」

ハリウッドはだまってしまった。だめだ。ぜったいにのぼれない。はしごをのぼる途中《とちゅう》で気を失ってしまうだろう。で、そのまま墜落《ついらく》なんかしたら、病気で死なないように気をくばって生きてきた人生も、そこで終わりだ。

「おりてきてください」ハリウッドはささやいた。

「のぼってきてください」おじいさんが言った。

そう言ってから、今まで下を見おろしていたおじいさんは、元《もと》どおりの姿勢《しせい》に戻《もど》ってしまった。

「行かないで――」ハリウッドはさけんだ。

「ここにいるさ」おじいさんはささやいた。

おじいさんは、わたしがのぼっていくのを待ってるんだ、ということがハリウッドにはわかった。ここに着いたときからずっと言われていることを、やっと本気で信じる気になった――おじいさんを地上におりさせることは、自分の役目《やくめ》なのだ。

ハリウッドはホテルの裏《うら》にある、壁に囲まれた庭のはじっこに立っていた。庭は、手入れされていなくて草ぼうぼうになっていたが、それでも、凝《こ》った作りの花壇《かだん》や、みずみずしく茂《しげ》るぶどう棚《だな》の葉っぱは美しかった。石板《せきばん》と大理石《だいりせき》でできた小道《こみち》が、いろんな方向に曲がりくねって伸びていた。この庭が、ジャックがライオンの調教《ちょうきょう》をする場所だ。

ハリウッドは、花が咲《さ》いている高い生け垣《がき》の向《む》こう側《がわ》に、ボーがいるのを見つけた。ボーは、車輪《しゃりん》つきの檻《おり》の中にいるジンジャーが、ボーに向かってシューシューいうのをじっと見つめていた。ちょっとでもボーが動くと、ジンジャーは怒《いか》り、叩《たた》こうとして前足を振《ふ》りあげる。ジンジャーの足が空《くう》を切ると、ヒュッという音が聞こえた。

「怖《こわ》い猫《ねこ》だね」ハリウッドは草むらの陰《かげ》から出てきてそう言った。

「ウィー・オルガより獰猛《どうもう》になるんじゃないかな」とボーは答えた。

「あなたに言いたかったんだけど」ハリウッドはじっと気持ちをおさえて言った。「きのうはよくやったね」

ボーは目を細くしてハリウッドを見つめ、続いて悪口や意地悪《いじわる》が飛びだすのではないかと、身がまえた。

「ほんとにすごかった」とハリウッドは言った。「あんなガキっぽい態度《たいど》をとっちゃって、ごめんね」

ボーはすぐには答えなかった。下を向き、それから、またシューシューいっているジンジャーのほうを見た。

「もういいよ。べつに」

「見ててもいい？」ハリウッドは、ほこりだらけの古いコンクリートのベンチにすわりながら、そうきいた。

「好きにすれば。でもあんまりおもしろくないよ。まだほとんど、観察《かんさつ》してるだけなんだ」

「それも訓練《くんれん》のうちなの？」

「ううん。ただ檻に手を入れるのが怖《こわ》いだけ」

ハリウッドは笑《わら》い、ボーはハリウッドのほうを見た。ボーはゆっくりとほほえんだ。「僕《ぼく》もバカじゃないからさ」とボーは付けたした。

「もちろん。それで正解《せいかい》だと思うよ。それは『危険というデータにもとづく恐怖《きょうふ》感』だから、ただの怖《こわ》がりとはちがうよね」とハリウッドは言った。

「そのとおりだ」ボーがうなずいた。「一瞬《いっしゅん》でも隙《すき》を見せたら、こいつは僕の顔をかじっちゃうと思うよ」

ハリウッドは立ちあがって、檻に近づいた。ジンジャーがこっちにすり寄ってきたので、ハリウッドは小さくキャッと言った。

「ごめんごめん、近よりすぎたね」ハリウッドは言った。

ボーとハリウッドはだまってじっとジンジャーを見つめた。猫はうろうろ歩いたり、檻の隅《すみ》にすわりこんだり、という動きをかわるがわる繰《く》りかえしていた。

しばらくして、ハリウッドは言った。「なんだかかわいそうな気がする。この猫、すごく怖がってるだけなんじゃない？」

「そうだよ」ボーが言った。その声がとてもやさしかったので、ハリウッドはびっくりした。

「でも、長い時間かければ、だんだんなついていくと思う。僕《ぼく》たちに飼《か》われて、ここは安全だし楽しいなと一度こいつが思ったら、あとは僕たちを信用するようになるだろ」

「猫《ねこ》のこと、よく知ってるんだね」ハリウッドはやさしくそう言った。ジンジャーが、急に傷《きず》つきやすい猫に見えてきた。

「ううん。ただ、動物も人間とそうちがわない、ってだけのことだよ」

ハリウッドはボーを見つめたが、ボーは猫を見ていた。そこでハリウッドもジンジャーに目を移した。二人はしばらくのあいだそうやって立っていた。それから、またハリウッドが口を開いた。

「あの人がわたしに話しかけてきたんだよ」

「あの人って誰《だれ》？」

「おじいさん」

ボーはゆっくりと振《ふ》りかえった。目をまんまるに見開いていた。「おじいさんが話したの？」

「うん。たった今」

「しゃべれるなんて知らなかった」

「しゃべれたんだよね、それが」

「なんて言ってたの？」

「のぼって来いって」

「じゃあ、のぼらなきゃ！」

「できないよ！」ハリウッドの目にまた涙《なみだ》がにじんできた。

「わかんないなあ」とボーが言った。「どうしてのぼれないの？」

「わたしは高いところが怖《こわ》いの――ほんとに怖いの」

ボーはだまったまま、疑《うたが》うような目でハリウッドを見た。

「ねえ……」ハリウッドは口ごもった、「そんな目で見ないでよ。そんなに珍《めずら》しいことじゃないでしょ。高いところが怖い人はたくさんいるんだから」

「そうだけど――でも君が？」

「それがそんなに変《へん》？」

「自分が誰なのか、君、本当に知らないの？」

ハリウッドはびっくりした。おかしな質問《しつもん》だったので、どう答えていいのかさっぱりわからなかった。

「君が偉《えら》そうにしてるのは、自分のことスターだと思ってるからなんじゃないの」

「ボー、それ、どういうこと？」

「つまり、僕《ぼく》がもし君だったら……偉そうな態度《たいど》をとるだろうな、ってこと。……君んちみたいな家に生まれたらすごいだろうからね」

今度は、ハリウッドの顔に疑いの表情が浮かんだ。ハリウッドはなにも言わずにボーのことを見つめた。

「いっしょに行こう」ボーはそう言うと、ハリウッドの腕《うで》をひっぱって、ホテルの中に戻《もど》っていった。

第十一章

「あああああたしたちけさはうきうきなのあたらしいぐにゃぐにゃのげいをかんがえたんだからすごいのよぐにゃぐにゃではやくみせたいわみせたいわ！」

「あああああたしたちけさはうきうきなのあたらしいぐにゃぐにゃのげいをかんがえたんだからすごいのよぐにゃぐにゃではやくみせたいわみせたいわ！」

ハリウッドとボーは、階段《かいだん》のほうに行く途中《とちゅう》で、ふたごに出会った。

「なんて言ったの？」ハリウッドはボーにささやいた。

「新しい曲芸《きょくげい》を早くみんなに見せたいってさ」とボーが言った。

「よく聞きとれるねえ」ハリウッドはびっくりして頭を振《ふ》った。

「そんなにむずかしくないよ」ボーが小声《こごえ》で言い、ウタとグレタのほうを向いた。

「早く見たいな！　あとで見せてもらえるよね？」

「あとでそうねあとでねぼーりがーどうぃらもっと！　いちざのみんなにぐにゃぐにゃのげいをみせるわよいいわね？」

「あとでそうねあとでねぼーりがーどうぃらもっと！　いちざのみんなにぐにゃぐにゃのげいをみせるわよいいわね？」

「いいよ！」ボーはさけんだ。ハリウッドの腕をつかんで、もう階段のところまで来ていた。

「わたしたちどこに行くの？」ハリウッドはたずねた。

「ちょっと階段をおりるんだよ」それじゃあ答えになっていない。

迷路《めいろ》のような廊下《ろうか》を、二人は飛ぶように駆《か》けぬけていった。こんな廊下がこの家にあるなんて、ハリウッドは知らなかった。ドアからドアへ、部屋から部屋へと移動するうちに、自分が今まで家に帰りたい一心でいて、ホテルの中を探検《たんけん》しようともしなかったのだ、ということに気がついた。ここは、信じられないほど広い場所で、はてしなくつづく感じだった。どうやってもとの場所に帰るのかまったくわからなかった。

「見すてようなんて思わないでよ」ハリウッドは警告《けいこく》した。

ボーはただだまってほほえんで、ついておいでという身ぶりをした。

その廊下は、ホールにある手すりのついた廊下や大階段より、ずっと飾《かざ》り気《け》のないものだった。

木には彫刻《ちょうこく》もなく、塗装《とそう》もしていなかった。でも、ホテルの他の部分よりも、ずっとしっかりしていた。ホテルのこの部分だけ立ち入り禁止《きんし》で、人や、明かりや、空気など、建物《たてもの》を傷《いた》めるようなものからさえぎられているからかもしれない。

「ちょっとボー、どこに行こうとしてるの？」

「もうすぐ着くよ」

廊下の突《つ》きあたりまで来たと思うと、また別の廊下が現《あらわ》れた。ハリウッドはだんだん怖《こわ》くなっていった。ボーはただのバカではないようだ。これが全部ハリウッドを怖がらせて弱虫に逆《ぎゃく》戻《もど》りさせるためのいたずらだ、ということもありえる。

少女が、浮浪者《ふろうしゃ》の住むおそろしい幽霊屋敷《ゆうれいやしき》に置《お》きざりにされ、死亡《しぼう》

「朝食のときはいたんですけどねえ」と、とても背の低いシェフは繰りかえす

ボーが急にとまったので、ハリウッドは彼にぶつかってしまった。ボーは大きな黒いドアを見つめていた。「21」というしっかりとした金属製《きんぞくせい》の部屋番号《へやばんごう》が、ハリウッドの頭より三〇センチほど高いところにかかっていた。ボーはその横に立った。ハリウッドは手を伸ばしてその数字にさわってみた。冷《つめ》たくてつるつるしている。

「入りなよ」

「先に入ってよ」ハリウッドは、ちょっとふるえる声で答えた。

ボーは重々しい金属《きんぞく》のノブに手をおいた。ノブは長いこと磨《みが》かれていない感じで、ひどく汚《よご》れていた。ボーはそれをそっと回した。ノブは静かにカチッといって、ドアがパッと開いた。

「おいてきぼりにするつもりじゃないんだけど、たぶん、君一人で部屋の中を見るべきだと思う」ボーが急に、おどおどした、少しきまり悪そうな態度《たいど》になったように見えた。しかし、もっと驚《おどろ》いたのは、ボーの顔にハリウッドを心から気づかう表情が浮かんだことだった。

「いっしょに来てほしいな」ハリウッドはそう言った。声には頼《たの》みこむような調子《ちょうし》が混《ま》じっていた。一人で部屋に入るのは本当にいやだった。ボーは首をかしげ、小さく肩をすくめた。それからうなずき、そっと部屋に足を踏《ふ》みいれた。

ハリウッドは呼吸を整《ととの》え、ゆっくりした足どりで部屋に入った。壁には絵葉書《えはがき》や写真や手紙が、すきまなくびっしりと飾《かざ》られている。ゴミゴミした美術館《びじゅつかん》という感じだ。板ばりの窓の、ところどころ板が落ちてしまっている隙間《すきま》から、外の明るい光が何本もの線になって部屋の中に差《さ》しこんでいた。ハリウッドは明るさに目を慣《な》らそうとして、目を細めた。目を細めて見ると、写真や手紙や絵葉書が混《ま》じりあってひとつになり、不思議な壁紙《かべがみ》のように見えた。部屋の中はどっしりした古い家具でいっぱいだった。窓の下には、本がつめこまれたたくさんの本棚《ほんだな》がある。

ハリウッドはごくりとつばをのみこんで言った。「おじいさんの部屋ね？」

ボーはうなずいた。

感激《かんげき》したハリウッドは、ぐるりと回ってゆっくりあたりを見わたした。なんの情報《じょうほう》もないまま長年《ながねん》生きてきたのに、今こうしてあっという間《ま》に、消化《しょうか》しきれないほどたくさんの過去《かこ》が目の前に現《あらわ》れたとは。ハリウッドは、ドアの横のスイッチのそばにはってある一枚の白黒写真に目をやった。それは家族《かぞく》の写真だった。お母《かあ》さん、お父《とう》さん、赤ちゃん、あと年とった人。これはハリウッドの家族だ。女の人はお母さんだ。赤ちゃんはハリウッドだ。ハリウッドは手を伸ばして写真にさわった。

「これがお父さんね」質問《しつもん》ではなく、ハリウッドはきっぱりと言いきった。お父さんはハリウッドと同じように背が低くて色が黒く、ものすごく強そうに見えた。まっ黒い目をしていて、明るい笑顔を浮かべていた。ハリウッドはその目をじっと見つめながら、自分がショックを受けるんじゃないか？ と身がまえていた。しかし、別にそういう感じではなかった。ハッと息をのむこともなかったし、顔をしかめもしなかった。お父さんは、いかにもハリウッドのお父さんらしく見えた。あるべき姿そのままのお父さんだった。

ハリウッドの黒い目は、壁に貼ってある隣《となり》の写真に移った。また別の家族写真だ。今度の写真では父親《ちちおや》とおじいさんが、地面から一メートルぐらいの高さのところで綱渡《つなわた》りをしていた。お母《かあ》さんは赤ちゃんのハリウッドを抱《だ》いて、その横に立っている。お母さんの顔には、ハッとするような、見たことのない表情《ひょうじょう》が浮かんでいた。だいぶ長いあいだ考えてから、ハリウッドにはそれがなにかがわかった。お母さんは幸せそうだったのだ。とても幸せそうだった。

ハリウッドは部屋をゆっくりと回って、年代をさかのぼりながら写真を次々と見ていった。するとすぐに、お母さんが空中で曲芸《きょくげい》をしている写真を見つけた。

「お母さんと――」ハリウッドはため息をついた。「それに家族《かぞく》みんなが、空中ブランコをやっていたの?」ハリウッドは、困ったように見ているボーのほうを振《ふ》りかえった。「そんなのありえない」とハリウッドはボーに言った。「無理よ。わたしたちシカゴで一階に住んでるんだもん。それはなぜかわかる?」

ボーは何と言ったらよいかわからなくて、だまって見つめていた。ハリウッドのとても個人的《こじんてき》な瞬間《しゅんかん》に立ちあっていることは、ボーには居心地《いごこち》のわるいことのようだった。

「それはね、お母さんはわたしよりもひどい高所恐怖症《こうしょきょうふしょう》だからなの」

ハリウッドは返事を待たずに、すぐに写真に戻っていった。次々と写真を見ていくうちに、時代は古くなり、おじいさんの顔がどんどん若がえっていった。お母さんもどんどん若くなっていく。お父さんは途中《とちゅう》でいなくなった。しかし、時が移りかわっても背景《はいけい》はいつも同じ、綱《つな》の上や、空中ブランコの上ばかりだった。

ハリウッドは、まだ見ていない最後のひとつの壁にからだを向けた。その壁からは急に、写真の順番がバラバラになっていた。お母さんがまた大きくなっている。お母さんはスパンコールのついた美しい衣裳《いしょう》を着て、宝石《ほうせき》を編《あ》みこんだおさげ髪《がみ》にして、綱渡りの綱の上でポーズをとっていた。ハリウッドは、前見た写真のほうにもう一度戻って行って、おじいさんが赤ちゃんを抱いている写真を見た。その赤ちゃんが、たぶんお母さんなのだ。ハリウッドは最後の壁にまた戻って、そっちにあるのはおばあさんの写真だ、ということを確認《かくにん》した。

写真の中のその女性は、お母さんにしか見えなかった。まるでふたごのように似ている。ハリウッドはもとに戻って、おばあさんの、もっとあとに撮《と》られた写真を探したが、なかった。そして、部屋の隅に小さな十字架《じゅうじか》がかかっているのに気がついた。十字架にはカードがかかっていた。ハリウッドはカードを注意深く手に取り、そこに書かれた名前を読んだ。「アンジェラ・ディベッキオ——一九四五年四月二四日生、一九六五年十一月十二日没」

一九六五年十一月十二日。それはお母さんの誕生日《たんじょうび》だ。ハリウッドは無意識《むいしき》のうちにアッと声をあげ、ほほを流れる涙《なみだ》を拭《ふ》いていた。ハリウッドは注意ぶかくカードを元《もと》に戻した。お母さんにはたくさんの秘密《ひみつ》があったのだ。自分がなんでも知っていると思っていたお母さんのことを、じつはなにも知らなかったのかもしれない、とハリウッドは思いはじめていた。

ボーが足をひきずって歩いてくる音がして、呆然《ぼうぜん》としていたハリウッドはわれにかえった。ハリウッドは深呼吸《しんこきゅう》をして、ボーのほうを振《ふ》りかえった。そしてボーにもっとリラックスしてもらおうと、なんとかほほえもうとした。

「それで？」ハリウッドはしゃべりだすのに苦労した。「それで、わたしのお父さんはどこにいるの？」

ボーは窓の下の本棚《ほんだな》に向かって歩いていって、それからハリウッドのことを長いあいだじっと見つめた。そしてひざまずき、大判《おおばん》の、背中になにも書いていない本を、本棚からゆっくりと取った。ボーはハリウッドを見つめて立ち、その本を差しだした。ハリウッドは手を出すのが怖《こわ》かった。本の中になにが書いてあるのか見るのが怖かった。ボーは、本棚の横の、すりきれたひじかけ椅子《いす》の上にその本を置《お》いた。

「僕《ぼく》は廊下《ろうか》で待ってるよ」とボーはささやくような小声で言った。そして部屋からそっと出ていった。

ハリウッドは離《はな》れた場所から本をじっと見た。黄ばんだ古い新聞の切《き》り抜《ぬ》きが、本の横からはみ出ているのが見える。それはスクラップブックにしか見えない。そしてどう考えても、その中にあるのはいい思い出ばかりではないのだ。でなければボーは、ハリウッドがそれを見る前に部屋から出ていくなんてことはしなかっただろう。ハリウッドは一瞬《いっしゅん》、もう開くのはやめようかと思った。顔をそむけて、ボーのあとについて部屋を出ていこうか。知りたくない、という結論《けつろん》をくだすこともできるのだ。スクラップブックの中にあるのは、ハリウッドには変えることができない事実《じじつ》だ。好きなように家族《かぞく》を作り上げることは、もう二度とできなくなってしまうだろう。事実を知ったら、一生その事実とともに生きることになる。

ハリウッドは目を閉じて、あらんかぎりの勇気をふりしぼった。椅子のほうに歩いていって、そのスクラップブックを取り上げた。とても重たくて、埃《ほこり》っぽい手ざわりだった。椅子のほうを向いてしゃがみ、ひざの上にそれを置いた。もうそれ以上はためらうことなく、ハリウッドは表紙を開いた。

「空飛《そらと》ぶディベッキオ一家《いっか》！」

ハリウッドは、はっと息をのんだ。わたしの名前、わたしの名前だ。「空飛ぶディベッキオ一家！」その文字をなん度もなん度も読んでから、ページをめくった。どのページにもたくさんの写真がはってあった。まず、最初はおじいさんだ。壁に貼ってあったどの写真よりも若いおじいさんが、なん人《にん》かの若い男の人や、女の人たち、男の子たちや女の子たちなどの、サーカスの人々に囲まれていた。この人たちがみんなディベッキオ一家なのかな、とハリウッドは思った。それからずっと、おばあさんと並んで写っている写真のところまでは、おじいさんは写真を追うごとに少しずつ年を重ねていった。そして、その次の写真は数年後のものだった。赤ちゃんはもうよちよち歩きしていて、顔ももうお母《かあ》さんの顔らしくなってきていた。数《すう》ページ後《ご》におじいさんとお母さんの写真があって、ハリウッドはそれにいつまでも見いっていた。その写真のお母さんは、ハリウッドと同じぐらいの年で、ハリウッドそっくりだった（ハリウッドは、スパンコールのついたレオタードを着たり、髪《かみ》の毛に羽をつけたりしたことはなかったけれど）。

ハリウッドはお母さんのベッドの下の箱のことを思い出して、にやりと笑《わら》った。レオタードとタイツが答えだったのだ！　シカゴの小さなアパートの中にあるうちで、最大のヒントを見つけていたとは。でも、こんなびっくりぎょうてんするような事実《じじつ》を、古いタイツ一組から推理《すいり》するなんてこと、ハリウッドにはとてもじゃないができなかった。ぜったい無理だ。今までに自分で作った、家族《かぞく》に関する筋書《すじが》きのどれにも「やすやすと空を飛ぶ」なんていうことはけっして出てこなかった。

ハリウッドはページをめくり、すばらしい写真を見つけた。その写真では、少女ではなくもう大人になったお母さんが、テントの中に浮《う》かんだまぶしいスポットライトに一人照《て》らしだされていた。お母さんはブランコに乗り、片手でブランコの綱《つな》を握《にぎ》り、もう一方《いっぽう》の手を宙に伸ばしてポーズをとっている。お母さんはとても小さく写っていたけれど、その顔がほほえんでいるのがわかった。写真の中のお母さんは、ショーの主役だった！

ハリウッドはたくさんの写真や、新聞の切《き》りぬき、サーカスのプログラムなどを見ながら、家族の物語をたどっていった。ハリウッドのお母さんは空中アクロバットの若きスターで、ディベッキオ王国の大事なあと継《つ》ぎになるはずの人だった。これはものすごいことだ。ハリウッドのおじいさんは一座《いちざ》でもっとも偉大《いだい》なスターで、生きている伝説《でんせつ》というような人だった！　そして切りぬきによれば、お母さんとおじいさんは、世界中のどんな空中曲芸師《くうちゅうきょくげいし》よりすごい技を持っていた。世界の誰《だれ》よりも大胆《だいたん》で、誰よりも美しい演技ができたのだ。

「空飛ぶディベッキオ一家」のすばらしい演技を、一度でいいから自分の目で見てみたい、とハリウッドは思った。しかし、写真をながめることしかできない。そこで、次から次へと遠い昔の写真を見ては、夢中でその世界に入りこんでいくのだった。ハリウッドはぼうっとなって、どんどんページをめくっていった。そうしていくうち、新しい人物が出てきた。

「偉大《いだい》なジェネロ家《け》」と「空飛ぶディベッキオ一家」空中で結《むす》ばれる！

お母さんと、とてもハンサムなお父さんが写っている写真の上に、そんな見出しが出ていた。ハリウッドが今までに見たこともないような、とてもユニークな結婚通知《けっこんつうち》の写真だった。花嫁《はなよめ》と花婿《はなむこ》は、キラキラ光るタイツとレオタードに身を包み、空中ブランコの上にすわっている。ハリウッドは声を出して笑った。

さらに、ディベッキオ＝ジェネロ王国の死をもおそれぬ離《はな》れわざを報《ほう》じる記事が、どこまでも

どこまでもつづいた。どの記事《きじ》も、記者《きしゃ》たちが自分の目を信じられないといった調子《ちょうし》でぎょうてんし、手放《てばな》しで絶賛《ぜっさん》しているものばかりだった。

それから、二人に赤ちゃんができたという小さな記事があった。日付《つ》けは一九八七年の十月三日、ハリウッドの誕生日《たんじょうび》の六カ月前だ。そして次が、赤ちゃん誕生を告げる記事だった。それによれば、キティ・ディベッキオ＝ジェネロは、子育てのためにサーカスの空中アクロバットから引退《いんたい》したそうだ。ここでハリウッドは、もう一つ別のことに気づいた。フロリダ州《しゅう》ハリウッドにて、とこの記事には書いてある。ハリウッドという名前は、ハリウッドが生まれ、そして家族でサーカスをやっていた場所の、その地名からとったものだったのだ！

ハリウッドは次に何が出てくるかとドキドキしながら、ページをめくった。すると、とても衝《しょ》撃的《うげきてき》な記事があった。まるで世界の終わりのようだった。最後の記事だった。

サラソタ・タイムズ　一九八九年七月十一日
ディベッキオ＝ジェネロの悲劇《ひげき》はつづく
ついに町を去るサーカス

（フロリダ州《しゅう》サラソタ発《はつ》）先週木曜に、空飛ぶディベッキオ＝ジェネロ一家の若きスターであるドミニク・ジェネロが墜落死《ついらくし》した悲劇につづき、本日サーカスは、本拠地《ほんきょち》のサラソタから撤退《てったい》することを発表した。

何千人もの目前《もくぜん》での彼の早すぎる死は、人々を恐怖《きょうふ》におとしいれ、さらにはキティ・ディベッキオ＝ジェネロさんとその幼《おさな》い娘《むすめ》のハリウッド・ディベッキオ＝ジェネロさんの失踪《しっそう》という事態《じたい》を招《まね》いた。

サーカスの公式発表によると、ディベッキオ＝ジェネロ夫人とその娘は事故《じこ》を目撃《もくげき》しており、その数《すう》時間後に、サーカス敷地内《しきちない》に駐車《ちゅうしゃ》中のトレーラーから姿を消し、行方不明《ゆくえふめい》になっているのが発見された。キティさんの父親《ちちおや》であり、伝説的《でんせつてき》アクロバット師《し》として知られるロベルト・ディベッキオさんは、この件に関してコメントしていないという。

サーカスの発表によれば、現在、サーカスは北部《ほくぶ》にあるもっと現代的な施設《しせつ》への移動を進めているが、この移動は今週の死亡事故との関連はないという。

ハリウッドはスクラップブックを閉じた。椅子《いす》のはじっこにそっと腰《こし》かけたときには、いったいどれほどの時間が経《た》ったのかわからなくなっていた。お父《とう》さんにはけっして会うことができない。ハリウッドがずっと抱《いだ》いてきた希望《きぼう》は、すべて砕《くだ》けちってしまった。

お母《かあ》さんが、どうやってこんな悲しい出来事《できごと》から立ちなおったのか、ハリウッドは想像《そうぞう》しようとした。そして今度お母さんと顔を合わせたとき、なんて言ったらいいのかも考えた。きっと、全然知らない人に話しかけるような気がするだろう。

ハリウッドは本棚《ほんだな》に置《お》いてある、額《がく》に入った写真をぼんやりと見た。よく晴れた美しい日に撮《と》られた写真だった。お父《とう》さんは練習をしていたあとなのか、稽古着《けいこぎ》のようなものを着ている。サマードレスを着たお母さんは、ハリウッドを抱いて夫の練習を見に来たんだろう。お父さんのお弁当を持って来たのかもしれない。それで、これから家族《かぞく》のピクニックがはじまるところなんだ。背景《はいけい》に写っているのはおじいさんで、綱《つな》を張《は》っている。これからピクニックに参加《さんか》するんだわ、とハリウッドは思った。

ドアを叩《たた》く小さな音がして、ハリウッドは現実《げんじつ》に引き戻された。ボーがそっと部屋をのぞいた。

「大丈夫《だいじょうぶ》？」とボーはきいた。

「うん」とハリウッドは答えた。五百万個もの考えが頭をかけめぐったが、その中に、はっきりした言葉で表せるような考えは一つもなかった。

「すごい家族、だよね？」ボーは、言葉につまりそうになりながら、いっしょうけんめいそう言った。

ハリウッドはうなずいた。急に息苦《いきぐる》しくなり、外に出たくなった。立ちあがり、スクラップブックを額《がく》に入った写真の横に置いた。写真に背を向けて立ちさろうとしたそのとき、ふと写真の中の別のものに目がとまった。おじいさんよりさらに遠く、背景に立っている人がいる。お母さんをまっすぐに見つめている誰《だれ》か。ハリウッドはひざまずいて、写真をじっと見た。よく知っている顔だった。その男の人は、ジャックだった。

第十二章

オーケー、聞いてよお母《かあ》さん
お母さん元気？
お母さん、ぜひ聞いてほしい話があるの。大事なとっても大事な話なんだけど。
もう帰りたいって言ったけど
前に言ったことは本当で
1　わたしはもう帰りたくなくなった。
2　本当に、みんなは今月末までにこのホテルから立ちのかなくてはいけない。
3　ポッピーは本当に空中に住んでいて、それはもう
（最初に、「なにもかもわかったわ」を付けくわえる！）

第二案

お母さん、何もかもわかったわ。で、お母さんに知っておいてもらいたいことを、これから言うよ。

1　わたしはもう帰りたくなくなった。

2　このホテルからは、立ちのかなくてはいけない。

3　今月末に、みんなここから追いだされる。

4　おじいさんは本当にブランコの上で暮《く》らしている。

5　事故《じこ》のあと、おじいさんはずっと上にいる。

6　おじいさんは相棒《あいぼう》を探《さが》している。

7　おじいさんは、わたしに相棒になって欲しいと思っている。

8　相棒はお母さんがやるべきだとわたしは思う。

9　相棒が誰《だれ》も見つからなければ、おじいさんはおりてこない。

9と1/2　もしおりてこなければ、おじいさんは精神科医《せいしんかい》のところに送られてしまう。

10　お母さんはフロリダに来るべき。

ハリウッドは自分のメモを読みかえした。誰もいない台所《だいどころ》で高い椅子《いす》にすわって、電話が鳴るのを待っていた。レンジの上の時計を眺《なが》めると、もう八時だ。お母《かあ》さんは電話をくれるって言ったのに、電話が鳴らない。

「いたいた」ルイーザが台所《だいどころ》に入ってきて、やさしく言った。「もう、どこかに行っちゃうんだもの。グレタとウタが今、新しい芸のおひろめをしたのよ」

ハリウッドはうなずいた。そして、興味《きょうみ》があるふりをして「どうだった？」と言った。ルイーザは、ちょっとしかめっつらをして、ハリウッドのほうにかがみこみ、ささやいた。「正直言って、見てて気持ち悪くなったわ。あの人たちのやってること、からだにいいわけないわよ」

ハリウッドはクスクス笑《わら》った。

「あのね」ルイーザはヒソヒソ声から普通の声に戻り、一冊の雑誌《ざっし》を差《さ》しだした。「今日、『医療《いりょう》センター』の最新号《ごう》を買ったの。見たい？」

「ほんと？」ハリウッドは興味を示《しめ》した。ルイーザから雑誌をわたされた。タイトルは「新種《しんしゅ》の伝染病《でんせん》――流行病の追跡《ついせき》と分析《ぶんせき》」だ。「医療センター」は、ハリウッドのお気に入りの雑誌で、最新情報についていくために大事な読み物だった。でも、今は電話のことで悩《なや》んでいる最中《さいちゅう》だ。

「これ、借《か》りといて、あとで読ませてもらってもいい？」

ルイーザはうなずいて、巨大《きょだい》なからだでよいしょ、と椅子《いす》に腰かけた。そして口にぶどうを放《ほう》りこみはじめた。

「ここでなにやってるの？」

「お母《かあ》さんの電話を待ってるところ」ハリウッドはなに気《げ》なく言おうとした。「でもお母さん、忘れてるみたい」

「ううん、ちがうでしょう」ルイーザは自信たっぷりに言った。「あたしの考えではね、お母さんは今きっと、一人でたいへんなのよ。そうじゃない？」

ハリウッドはルイーザをちらっと見て、肩をすくめた。

「ボーが今日あなたをおじいさんの部屋に連れてった、って言ってたけど」

急にのどの異常《いじょう》を感じながら、ハリウッドはうなずいた。

「もうわかった……」ハリウッドはささやいた。

「そう、わかったのね」ルイーザがこだまのようにかえした。

二人は並んですわり、沈黙《ちんもく》を破《やぶ》る言葉をおたがいに探していた。

「悲しいでしょう？」

ハリウッドはうなずいた。

「そう」ルイーザが、ぶどうの粒《つぶ》をふっくらした指の上で前後に回しながら、そう言った。「悲しいことって、この世《よ》にいっぱいあるんだわね」

「わたし、怒《おこ》らないようにしてるの」

「どうして?」

「だって、誰に向かって怒っていいのか、わからないんだもの」

「あら、フフ!」ルイーザは頭をかたむけて、ちょっとほほえんだ。「誰に怒ったっていいんじゃない。あたしなんかいつも、好きなように怒ってるわよ」

「ずっと考えてたんだけど」ハリウッドは言葉を探した。「わたしってずいぶん時間を無駄《むだ》にしてきたんだよね。どうしてこんなことになっちゃったんだろう。わたしまだ十二歳じゃない。でもいろんないろんなものをなくしてる。時間を戻《もど》したい。お父《とう》さんに会いたいし、偉大《いだい》なジェネロ一家《いっか》にも空飛ぶディベッキオ一家にも会ってみたい」

ルイーザはだまってすわったまま、目の前のピカピカ光るステンレスのカウンターを見つめていた。

「あなたから見て、あたしはものすごく年寄《としょ》りって感じでしょうね……」ルイーザはそう言ってハリウッドをちらりと見あげた。ハリウッドはちがうちがうと首を振《ふ》ろうとしたが、あまりじょうずにできなかった。「もう関節《かんせつ》はねじれてるし、骨も曲がってるし……でも、今の半分の年のときに、今よりずっと年老《としお》いていた晩《ばん》があったことを覚《おぼ》えてるわ」

ルイーザは一呼吸《ひとこきゅう》おいた。

「一九六二年のことだったわ。六月五日。まもなく夏が来るというころだった。その年の夏はとても暑《あつ》くなるだろうと言われてたの。ああ……忘れないわ。六月五日にはもう、テントは暑すぎて危険だったのよ。あたしたちはミズーリ州《しゅう》のジェファーソンシティにいたの。まるで八月のアラバマ州みたいに暑くてじめじめしてたわ。最後まで誰も倒《たお》れないでショーをやりとげられるかどうか、自信がなかった。でもあたしたちはついにやりとげた。終わってからは、とにかく早く着替えて、誰かに夕食にさそわれる前にトレーラーに戻りたかった。身を隠《かく》してしまいたかったのね。あたしは冷《つめ》たいシャワーを浴《あ》びて、ベッドに倒れこんで、できるかぎりの努力をして眠《ねむ》ろうとしたの。でも眠れなかった。たぶん暑さのせいで。あたしは寝《ね》がえりばかり打って、時計の針がどんどん回りつづけていくのを見てたの。でも、針が十二時のところでぴたりと合わさるところだけは、どうしても見たくなかった。それを見るのがいやだったから、寝てしまいたかったの」

「どうして？」とハリウッドはたずねた。

ルイーザは少し答えに困っているようだった。「バカみたいなことなのよ……今思えばね。真《ま》夜中《よなか》になると、あたしの三十八回目の誕生日《たんじょうび》が来るんだったのよ。そのことを考えると、あたしは悲《かな》しみでいっぱいになった。まるで全世界が悲しみで満たされていて、あたしはその中で泳いでるみたいな感じだった。で、しばらくして、あたしはもう眠ることをあきらめたの。時計の針がだんだん十二時に近づいていくのを、ただ眺《なが》めていた。ほほに涙が流れてきて、すると長針《ちょうしん》と短針《たん》と秒針が、ほんの一瞬《いっしゅん》ぴったり合った。そしてあたしは三十八歳になったの。時間をとめることなんかできなかった。泣きやもうとすればするほど、あたしはベッドに寝そべって赤ちゃんみたいに泣《な》いた。馬鹿《ばか》げてると知りつつ、余計《よけい》にひどく泣けてきたの」

「よくわからないわ、ルイーザ。その話がわたしとなんの関係があるの？　それに三十八歳がどうしてそんなに悲《かな》しいの？」

「どうして三十八歳がそんなに悲しかったのか、あたしにもわからないわ。ただ、そのとき、あたしが老《ふ》けこんで悲しくなってしまうのが、他でもない、なんのせいだかわかった気がしたの」

「なあに？」

「その晩《ばん》、ベッドに突《つ》っぷしてあたしが考えたことはね、ほとんどの時間はもう終わってしまった、ってことだった。人生の中で大事な部分を、あたしはもう生きてしまった。その時間を取り戻したいと思ったの。すばらしかった日々や、ひどかった日々。そしてその中間《ちゅうかん》ぐらいの日々。そういうすべての日々をもう一度やり直して、生き直したいと思ってた」

「そのせいで老《ふ》けこんで悲しくなってたの？」

ルイーザはうなずいた。「過去《かこ》を振《ふ》りかえってたの。これから起こることよりも、今までに起こったことのほうがよかったと思って……」

「でも、あなたはなにもなくしてないでしょ、ルイーザ。ただもう一度生きたかっただけでしょう。あたしなんか、手に入れてもいないんだよ。なにもかも失ってきたんだから」

「あたしたちはみんな、なにかを失って生きてるのよ。でもそのかわりに他のなにかを手に入れるの。でもおもしろいことに……かわりに手に入れた他のものがなんであっても、結局《けっきょく》はそれもなくしてしまうことになる……それでまた、それを取り戻したくなるのよ。その気持ちに身《み》を任《まか》せていると、ときどき、底なしの悲しみにおちいってしまう。それは危険なことよ、ハリウッド。全盛期《ぜんせいき》が来ないうちに老《ふ》けちゃうし、必要以上に悲しむことになっちゃうわ」

ハリウッドはお母《かあ》さんに言いたいことのリストをじっと見つめた。

「お母さんに電話しなさい。お母さんは、あなたから電話がないなあと思って電話の横で待ってるに決まってるわ」

ルイーザは、よっこらしょと腰を上げ、ドアのほうに歩きはじめた。

「ルイーザ」ハリウッドは静かな声で言った。

「なあに？」

「あなたのこと、思いちがいしてたわ。ごめんなさい」

「どう思ってたの？」

「あなたって……なんていうか……」うまく言葉が出てこなかった。「つまり、あなたって普通《ふつう》の人で……あの、すごくいっしょうけんめい……」

「あたしは普通の人よ。ただものすごく太ってるってだけで」

「そうじゃなくて……そういう意味じゃなくて……うまく言えないんだけど……」ハリウッドは自分の言ってしまったことをとりつくろおうとして、どもった。

「気にしないで。あたしはあなたが好きよ」

ハリウッドはホッとため息をついて、ほほえんだ。ルイーザは台所《だいどころ》から出ていった。ハリウッドは電話のところに行って、受話器《じゅわき》を手にとった。それからシカゴの家の番号をダイヤルした。

「ちょっと」もう夜中すぎだったので、おじいさんが起きているかどうかわからない。「ちょっと」ハリウッドはそう言ってから、だまって立ったまま返事を待っていた。

「もう寝《ね》てなけりゃだめだろう」ついに、頭の上から声が聞こえてきた。

「寝られなかったの」

「目と舌の力を抜《ぬ》いてみたか？」

「ええ。それ、お母《かあ》さんのやり方《かた》と同じよ」

「そうだろう。わたしが君のお母さんに教えたんだから」

「そうよね。でもとにかく、効果《こうか》なかった」

「そうか」

「おじいさんは寝《ね》てたの？」

「シー。ふつう夜には寝るものだ」

「寝ている時、どうやってブランコから落ちないようにするの？」

「ブランコの上では寝ない。プラットフォームがあって、そこで寝るんだ」

「ああ」

「上に来て、いっしょにすわってみないか」

「できないわ」

「なぜできないのか説明してくれないか」

ハリウッドはなんと言っていいかわからなくて、ちょっとのあいだ、だまっていた。そしてとうとう「めまいがするから」と答えた。

「ばかばかしい！　高いところが怖《こわ》いと思ってるだろう。でもそんなことはありえない！　空中アクロバットにこれほどよく向く人も他にいないはずだ。そういう血が流れているのだから！　君はディベッキオにして、しかもジェネロなのだぞ！　いつかわたしよりうまくなる！」

「そうは思わない」ハリウッドは簡潔《かんけつ》に答えた。おじいさんの声を聞いていると、胃潰瘍《いかいよう》になりそうだった。

「口《くち》ごたえするのか？　わたしの言うことをききなさい」

ハリウッドはからだを丸めて、ソファのすみに飛びこんだ。今までに誰《だれ》からも、そんな厳《きび》しい言い方《かた》をされたことがなかったのだ。

「自分の実力を知らないから怖《こわ》がるのだ」

「ちがうの」ハリウッドはおじいさんの言うことを訂正《ていせい》した。「こんな高いところから落ちたら、確実《かくじつ》に死ぬでしょ、だから怖がってるの」

さあ、おじいさんの雷《かみなり》が落ちるにちがいない、と、ハリウッドはかたずをのんで見守っていた。しかし、おじいさんは次に口を開いたとき、愉快《ゆかい》そうな声になっていた。「まるで君の母親《ははおや》を見てるみたいだ！」

「そうかな？　ちがうと思うけど。今日おじいさんの部屋の写真を見たら、お母《かあ》さんは少しも怖そうになんかしてなかったよ」

「そう思うかね？」

「だって、お母さんは高い所を飛びまわっていたじゃない！　もし怖いと思ってたなら、あんなことはできないでしょ」

「危険だということがわからないなら、やるべきではない」

ハリウッドはだまってすわっていた。はしごをのぼろうとはしなかった。

「怖いかどうかは問題ではないよ——怖いという気持ちは誰にでもある」おじいさんは静かに言

った。「そんなことはものともせず、やるだけだ」

ハリウッドがだまったままでいると、心の中にアグネスが出てきて、「ものともせず」やってみせた。ハリウッドはそれに挑戦《ちょうせん》してみた。

空高くのぼっていくことを想像しています……木の棒に指でぶらさがって……太さ一センチの縄に沿って、少しずつ上にのぼっていくことを想像しています……そして空を飛ぶことを……

できるわけない、とハリウッドは思った。そんなことできるわけない。

「おじいちゃん？」ハリウッドは闇《やみ》の中、目をこらして言った。せめて輪郭《りんかく》だけでもおじいさんが見えないかと、探していた。

「なんだい？」

「あたし、今日までなにも知らなかったんだよ」

「どういうことかね」

「わたしたちのこと。お父《とう》さんのことや、サーカスのこと」

「そんなはずはない。お母さんが君に言ったろう」

「ううん。言わなかった。わたしにはなにも話してくれなかったの。それでわたしは今日、おじいさんの部屋に入って、写真や新聞の切りぬきを見たわ……」

おじいさんは返事をしなかった。

「今夜、お母さんと話したの。ここに来るように、っていっしょうけんめい言ったのよ。お母《かあ》さんがのぼっていって、おじいさんと話す必要がある、って。……お母さんこそ、おじいさんの相《あい》棒《ぼう》だと思うよ。わたしじゃなくて」

「シー？」

「でもお母さんが来るとは思えない……お母さんは『どうしても行けない』って言ってた。どういうことなんだろう。まあ、なんとなくわかるけど。おそろしいことが起こったんだからね。でも、なぜ自分の家族《かぞく》に会いに来られないのかわからない。遠い昔のことなんだから。少しは立ちなおっていてもいいはずなんじゃないかな？　お母さんもそのことに立ちむかうべきだし。そう思わない？」

返事はない。

「おじいちゃん？」

静けさの中、ハリウッドは返事を待った。しかしそこにすわっていても、なにも聞こえてこなかった。そのかわり、何か湿《しめ》ったものが手の上に降《ふ》ってきたのを感じた。一滴《てき》、そして二滴。この屋根《やね》が雨漏《あまも》りしても別に驚《おどろ》かない。ハリウッドは雨の音を聞こうとした。しかし外は静かだった。それからハリウッドは、かすかな、すすりあげる音を聞き、そしてその雨がなんであるかを知った。

高い上空から、おじいさんの涙《なみだ》が雨のように降《ふ》っていた。

上を見あげると、自分の声が耳の中で鳴り響《ひび》いた。さあ、立ちむかわなくては。

「やってみるわ」のどにつかえたが、言葉は出てきた。その言葉を取り消すことはもうできない。

「やってみるわ。でもどうやるのかわからない」

今自分が約束《やくそく》したことがどんなことか、はっきりとわかってくるにつれて、からだの中にアドレナリンが噴出《ふんしゅつ》するのを感じた。

「教えてあげよう」涙声《なみだごえ》でおじいさんがささやいた。「一度に一歩ずつ。明日の夜からだ」

それをきいて、ハリウッドは気持ち悪くなった。

「助手《じょしゅ》が必要だ」とおじいさんは言った。

「えっ?」

「助手は、君が信用できる人物じゃなきゃだめだ」

「でも……」

「明日の夜、その人をここに連れてきなさい」

「おやすみなさい、おじいさん」ハリウッドはそうささやいて、そっとソファを離《はな》れ、急いで階段のほうに向かった。

「ありがとう」頭の上からささやきが聞こえた。「ありがとう」

第十三章

少年が超小型《ちょうこがた》ピューマに生きたまま喰《く》われる
犠牲者《ぎせいしゃ》の遺体《いたい》の一部が発見されてもなお、動物園の職員《しょくいん》は可能性《かのうせい》を否定《ひてい》

（サラソタ発《はつ》ＡＰ電《でん》）――ボーリガード・Ｃ・ウィラモットは、今日、「おすわり」を教えようとしていた非常に小さな猫科《ねこか》の動物に食べられてしまった。猫は、自分の十倍以上もの体重の少年を、ぜんぶ食べつくしてしまった模様《もよう》である。事件の現場《げんば》を検証《けんしょう》した動物園の職員は、小さな赤茶色の猫が犯人であることはどう考えてもありえない、と述べた。しかし、その猫は、少年の着ていたバート・シンプソンのＴシャツを着て、骨つきの肉をしゃぶっているところを発見されたのだ。それを見れば、本当はなにが起きたかが、すぐわかる。

「ものすごいやつだと思いますよ」検死官《けんしかん》はつぶやいた。「ここではこういうのにはめったにお目にかかれません。少なくとも、サーカスが北のほうへ行ってしまってからは。でも、前にサーカスにいた動物たちはもっと大きかったような記憶《きおく》があります」

食べられてしまった少年の友人たちは、彼がちょうど見習《みなら》い期間《きかん》を終えて、獰猛《どうもう》な猫の調教師《ちょうきょうし》（というのがどういう意味なのかよくわからないが）として認定《にんてい》されるところだった、と言う。罪《つみ》を犯《おか》した猫は、名前をジンジャーといい、現在は北西《ほくせい》フロリダ刑務所《けいむしょ》に収容《しゅうよう》されており、まだ判決《はんけつ》は下《くだ》されていない。刑務所の職員は、その猫が消化不良《しょうかふりょう》を起こしている、と報告している。

ハリウッドは笑《わら》った。

「なに？」ボーがそうたずねて、ジンジャーの檻《おり》から離《はな》れ、やってきた。ジンジャーはとてもおそろしいうなり声《ごえ》をあげていた。子猫《こねこ》ちゃんというよりは、ドーベルマンみたいな声だ。

「別に」ハリウッドはそう答えてノートを閉じ、ボーに向かって無邪気《むじゃき》にほほえんだ。

「そのノートになにを書いてるの？」

「なんでもない、ただの……レポートみたいなもの」

ボーは目を丸くして、それから檻のほうに戻っていった。

朝食が終わるとすぐ、ハリウッドは、助手になってほしいとボーに頼《たの》むために、庭に出ていった。一晩《ひとばん》中考えた結果だった。ボーのことをよく知らなかったし、最初のうちはあまり好きになれなかったのだが、今ではすっかりボーを信頼《しんらい》していた。しかし、ボーに助手を頼むと、いよいよ後戻《あともど》りできない状況になるだろう。もちろん、おじいさんをがっかりさせるわけにはいかないから、けっして後戻りするつもりはない……ボーに頼むことで、やるという決意をより強めよう、ということだ。

ハリウッドはぼんやりと檻《おり》を見つめた。今はタイミングがよくないな、と思った。だってボーは、これから猫《ねこ》に食べられるところだから。ハリウッドは笑《わら》わないように唇《くちびる》をかんだ。そして、自分の書いたものを読みかえして、つづきのことを考えた。次は犠牲者《ぎせいしゃ》の生《お》いたち、だな。でも、ハリウッドはボーのことをまったくなにも知らなかった。どこに住んでいるのかさえも。それに、ボーがどうしていつもここにいるのか不思議《ふしぎ》だった。どうして家で朝食を食べないの？　ハリウッドは、ボーが自分の家族《かぞく》のことをなにか話したことはなかったか、と考えたが、なにも思いだせなかった。

ハリウッドはボーが、檻の鉄棒《てつぼう》のあいだからスティックをさしこんでジンジャーの背中を押さえ、「おすわり」の合図《あいず》をしているのを見ていた。たぶん千回ぐらいこれを繰《く》りかえしているのだが、ジンジャーはいうことをきかなかった。ボーは分厚《ぶあつ》い手袋と、お面のようなフェイスマスクを身につけた。しかし、それを見ているハリウッドの心は別の場所に行っていた。ボーの生いたちはどういうものかを考えていたのだ。あとは、なんと言って助手になってもらうかを。

ボーが檻のかんぬきをはずした。ほんの少しドアを開いたかと思うと、一瞬《いっしゅん》にして檻の中にすべりこんだ。ハリウッドはすぐに、ボーがなにをやっているのか気づいた。

「ボー！　そこから出て！」

「しようがないんだよ、こうするしか」ボーは息を切らしていた。「誰《だれ》が主人《あるじ》か教えてやらなきゃ」

ジンジャーはかがみこんでフーフー言った。ボーがジンジャーにゆっくりと歩みよると、ジンジャーはパッと手をだし、凶暴《きょうぼう》な一撃《いちげき》が空《くう》を切った。荒々《あらあら》しいうなり声があがった。ハリウッドは目を閉じ、息をとめた。

「おすわり！」ボーが命令《めいれい》した。しかし、聞こえてきたのは猫のさけび声と、檻の鉄棒《てつぼう》がガタガタいう音だけだった。ハリウッドがうす目を開けると、ボーとジンジャーの位置はさっきと逆になっていた。今は、ボーが棚板《たないた》の上に乗っかっていて、ジンジャーが扉《とびら》の横にいた。

「おすわり！」ボーがもう一度さけんで、地面に飛びおり、立ちはだかった。猫はつま先《さき》だちになり、背中を丸めて毛を逆立《さかだ》てていた。

ボーは手で合図を送り、ジンジャーはフーフー言った。しかし次に起こったことを見て、ハリウッドは自分の目を疑《うたが》った。猫《ねこ》がボーの目をまっすぐに見て、とうとうすわったのだ！

ボーは呆然《ぼうぜん》として、動かなかった。

「ごほうび、ごほうび」ハリウッドはささやいた。動物がなにかいいことをしたらすぐにごほうびをやるのが大事だ、とジャックが言っていたのを思いだしたのだ。

「そうだね」ボーはポケットを探《さぐ》って、ひとかけらのクランチを取りだし、猫の前にそっと置《お》いた。ジンジャーはごほうびをひったくったかと思うと、さっと立ちあがった。

ボーはもう一度合図を送り、「おすわり！」と言った。

ジンジャーはものすごくいやな顔をして少年をにらんだが、それでも言われたとおりにした。

ハリウッドは拍手《はくしゅ》した。ボーはやった！　ボーは本当にやったのだ！　ボーはジンジャーにもう一個クランチをやると、檻の扉のところまでゆっくりと歩いた。

「信じられない、ボー！　この子、言ったとおりやったよ！」

ボーは檻から出るとすぐに、地面にすわりこんだ。ボーの脚《あし》はふるえていた。フェイスマスクと手袋をはずすと、顔から汗《あせ》が流れおちた。ハリウッドは自分が頭に結《むす》んでいたバンダナをはずして、ボーに渡した。

「ありがとう」とボーは言い、ふるえているのをなんとか隠《かく》そうとした。

ハリウッドは隣《となり》にすわり、ボーが一息《ひといき》つくまで待っていた。

「やったよね」やっとのことで、ボーが言った。二人は笑《わら》いあった。

ふと見ると、ジャックが庭に立っていた。「君たち二人は、しばらくどこかに行っててくれ」ジャックはふるえながらそう言った。ハリウッドはジャックが背景に写っていた写真のことを急に思いだした。ジャックにそのことをきいてみたかった。

「さあ早く！」とジャック。

ボーはパッと立ち上がった。「なにがあったの？」

「ソーシャルワーカーだ」ジャックは背後《はいご》をチラリと見ながら小声で言った。

ボーはハリウッドの腕をつかみ、うしろの壁《かべ》のほうに引きよせた。ボーは一瞬《いっしゅん》で壁をよじのぼり、上にすわってハリウッドのほうに手をさしのべた。いやだと言うより早く、ジャックがハリウッドをひょいと持ちあげた。あやうく壁の向こうに放《ほう》りだしそうな勢《いきお》いだった。

「もう戻ってもいいというときになったら、合図に、ソーリーの三輪車《さんりんしゃ》を裏道《うらみち》に置《お》きに行くよ」とジャックはささやいた。

ボーはハリウッドを軽く押した。ハリウッドは息をとめて、壁から飛びおりた。ボーがあとにつづいた。二人がしゃがみこんだ場所は、敷地《しきち》に沿《そ》ってびっしりと植《う》わった低木《ていぼく》の茂みと、壁のあいだだった。ハリウッドは、何が起こったのかボーが説明してくれないかと待っていた。

ジャックが急いでホテルに戻っていく足音が聞こえた。ハリウッドはボーのことを見た。ボーは目を見開いて、唇《くちびる》をぎゅっと結《むす》んでいた。怖《こわ》がっているのか怒《おこ》っているのかわからない。ハリウッドは話そうとして口を開いたが、そのとき突然《とつぜん》、知らない人の声が庭に聞こえてきた。ボーが頭を振《ふ》った。

「やつらは立ちのきだ——これ以上時間がないんだ、シド」

「たかが老人たちだよな、バート。どうってことないさ」

ハリウッドはすぐに、この二人の男たちが嫌《きら》いになった。ボーはこぶしを握《にぎ》りしめていた。これではっきりした。ボーは怒っているのだ。ハリウッドはノートの白紙《はくし》のページを開いて、鉛筆《えんぴつ》を出した。

誰《だれ》？　とハリウッドは書いた。

ハリウッドはボーにそのページを見せた。

あいつら、ホテルをコンドミニマル（って書くんだっけ？）にするんだって。

ハリウッドはボーの書いたものを見てニヤリとした。ハリウッドはボーのまちがいを指さして、これちがうよ、と首を横に振った。そこで、また別の、聞き慣れない声が響《ひび》いてきた。

「ああ、そうですか。わかりました。いいですわ、それでは……こちらにはえーと……なん人《にん》でしたか……あの……ああ十一人……十二人？……いえ、十一人の方々《かたがた》が……ああ、あの……現在《げんざい》こちらに居住《きょじゅう》されているんですね？」口ごもりながらしゃべる、鼻にかかった女の人の声だった。ああ、とか、あの、とかばかり言っていて間《ま》の抜《ぬ》けた人なので、ハリウッドはもう少しで声を出して笑《わら》いそうになった。

「そのとおりです」ジャックの声が答えた。

「そうするとみなさん……あら……ああ……あの、ほぼ全員の方が……もちろんあなた以外……あの……お年寄《としよ》りでいらっしゃるんですね？」

「そうですよ」ジャックはイライラしたような声を出した。

「子供さんはいませんね？」と女の人がきいたので、ハリウッドは飛びあがりそうになった。

あれがソーシャルワーカー？ とハリウッドは急いで書いた。

そしてボーにノートを見せた。ボーは肩をすくめて鉛筆《えんぴつ》をとった。

そうだろ。きみがここにいることがわかったら、あいつ、ぶっとぶだろうね。

ハリウッドは強烈《きょうれつ》な恐怖《きょうふ》が全身に広がるのを感じた。腕《うで》や脚《あし》に鳥肌《とりはだ》がたってきた。どういうことだかはっきりしてきた。ここで急に、ハリウッドは自分が今なにをしているか、外側《そとがわ》から観察《かんさつ》した――自分は今、熱帯《ねったい》の木がおい茂《しげ》る場所にしゃがみこんで、お役所から身を隠《かく》していて、おまけに空中ブランコをやろうとしているのだ。つい先週まで、シカゴの小さなアパートで、テレビを見たり、医学雑誌《ざっし》を読んだりしていた自分がこんなことをしているなんて、ありえないことのように思えた。さらに今、危機的な状況におちいっていて、その状況《じょうきょう》は刻一刻《こくいっこく》悪くなってきている。

「こんにちは、ジャック。このあいだはどうも」シドと呼ばれていた男の声は、わざとらしく、不誠実《ふせいじつ》な感じだった。

「こんにちは」ジャックが答えた。その声は冷《つめ》たかった。

「それで」バートの声が言った。「今月の終わりにはここの取りこわしを予定してるんですよ。コンドミニアムのオープンの日にちがもう決まったんでね。わたしどもには期限《きげん》があるってことを、ご理解《りかい》いただかないと」

「出ていくためにできるかぎりのことをしてますよ」ジャックが鋭《するど》い口調《くちょう》で言った。「ここの人間を路頭《ろとう》に迷わせる気ですか？」

「いや、そんなつもりは！」

「けっしてそんなことはないです！　そういう意味ではなくて……」

「わたしどもは最良《さいりょう》の方法で……」二人の男の声には愛想笑《あいそわら》いが混《ま》ざっている。彼らは親切そうな態度《たいど》を演《えん》じているのだ。

「老人たちのことですから」ジャックは感情を抑《おさ》えた声でしゃべっていたが、とても怒《おこ》っているのがはっきりとわかった。「引っ越し準備に時間がかかるんですよ。もし、年とったサーカス芸《げい》人《にん》たちが大勢《おおぜい》、一生を過《す》ごしてきた我家《わがや》からたたきだされたなんていって、道《みち》ばたにすわりこんだらどうします？　想像《そうぞう》してみてくださいよ。最悪《さいあく》の場面《ばめん》でしょう？」ボーとハリウッドは顔を見合わせた。ボーの顔に笑《わら》いが浮《う》かんだ。

「新聞の夕刊にそういう写真が出たりするでしょうね」とジャックが言った。「大変なことになりますよ……特《とく》に、地域評議会《ちいきひょうぎかい》や町内会《ちょうないかい》はそのままじゃすまさないでしょうし」

「それは脅《おど》しですかね？」バートの声からはもう親切そうな調子《ちょうし》は消えていた。

「さあ、それじゃあ」シドがやけくそな調子で言った。「ここにフローレンスがいるんで、みなさんが安全で快適《かいてき》な場所に行く話をしてもらいましょう……不愉快《ふゆかい》になるようなことはなにもありませんよ」

「ああ……そうです……あの、そうです。わたくしどもの事務所《じむしょ》はここで……というか、わたくしは……ああ……その……あなたがたが、新しくよい環境《かんきょう》に移るお手伝いをするために、ここに来ました。そこで、あの、わたくしは十一人の方《かた》の名簿《めいぼ》を持ってます……この名簿には……その……えーと、つまり……これにはあの……上……上にいらっしゃる……ブランコに乗

った紳士《しんし》も入ってますの?」フローレンスはしゃべればしゃべるほどぎこちなくなっていった。

「はい」とジャックが言った。

「じゃあ、あの人はいわゆる……精神病院《せいしんびょういん》に行かなくちゃ」シドはわかりやすくそう言った。

ハリウッドは、壁《かべ》を飛びこえて行って、顔のまん中を一発殴《いっぱつなぐ》ってやりたいと思った。ボーはハリウッドの腕を握《にぎ》りしめた。

「あの人、ちょっとおかしいんじゃあないかな、そうでしょ?」バートは心配しているような声を出そうとしたが、説得力《せっとくりょく》がなかった。

「ちがいますよ」ジャックが言った。「あれは練習ですよ。新しい演技をあみだすのに、空中にいたほうがよく思いつくんです」

「なるほど」シドが答えた。

「まあ! 憧《あこが》れのスターだった人たちだわ!」フローレンスがびっくりしたようにさけんだ。

「なんですか?」シドがどなった。

「あの、ちょっと……ああ、どうして気がつかなかったのかしら……つまり、あの……ここに……えーと彼の名前は……」

「ロベルト・ディベッキオ」ジャックが教えた。

「そうだわ、そうだわ、書いておいたはずよ」フローレンスはノートを調べた。「空飛ぶディベッキオ一家《いっか》！　すばらしいわ！　まだ現役《げんえき》だったなんて！」

「期間限定《きかんげんてい》ですけどね……」ロベルトに関する真実がばれないように四苦八苦《しくはっく》して、苦しそうな息をしながらジャックが言った。

「娘《むすめ》さんがいたわよね……ちょっと待って……ああ……言わないでね……そう、キティ！　キティ・ディベッキオはまだ出てるの？」

ハリウッドは口をぽかんと開けてしまった。この女性はお母さんの名前を知っている！

「ときどき。今はこの町を出てるんですが……でももうすぐ帰ってきますよ」とジャックが言った。

ハリウッドにとって、まったく信じられないことばかりだった。このおかしな女性がハリウッドの家族《かぞく》のことでとても興奮《こうふん》しているのも信じられないことだったし、ジャックが苦しまぎれに嘘《うそ》ばかりついていることも信じられないことだった。

「わたくしは、あのー、わたくし、ぜひみなさんにサーカスをやっていただきたいわ」フローレンスはディベッキオ一家の名前に興奮して、自分の役割《やくわり》を忘れてしまったようだった。「覚《おぼ》えてますよ……ああ……そう、みなさんのサーカスを見たとき……あの……わたくし、まだ子供でした。ああ！　伝説《でんせつ》になってますものねえ！　ですからその……いえ、あの、失礼ですけれども……病院……あの、ディベッキオ氏《し》をその……病院に収容《しゅうよう》する件《けん》は……それでなんとかなるのでは……」

ハリウッドは手で顔をおおった。冷《ひ》や汗《あせ》がどっと吹《ふ》きだした。

「よろしければ……その……ちょっとした公演《こうえん》を……見せていただけないかしら？」フローレンスはキャンディをねだる小さな子供のようだった。

「ああ……もちろん……できますよ」ジャックの声はふるえていた。

「水をさすようで恐縮《きょうしゅく》なんですが、今月の終わりっていうのは来週ですよ」とバートが言った。

「金曜日に！」ジャックが鋭《するど》い口調《くちょう》で言った。「それでいいですか？」「ええ！」フローレンスがさけんだ。「すばらしいわ。ほんとにすばらしいわ。ああ、楽しみ！　あ、それから……大事なことを忘れてたわ……そう、あの、偉大《いだい》なディベッキオ氏は精神科医《せいしんかい》のところに送られなくていいです！」

「あとはなにか？」やっとここまでたどりついて、ジャックの声はもう疲れはてていた。

「えーと、わたくし、他のみなさん一人一人とお話ししなくちゃいけませんわ……」

「じゃあ中に入りましょうよ」

ハリウッドとボーは足音が聞こえなくなっていくのを確認《かくにん》した。そして、ボーがハリウッドをひっぱり、二人はすばやく静かに、ホテルをあとにした。しばらく走って、海沿《うみぞ》いの公園に着いた二人は、ベンチに倒れこんでハアハアと息をついた。

「バカ野郎《やろう》！」ボーが吐《は》きだすように言った。「あんなやつら大嫌《だいきら》いだ……」ほとんど泣《な》きだしそうな声だった。「もうおしまいだ。もう空飛ぶディベッキオ一家はなくなっちゃうんだ……あいつらがおじいさんを病院に送っちゃうんだ。あとのみんなは……最低《さいてい》な老人ホーム行きだ……」

「わたし、やるって言ったの」ハリウッドは静かな、しかしきっぱりとした口調《くちょう》で言った。

ボーが返事をするまでしばらくの間《ま》があった。

「誰《だれ》になにをやるって言ったの？」

「おじいさんに、いっしょに空中ブランコをやるって言ったの。今夜練習をはじめるのよ。ただ、助手《じょしゅ》が必要なの。いちばん信用できる人を選びなさい、っておじいさんは言ってた」

ボーは驚《おどろ》いて目を見開き、ハリウッドを見つめた。

「やってほしいっていうんだったら……僕《ぼく》やるよ」とボーは自分から言った。

「うん」ハリウッドはうなずき、そしてうつむいた。

「ただ……」

「なに？」ボーがたずねた。

「お母《かあ》さんにどうしてももう一度、電話しなくちゃいけないの。もし、お母さんが今の事情《じじょう》をわかってくれたなら、うまくいくはずだから。……ねえ、あなたの家に行って、今お母さんに電話できないかな？」ハリウッドは立ちあがった。これしかない、と思った。ここまでひどい状況《じょうきょう》になってしまった今なら、お母《かあ》さんはもう、いやだとは言えないだろう。

ボーは身動《みうご》きひとつしなかった。

「ねえ、ボー。行こうよ！」

ボーはハリウッドから視線《しせん》をそらして、海をにらんでいた。

「今すぐお母さんに電話すれば、お母さんは飛行機《ひこうき》の予約《よやく》をしてここに来られるでしょ」

ハリウッドは答えを待っていたが、ボーはだまっていた。

「ボー？」

「うちに電話はない」ボーはきっぱりと言った。

ハリウッドはびっくりして、ボーを見た。ボーもハリウッドを見つめた。

「それに、君が来たくなるような家じゃないんだ」

ハリウッドはすわりこんだ。ボーについて今までわからなかったことが、突然《とつぜん》、わかったような気がした。しかし、この子がどこか別の場所で誰かといっしょに住んでいるとしても、そういう細《こま》かいことはどうでもいいのだ。サーカス・ホテルがこの子の家で、サーカス一座《いちざ》がこの子の家族《かぞく》なのだ。ホテルを失うことは、この子にとって家族を失うことなのだ。

そして、もうひとつわかったことは、ハリウッドの家族はボーの家族だということだ。もうあと戻《もど》りすることはできない。みんなを助けるためにどんなことでもしなければならなかった。

「わたしたち、これから大変だね、ボーリガード」ハリウッドはそう言って、ほほえみながら涙《なみだ》を流した。涙はほほを伝って落ちた。

ボーはポケットからハリウッドが借《か》してくれたバンダナを出して手渡《てわた》した。

「心配するなよ」とボーは言った。「いったんはしごをのぼれば……あとはうまくいくさ」

それからボーはハリウッドの肩に腕を乗せた。二人はいっしょに海を見おろした。


ソーリーの三輪車《さんりんしゃ》が裏道《うらみち》に現《あらわ》れるまでに、少なくとも三時間が経《た》っていた。しかし、「もう大丈夫《だいじょうぶ》」のサインが出ても、ボーとハリウッドはまだ用心して、抜《ぬ》き足差《あしさ》し足《あし》でホテルの裏口《うらぐち》からそっと入っていった。

ハリウッドは、ロビーの光景《こうけい》を目にして面喰《めんく》らった。一座《いちざ》の全員が、部屋のまん中のビロードのソファの周《まわ》りに、静かに集まっていたのだ。すすり泣きの声も聞こえてくる。自分たちが帰ってきたことを知らせるためにボーが咳《せき》ばらいをすると、みんなは二人のほうを振《ふ》りかえったが、顔は青白《あおじろ》かった。ハリウッドは重苦《おもくる》しい気分になった。

「おかえり、子供たち」ルイーザがかん高《だか》い声で言った。かなり無理して笑顔を作っていた。

「ただいま」ハリウッドが言った。

「えーと……」ちょっと間《ま》があってからジャックが言った。

「外にいてもだいたい聞こえたよ、ジャック」ボーが言った。「説明しなくていいよ」

「ハリウッド」ゼナがはっきりとした口調《くちょう》で呼《よ》びかけた。

「はい？」

「あなたのお母《かあ》さん、ここに来ることはできないかしら？」

ハリウッドはうつむいた。ここに来てみんなを助けるようにとお母さんを説得《せっとく》できなかったことは、大失敗《だいしっぱい》だった。

「もう一度やってみるわ」ハリウッドは言った。

「それが唯一《ゆいいつ》の頼《たの》みのつなだ」ザジャが言った。「ホテルが閉鎖《へいさ》になって、みんなが老人ホーム送りになるのを避《さ》けるには、それしかないと思うんだいね……もちろん、僕《ぼく》たちは引きつづき、君のおじいちゃんがいやな目にあわないようにがんばっていくつもりだけど」

「どうすればいいんだろう？」チューイーが言った。その顔には悲《かな》しみと恐怖《きょうふ》の色が浮かんでいた。

ルイーザは涙《なみだ》を拭《ふ》いている。ティンボは胸に顎《あご》がくっつくほど深く深くうつむいている。ソーリーは両手で耳を覆《おお》って、頭を前後に振《ふ》っている。いま聞いたことが信じられない、といわんばかりだ。そして、いつもはうるさいロドニフィコさえだまっていた。

「あたしたちをはなればなれにしないでおねがいかぞくなんだから」

「あたしたちをはなればなれにしないでおねがいかぞくなんだから」

いつものかん高《だか》い歌うようなしゃべり方《かた》をするかわりに、ふたごは悲しそうな声を出していた。

ハリウッドは、それを聞いていることに堪《た》えられなかった。

「なにか考えましょう」ハリウッドは言い、自信のなさそうな顔をしたボーのほうを振《ふ》りかえった。ボーは情《なさ》けない表情《ひょうじょう》をなんとかひっこめて、うなずいた。

「そうだ」とボーは言った。「みんな、空飛ぶディベッキオ一家《いっか》の演技《えんぎ》のことは、僕たちに任《まか》せて欲しいんだ。みんなは自分の出番のことだけ心配してくれればいいよ」

一座はボーを困ったような顔で見た。

「金曜日だよ」ボーはみんなに思いださせようとした。「金曜日になれば、もう観客《かんきゃく》がここに来るんだよ。さあ、みんな！　がんばってやらなくちゃ！」

ハリウッドは部屋の空気が少し変わったのを感じた。ほんの少し明るさが見えてきたのだ。

「僕はどうも……君たち二人に任《まか》せるというのには賛成《さんせい》じゃないな」ジャックがためらいがちに言った。「他にどうしたらいいのかわからないけど……」

ハリウッドはこぶしを握《にぎ》りしめて、人生最大《じんせいさいだい》の挑戦《ちょうせん》に向かう自分を元気づけた。深呼吸《しんこきゅう》してから、ジャックを見つめた。そして「大丈夫《だいじょうぶ》よ、わたし、できる」と言った。

「ようするに……」ロドニフィコが静かに言った。「なにがなんでもショーをやらなければ、ということだ」

同意《どうい》する静かなざわめきが起こった。やがてゆっくりと、一人また一人と、一座《いちざ》のみんなは立ちあがった。

「ショーをやろう！」ティンボが言った。チューイーとソーリーがいっしょにうなずいた。

「ショーをやろう！」ザジャとゼナがそれにつづいた。

「ショーをやろう！」ジャックも静かに気勢《きせい》をあげた。ウィー・オルガはジャックの横でグルルルと言った。

「ショーやるわやるわ！」

「ショーやるわやるわ！」

最後にルイーザが立ちあがった。泣いていた顔にほほえみが戻ってきた。「ショーをやりましょう」とささやいた。

ハリウッドはうなずいた。それから空中に耳をすますと、かすかな声が聞こえた。ロビーに立っておじいさんを見あげていたハリウッドは、かすかなささやき声が「シー」というのをたしかに聞いた。それを聞いたのが一人だけだったかどうかはわからない。

第十四章

「お母《かあ》さん、わたしよ。今は火曜日の夜で、わたしはもうすぐ、はしごをのぼらされちゃうんだよ。だってお母さんが来てくれないんだもん。本当にもう、どこにいるの？　こんな遅くに外《がい》出《しゅつ》してるなんて信じられないよ、こっちじゃみんなでポッピーやホテルを救《すく》おうとして大変なのに。わたしたちにはお母さんが必要なの！　いろんなことがあってねえ。どんどんひどいことになってる。だからお母さんはぜったいにぜったいにぜったいに、金曜日より前にこっちに来なくちゃだめ！　電話ちょうだい。番号わかるわよね。お願《ねが》い。お願い。お願いだから来て！」

ハリウッドはちょっと間《ま》をおいた。そして、お母さんの留守番《るすばん》電話に他になにが入れられるか考えた。

「愛《あい》してる。お母さんがいなくてさびしいよ」やさしくそう言って、電話を切った。

時刻《じこく》は、夜の十時近かった。しばらく前に、一座《いちざ》のメンバーはみんな部屋にひきあげていったので、ホテルはまっ暗《くら》になっていた。ハリウッドがこれからなにをしようとしているのか、誰《だれ》も知らない。しかし、たとえみんなが期待の目で見つめていなくても、ハリウッドは十分《じゅうぶん》にプレッシャーを感じていた。

台所《だいどころ》のドアを押してホールをのぞき、ボーが来たかどうか確認《かくにん》した。ボーが庭《にわ》から忍《しの》び足《あし》で入ってきたところが見えると、ハリウッドの心は少し沈《しず》んだ。来なければいいのに、という気持ちが半分ぐらいあったのだ。ボーが来なければ、約束《やくそく》を破《やぶ》るのにちょうどいい理由になったのに。のどがいがらっぽくなって、ハリウッドはゴクリとつばをのみこんだ。最初の練習がはじまろうとしている。もう後戻《あともど》りはできない。

ハリウッドはホールに向かって歩いていった。ハリウッドとボーは、ホールのまん中で無言《むごん》のまま出会った。二人は上を見あげた。ポッピーがブランコの上にいた。おじいさんは片手《かたて》でブランコにつかまっていた。もう片方《かたほう》の手は、別のブランコに結《むす》ばれたロープを持っていた。そのロープは天井《てんじょう》についた滑車《かっしゃ》をとおってスルスル動いていた。それにつれて、もう一つのブランコが、ハリウッドとボーのほうに向かってどんどんおりてきた。

「あらま」ハリウッドはつぶやいた。これが、ハリウッドが乗るブランコだった。これに乗って、空中でいろんな芸をやるのだ。「わたしがブランコに乗って、上にいるおじいさんがこのロープでひっぱりあげてくれるってことかな？」ハリウッドは、まだ上を見あげているボーの顔を見つめた。

「いや、今すぐやるわけじゃないだろ。まず地上で練習するんだよ」

「シー。そのとおりだ」おじいさんの声が二人の上に降《ふ》ってきた。「賢《かしこ》い助手を選んだな、ハリウッド」

ボーは息をのみ、どもりながら言った。

「こ……こんにちは……おあ……お会い……できて、う、うれしいです。本当に」

「おじいさん、この人はボーっていうの」ハリウッドがささやいた。

「ボー」おじいさんは繰《く》りかえした。「そうか、ボー、わたしの孫娘《まごむすめ》が君を信頼《しんらい》してるんだから、わたしも君を信頼しよう。とても大事なことだ。信頼がなければ空を飛ぶことはできない」

「おじいさん、今日はいろんなことがあったの……」金曜日におじいさんが空中アクロバットをやらなければならないことや、それをやらないと病院《びょういん》に送られてしまうことを、どうやっておじいさんに伝えればいいのか、ハリウッドにはわからなかった。

「ああ。話は全部聞こえたよ。公演《こうえん》まで三日しかないんだな」

「三日でできるんでしょうか？」ボーがきいた。

「普通《ふつう》だったら無理《むり》だ、と言う。でもこの子はディベッキオ家《け》の子だ。それにジェネロ家の子でもある。ディベッキオ＝ジェネロなら、できる」

ボーはハリウッドを尊敬《そんけい》のおももちでじっと見た。ボーのまなざしを受けて、ハリウッドのからだに鳥肌《とりはだ》が立った。

「じゃあはじめるか。いいな？」

こぶしを握《にぎ》りしめ、歯をくいしばっていたハリウッドは、なんとか緊張《きんちょう》をとこうとした。全身がかたくこわばっていた。

（……ふりをしているの……）アグネスの声が頭の中に聞こえてきた。ハリウッドはおばあさんのゲームを思い出した。

（わたしは空を飛《と》ぼうとしているふりをしています）ハリウッドはひそかに唱《とな》えた。「わたしは……」おっと、つい大声を出して言ってしまった。

「なに？」ボーがきいた。

「なんでもない」と答えて、ハリウッドはおりてきたブランコのま下まで歩いていった。ブランコは頭のすぐ上まできていた。

「ボー、この子がブランコに届くように手伝ってやってくれ」

ハリウッドはブランコの棒《ぼう》に手を伸ばした。ボーはハリウッドのウエストを手でつかんで、軽く跳《と》びあがったところを、ひょいと持ちあげた。ハリウッドは木の棒をつかんで、ぶらさがっていた。

「ねえ、これ」ハリウッドは息もたえだえに言った。「なにやってるの？」

「ぶらさがる練習をしてるんだ」おじいさんが答えた。「練習の第一課《だいいっか》だ。リラックスできるまでそこにぶらさがっていなさい」

ハリウッドは首を回して、一メートルぐらい下にいるボーリガードを見ようとし、眉間《みけん》にしわを寄《よ》せた。

ボーはニヤリと笑《わら》って見かえした。目を大きく開《あ》けて肩をすくめ、ハリウッドがリラックスするまでじっくり待とう、という姿勢《しせい》をとった。

三時間ぐらい経《た》ったにちがいない、とハリウッドは思った。そしてボーのほうに顔を向けた。

「どのくらい経った？」

ボーは腕時計《うでどけい》を見て言った。「十二分」

「もういい！」とハリウッドはうめいた。「リラックスした！　リラックスできたよ！　だけど、腕がちぎれそう！」

おじいさんはハリウッドのブランコのロープをつかんでゆすった。振動《しんどう》がブランコに伝わり、ブランコは揺《ゆ》れた。ハリウッドは怖《こわ》がってキャーキャー言った。

「だめだ」とポッピーが言った。「まだリラックスしておらん」自分のブランコのロープに手を戻し、ハリウッドから目をそらしてじっと前を見つめ、一晩中《ひとばん》でも待とうというかまえになった。ハリウッドが深いため息をついて、おじいさんのほうを見ようと頭をのけぞらせたときには、今度こそ三時間ぐらい経ったような気がした。

「よし」おじいさんのささやきが聞こえた。「リラックスしたな。ボー、君はハリウッドの下に行ってくれ。ハリウッド、両脚《あし》をあげて、棒《ぼう》にかけるんだ。今度はひざでぶらさがる」

ハリウッドはおじいさんの言う動きを思い描《えが》こうとした。しかし、心の中には、自分のからだがからんでもつれてしまうようすしか、浮かんでこない。

「こうするんだ」おじいさんが言った。すばやく手を放して頭を下にし、そのまま、ブランコにひざでぶらさがった。そして次の瞬間《しゅんかん》には、両手で棒をつかみ、手のあいだをとおして脚を棒からおろした。するともう、おじいさんはハリウッドと同じように手でぶらさがっているのだった。そして、少し間《ま》をおいてから、今度はさっき指示《しじ》したことをやってみせてくれた。両脚をあげ、両手でつかんでいるブランコの棒にのせ、それから脚を曲げて棒をはさみこむようにひっかけた。そして、さかさまになって、ひざからぶらさがった。

次に起こったことは、まちがいなく、ハリウッドの人生でもっとも衝撃《しょうげき》的な出来事《できごと》だった。おじいさんのお手本《てほん》を見てから、ハリウッドは自分でも信じられないような速さで、そのとおりのことをやってのけたのだ。まるで千回もやったことがあるみたいだった。両手でブランコからぶらさがっていたかと思うと、次の瞬間《しゅんかん》にはもうひざでぶらさがり、世界をさかさまに見ていた。

ボーが大きく息を吸《す》って、ほほえんだ。ハリウッドは驚《おどろ》きのあまり、イヒヒ、と笑《わら》った。

「このとおりだ！　ボーリガード、見たかね？」おじいさんがささやいた。「ディベッキオ家《け》の子だ！」

「ほんとですね」ボーは言った。

練習はさらにつづいていった。

おじいさんはハリウッドに、ひざでぶらさがる技《わざ》を、全身の血がぜんぶ頭にのぼってしまうかと思うところまでつづけさせた。それから、どうやってからだを二つに折《お》りまげて、ブランコにすわる恰好《かっこう》になるか、やってみせてくれた。おじいさんはハリウッドにしばらくのあいだすわらせてから、今度は手をどんどんロープの上のほうにあげていって、ブランコの上に立ちあがる技を教えた。次におじいさんが新しい技を見せるまでは、またしばらく立ったままでいなければいけないんだよね、とハリウッドはため息をついた。

やっとそれを終えると、おじいさんはすわって脚を上下に振《ふ》り、ブランコを揺《ゆ》らすように言った。ブランコが振り子のように描《えが》く弧《こ》のいちばん高いところが、地面からだんだんに高く上がっていき、ハリウッドは胸がどきどきした。ロープをきつく握《にぎ》りしめ、けっして下を見ないようにした。といっても、怖《こわ》いというだけではなく、なにか別の感じ――ゾクゾクするような興奮《こうふん》も味《あじ》わっていた。ひょっとするとその感じというのは、ただ、前にうしろにとゆれるときに起こる風を感じただけなのかもしれない。それは、いつも風がなくて湿《しめ》っぽいフロリダの夜と比《くら》べたら、本当に気持ちのいいものだった。しかし、独特《どくとく》の感じは、ただの風ではなかった。それは、怖い気持ちやドキドキする気持ちの下に隠《かく》れていた。心の奥深くにある「静けさ」だった。

終わり、とおじいさんに言われたとき、そんなに長い時間が経《た》ったようには感じなかった。一つの練習から次の練習に移れというおじいさんの指示《しじ》が、ハリウッドがうんざりして悲鳴《ひめい》をあげるよりも前に出るのは、今日、これが初めてだった。

「ひざでぶらさがる練習は三時間もやらせたのに、揺らす練習は、おじいさん、たったの数分《すうふん》で終わらせちゃうんだもん」ハリウッドはボーにささやいた。

ボーはにやりと笑《わら》った。「いいや、ひざでぶらさがるのは六分間……でもゆらす練習は三十分もやってたよ」

「本当?」ハリウッドには信じられなかった。時間が蒸発《じょうはつ》してしまったような感じだった。

「集中しなさい!」おじいさんは、ひそひそ話をしていた二人を叱《しか》った。「さあ、ハリウッド」とおじいさんは続けた。「すわった体勢《たいせい》からぶらさがった体勢になって、また戻る。ボー、手伝ってやってくれ」

ボーは背筋《せすじ》を伸ばして、すぐに手を出せるようにかまえた。ハリウッドは深呼吸《しんこきゅう》をして、ひざでぶらさがるように、うしろにからだを落とした。こらえきれずに、小さな悲鳴《ひめい》をあげてしまった。でもそのままつづけてやった。手をのばして、両手でブランコの棒《ぼう》をつかみ、腕のあいだに両脚《りょうあし》をとおしていって、驚《おどろ》くほど見事《みごと》に、手でぶらさがる体勢に戻った。

「ブオノ！（訳注《やくちゅう》・イタリア語《ご》で「よろしい」という意味）」とおじいさんはハリウッドをほめた。「さあ、今度はもう一度すわるんだ」

この練習が一時間ほどつづいた。前へ、うしろへ、うしろへ、前へ。そうやっているうちにハリウッドの腕は鉛《なまり》のように重くなってきた。

「おじいさん、腕がすごく疲《つか》れちゃった」

「今夜の練習はあとひとつだ」まだ練習を終わらせてはくれないようだった。

おじいさんは別のロープを手に持って、引っぱった。このロープは天井《てんじょう》についている滑車《かっしゃ》をとおっていた。重い革《かわ》のベルトがついているこのロープは、ハリウッドに向かってかなりのスピードで落ちてきた。

「これを身につけなさい」おじいさんが言った。「それから、ボー」

「はい、なんでしょう？」

「ロープのもう一方《いっぽう》の端《はし》を持つんだ」ボーに向かってロープがおりてきた。ハリウッドはベルトをしめた。「これは安全ベルトだ。大事なのは、ハリウッドがブランコを自由に動かせる程度《ていど》にゆるく、そしてもしなにかあったら、ロープを引けばハリウッドが床《ゆか》に叩《たた》きつけられないぐらいにきつく、そういうふうにしめることだ。わかったか？」

「わかりました」ボーは急いで答えた。「了解《りょうかい》です！」

「あの……これからなにするの？」最初にブランコに乗ったときと同じぐらいの緊張《きんちょう》がおそいかかってきた。「高いところでやるの？」

「ちがう、高いところでの演技《えんぎ》は今日はやらない」ポッピーは答えた。「今からやるのは、なるべく大きくブランコをこぐことだ。そして、いちばん高いところまで来たと思ったら、すわった体勢《たいせい》からぶらさがる体勢へ、そして最後にもとに戻《もど》る、というのをやる」

「えぇーっ」とハリウッドは言った。とても怖《こわ》そうだった。

「僕《ぼく》がここにいるから大丈夫《だいじょうぶ》」ボーは、ハリウッドに自分の存在《そんざい》を思いださせた。

「わかった」とハリウッドは言った。

「動くタイミングはわたしが指示《しじ》しよう」とおじいさんが言い、そしてブランコをこぎはじめるように言った。

ハリウッドは脚を振《ふ》ってこぎだした。ブランコは揺《ゆ》れはじめ、一回ごとに少しずつ高く、少しずつ速くなっていった。ハリウッドは自分が次第《しだい》に冷静《れいせい》になっていくのを感じた。ブランコをこぐことが、とても気にいった。ほんとうにすばらしい気分だ。ブランコをこぎながらうしろに落ちるとか、ひざでぶらさがるとか、いちいち考えなくても、ハリウッドは完全に満足のいく演技《えんぎ》ができた。ハリウッドはどんどん高くあがっていった。おじいさんが指示《しじ》する声が聞こえた。

「それ!」おじいさんの声が上から響《ひび》いてきた。しかし、ハリウッドはロープから手を離《はな》せなかった。

「それ!」おじいさんはもう一度さけんだ。

「がんばってるんだけど!」ハリウッドはさけびかえした。「手を離せないよ」

「離そうなどとは思うな。ただ深呼吸《しんこきゅう》して、そのままうしろに落ちるんだ。できると信じて」

ハリウッドは一歩一歩《いっぽいっぽ》、おじいさんの言うとおりに進めていった。心をからっぽにしてなにも考えないようにし、深呼吸して、それからうしろにのけぞった。どうやったら自分を信じられるのか、いっしょうけんめい考えた。何かを自分に無理じいする、というのとはちがうだろう。ハリウッドの頭脳《ずのう》は信じることについて考え、いそがしく回転したので、いらなくなった。すると、やるべきことを正確《せいかく》にやってのけることができた。自然となんの音も耳に入空中高く浮《う》かんでいるあいだに、両手を離し、それからうしろにすべり落ちてひざでぶらさがることができた。でぶらさがるところまで、ハリウッドは連続《れんぞく》した動きをつづけてやった。けっしてモタモタしない、なめらかな動きだった。

「すごいすごい！」ボーがさけんだ。

「からだを使ってもっと高く振《ふ》るんだ！」おじいさんは、大声で指示をとばした。

ハリウッドはお腹《なか》に力を入れて、空中高く躍《おど》りでるように前へこぎだした。それから、ブランコがうしろに行くときは、自分のからだを弓なりにそらした。四回目か五回目に揺《ゆ》れたあと、ハリウッドの心の目に、突然《とつぜん》、自分自身の姿が写《うつ》った。ハリウッドがぜったいにできなかったことをやる少女がそこにいた。

少女、やすやすと空を飛ぶ
「飛《と》ぶことなんか簡単《かんたん》さ」という、あの歌は本当だった……

ボーが今、見あげている女の子は、あの朝会ったのと同じ子だろうか。ボーは目を疑《うたが》った。あの子には飛ぶ才能《さいのう》がちゃんとあったのだった。弱気《よわき》や心配《しんぱい》から解放《かいほう》されたハリウッドは、戦士《せんし》のように大胆《だいたん》に見えた。その顔に浮かんだ笑顔は、夜の闇《やみ》を照《て》らしだしてこうこうと光っているようだった。

空中で、ハリウッドはブランコをこぎつづけていた。前へうしろへとこいだり、また、ブランコの上に立ったりすわったり、ブランコからぶらさがったり、と巧《たく》みに動きまわった。そして動きながら、どんどん高くこいでいった。おじいさんが指図《さしず》するよりも前に、おじいさんの声が聞こえているみたいだった。まるで、ブランコの練習の仕方がハリウッドの血の中に元々《もともと》流れていて、その知識《ちしき》は骨の中に貯《たくわ》えてあった、とでもいうようだった。

第十五章

ハリウッドは遅《おそ》く目覚《めざ》めた。ベッドから飛びだそうとしたが、まだとても疲《つか》れていた。白いもやをとおして部屋に差しこんでくる太陽の光を見つめ、今日がなん曜日だったのかを思いだそうとした。水曜日だ！　その言葉が頭の中で絶叫《ぜっきょう》のように響《ひび》きわたった。ハリウッドはあわてて、ベッドから飛びだした。寝ている場合じゃない。大急ぎで服を着て、台所《だいどころ》に行った。

「おねぼうさん！」チューイーがハリウッドに向かってさけんだ。

「ボーはどこ？」あせる気持ちが、からだの中でうごめいた。ほとんど時間がないのに、ハリウッドはまだはしごをのぼっていなかったし、お母《かあ》さんもまだ現《あらわ》れていなかった。

「ボーはもうすぐお昼《ひる》を食べにきますよ」小さなシェフは答えた。

「いまなん時？」あせっているのを隠《かく》そうとしながら、ハリウッドはたずねた。

「だいたい十時半ぐらいです！」チューイーは、ハリウッドのために温《あたた》めてあった、卵《たまご》とベーコンのお皿のふたを開《あ》けた。

「ごめんなさい、チューイー。とっといてくれてありがとう」

「おはよう」ルイーザとティンボがドタドタと台所《だいどころ》に入ってきた。ルイーザはなん枚かの布《ぬの》を肩にかけていた。

「銀のベルトをおくれよ」ティンボがルイーザに言った。

「ルイーザ！」ゼナの声がホールから台所に聞こえてきた。「あたしの髪飾《かみかざ》りはいつできあがるの？」

「誰《だれ》か、わたしの杖《つえ》を見なかったか？」ロドニフィコが二階からさけんだ。

「ゼナの髪飾りはもうすぐできるわ、ロドニフィコの杖は、ソーリーの小道具といっしょに置《お》いてありますよ」ルイーザは振《ふ》りかえりもせずに言った。そして、さっと台所のテーブルにつき、細かい針《はり》仕事のつづきをはじめた。

ばね式《しき》のドアを押して、ウタとグレタがそろりそろりと入ってきた。二人は、新しい、そしてものすごい芸をやっていた。二人のからだは、文字どおり、からみあっていたのだ。どこからどこまでが誰だか、さっぱりわからなかった。ひざが逆向《ぎゃくむ》きにねじれ、頭が足にくっついているようにも見えた。

「あたらしいぐにゃぐにゃのわざよ！　だれもできなかったところまでいったわ！　ぎねすぶっくにのるでしょ？」

「あたらしいぐにゃぐにゃのわざよ！　だれもできなかったところまでいったわ！　ぎねすぶっくにのるでしょ？」

「そうだね」と答えながら、ハリウッドは、自分の朝食にだけ集中《しゅうちゅう》しようといっしょうけんめいになった。もしふたごのことをよく見てしまったら、食欲《しょくよく》がなくなってしまうだろう。

「すごいわね」ルイーザが歌うように言ったが、やはりふたごのことをあまり見ていないようだった。

「みんなショーの準備《じゅんび》をしてるのね？」ハリウッドはルイーザにたずねた。でも、ハリウッドが思っていたのは、このままじゃショーなんかできないかもしれない、ということだった。みんながわたしをあてにしているけど、わたしはまだやりとげていない。

「やることがたくさんあるのよ。実《じつ》を言うとね、あたしたち長いあいだショーをやってなかったの。自分たちだけでやってた以外はね。だから、衣裳《いしょう》や小道具《こどうぐ》はしまいっぱなしで古くなってて、手入れしないとだめなの」

「手伝おうか？」

「まあ、うれしいわ！」ルイーザはさけんだ。

ハリウッドはベーコンを一切《ひとき》れ、口に入れた。「ボーに会わなきゃならないんだけど、もしできたら戻《もど》ってきて、なんでもお手伝いするよ」

ルイーザはうなずいた。ハリウッドは台所《だいどころ》をあとにし、まっすぐロドニフィコのところに走っていった。

「わたしの杖《つえ》はどこだ！」ロドニフィコはどなっていた。

「ソーリーの小道具といっしょに置《お》いてあるよ！」ハリウッドはどなりかえした。

「じゃあ小道具はどこだ？」

ハリウッドはちょっと考えてから言った。「裏口《うらぐち》の扉《とびら》の横の、物置《ものお》きの中じゃないかな」それまで心があせっていたのだが、ふとやさしい気持ちになった。ソーリーの小道具がどこにあるか知っていたことは、いい気分だった——まるでここが、自分の家であるかのようだ。そう、ここが我家《わがや》なんだ、とハリウッドは思った。そしてロドニフィコにほほえみかけたが、向こうは怒《おこ》ったような態度《たいど》でドシドシ足を踏《ふ》みならしながら、物置きのほうに行ってしまった。ハリウッドは庭に出ていった。

「おはよう！」ハリウッドはボーを見るとすぐ声をかけた。二人で新しい計画を考えなければならなかった。もし、おじいさん一人っきりで空中アクロバットをやることになっても、ちゃんとサーカスらしく見える方法を考えださなければ。

「おはよう」ボーは答えた。でも、何だかようすがおかしかった。ハリウッドのほうをちらりとも見ないし、声にも元気がない。

「どうしたの？」ハリウッドは短《みじか》く言った。

「僕《ぼく》はショーに出ない」ボーは冷静さをよそおって言ったが、明らかにようすが変《へん》だった。

「なにいってるの？」

「僕の猫《ねこ》は、なにもしないでうなってるだけだ」

「おすわりをするじゃない」ハリウッドは言った。

「毎回《まいかい》じゃないもん」

「どうしたの？　どうして急に、そんなうしろ向きな態度《たいど》になっちゃったの？」

「いいじゃないか——君の空中ブランコの邪魔《じゃま》するつもりはないからさ」

「ねえ、ボー、わたしたち、ほんとに行きづまりそうなんだよ。もしわたしが空中ブランコができるようにならなくて、あと、もしお母《かあ》さんが来なかったら、どうする？　別のプランを立てとかなきゃ」

ボーは返事をせず、顔さえあげなかった。

「わかった。わたし、ちょっと向こうに行ってるよ。で、あなたがわざとそういうバカな態度をとってるのかどうか、考えてみる」

ボーは信じられないというように、天をあおいだ。ハリウッドには、ボーが今ごろになってそんなに気むずかしくなったことが、信じられなかった。

「よし！　あとで話そうね」ボーがなにか言う前に、ハリウッドは立ちさった。ボーは、自分の不作法《ぶさほう》な猫に話しかけた。

「おまえはなにもしないんだな。ジャックにはオルガと、あと他にも七匹の猫がいるだろ。あいつらなんでもできるんだぜ。飛《と》んだりはねたり、なにかを取ってきたりさあ。おまえはどうだ？　ただうなってるばっかりで……ほんと、感動して涙《なみだ》がでちゃうよ。おまえと組んでると僕までバカに見えるなんて、やだよ。もう十分バカだと思われてるけどね、ここの人間でもないのに、わけもなくここでうろうろしててさあ。別に自分のおじいさんがいるわけでもないのに。僕はここにいる必要なんかないんだ。サーカス一家《いっか》の人間でもないし。親戚《しんせき》でもないし。ただ他に行く場所がないってだけじゃないか……みんなもわかってるだろうけど」

その時、ジンジャーが立ちあがり、飛びあがって檻《おり》のまん中にある輪《わ》っかをくぐりぬけた。すばらしく優雅《ゆうが》な動きで、とても偶然《ぐうぜん》には見えなかった。それから猫はおすわりをし、ボーの目を見つめた。

今見たことが信じられないという気持ちで、ボーは猫を見かえした。

「満点《まんてん》だ」ボーは言った。猫はまた輪をくぐった。それから、中に鈴《すず》の入ったボールをくわえてきて、ボーにいちばん近い、檻《おり》の中のはじっこの場所に落とした。

「遊んでる場合か、ジンジャー」ボーは小声で言った。ボーは保護器具《ほごきぐ》を身につけて、檻の中に入っていった。「最後のチャンスだ。今度が失敗だったら、もうコンビ解散《かいさん》だからな」

「さてと」ハリウッドは投げやりに言った。「なにをしたらいい？」

ハリウッドはルイーザのほうを見たが、心はまだボーのことを考えていた。よくもあんなことが言えたもんだわ！　みんなに頼《たよ》りにされてるっていうのに。おじいさんだって、二人をあてにしている。みんなをなんとか救《すく》うより他にないのだ。今ごろになって尻《しり》ごみするなんて、どういうつもりだろう！

ハリウッドはただ、明るい気持ちになりたかった。ここしばらく明るいことがなにもないのに、それに加えて、ボーがさらにまた問題を増《ふ》やしてしまった。ボーの役目《やくめ》は、ハリウッドの問題解決《もんだいかいけつ》の手助《てだす》けをすることだったはずなのに。

「もしもし」ルイーザは、ハリウッドのことを不思議《ふしぎ》そうにじろじろ見た。「急にカッカしちゃって、どうしたの？」

「ごめんなさい」ハリウッドがあわてて答えた。「ボーが馬鹿《ばか》なだけ。あなたに当《あ》たりちらすつもりじゃなかったの」

「ボーがどうかしたの?」ルイーザの手はしゃべりながらも裁縫《さいほう》をつづけていた。きらきら光る衣裳《いしょう》に、ボタンが驚《おどろ》くような速さで縫《ぬ》いつけられていった。

「すごくうしろ向きな態度《たいど》になってるの。明日のショーに出ないなんて言いだして。いいかげんにしてよ、って思うよ! どうしたんだろう?」

「不安《ふあん》なんでしょ」ルイーザは簡単《かんたん》に答えた。

「そりゃあ、みんな不安だよ!」とどなってしまってから、すぐにハリウッドはいやな気持ちになった。「ごめんなさい。どなるつもりじゃなかったの」

「わたしは心理学者《しんりがくしゃ》じゃないんだけど」ルイーザが穏《おだ》やかに言った。「でも、あの子が急に、自分が役たたずになったような気持ちになったのかなあ、という気はするわ」

「ええっ?」ハリウッドはしわくちゃになった、明るい黄色の生地《きじ》を取りあげた。広げてみると、ソーリーのシャツだということがわかった。ハリウッドはそれをアイロン台の上に置《お》いて、アイロンをかけはじめた。

「今まで、ここには子供はたった一人、ボーしかいなかったのよ、ハリウッド」

ハリウッドは肩をすくめた。それじゃ全然説明になっていない。

「くわしくきいてみたわけじゃないけど、あの子があまりいい家庭環境《かていかんきょう》で育っていないことは確《たし》かよ。最初にここに現《あらわ》れたとき、あの子は七歳《さい》ぐらいだった。ガリガリにやせて、汚《きたな》くて、どうしようもない状態《じょうたい》だったの。あの子を世話してやろう、って言ったのはジャックだった。人間があれほどガラリと変われるなんて、驚《おどろ》きよ。しょっちゅう盗《ぬす》みをしたり、嘘《うそ》をついたりしていた乱暴《らんぼう》な子が、今ではみんなに気を配《くば》る、ほんとうにやさしい子になったんだから。あの子はいい子よ、ハリウッド。あなたは嫌《きら》いかもしれないけど……」

「そんなことないよ。わたしはあの子、好きだよ。でも変《へん》な態度《たいど》をとるんだもん」

「ねえ、あの子の気持ちになってあげて。あの子は、守ってもらえて居心地《いごこち》がいい自分の居場所をやっと見つけたのよ。そこに、あなたが来た。しかもあなたは、もう一人の子供っていうだけじゃなくて、正真正銘《しょうしんしょうめい》の本物《ほんもの》なんだから」

「正真正銘の本物?」

「つまり、あなたはサーカスの王族《おうぞく》の、純血種《じゅんけつしゅ》なのよ。その価値《かち》をあなたはわかってないかもしれないけど、あなたは名門《めいもん》の子よ。あなたは今やっとサーカスとめぐりあったわけだけど、あたしたち……一生をサーカスで過《す》ごしたあたしたちは……あなたみたいな人のことが……いえ、つまり……あなたは特別《とくべつ》な血統《けっとう》の人だ、ってこと。孤児《こじ》だったあたしたちがなにをやったって、親譲《おやゆず》りの血を持つあなたとちがって、サーカスの一員《いちいん》としてそんなに完璧《かんぺき》にはなれないの」

　ハリウッドはびっくりして口がきけなかった。なんておかしな、なんて不公平《ふこうへい》なことだろう、と思った。でも、なんてすばらしいことだろう！　そんな家族《かぞく》の一人でいることは、申しわけないようでもあるが、やっぱり素敵《すてき》なことだ。けっしてクビになったりしない立場《たちば》なのだ。でも、ハリウッドには、そんな考えを声に出して言わないぐらいの常識《じょうしき》はあった。

「じゃあ、ボーはわたしに嫉妬《しっと》しているっていうの」

「そこまで単純《たんじゅん》じゃないわ。混乱《こんらん》してると思うの……自分の居場所がなくなっちゃったのよ」

ハリウッドは答えなかった。たしかに、そういう感じがしたことが何度かあったっけ、と思い出しながら、ハリウッドはアイロンをかけつづけた。ボーのそういう態度に、まったく気づかなかったわけではなかった。

「他になにをやればいい？」ハリウッドは話題《わだい》を変えた。とてもきれいにアイロンをかけおえた黄色のシャツを、ハンガーにかけた。

ルイーザは悪魔《あくま》のようにニヤリと笑《わら》って、床の上のカゴを指さした。そのカゴには、ものすごい量《りょう》の衣類《いるい》――しわしわのシャツやパンツ、スカートやスカーフ――がぎっしりつめこまれ、うず高く積《つ》みあげられていた。

「まずはそれをね……」ルイーザはクスクス笑いながら、さっと台所《だいどころ》から出ていった。

ハリウッドは目を白黒《しろくろ》させて、力なくうなずいてから、山積みの服にとりかかった。

今夜は、もうだいぶ長いこと待っている。みんなは、準備を終えるまでは、なかなか寝ないようだった。ホテルの人々がみんな自分の部屋に消えるのを待ちながら、ハリウッドは元気に起きていようとがんばっていた。空中ブランコの練習のときに眠《ねむ》くなるのはいやだった。長い長い待ち時間のことだけでなく、今夜ははしごをのぼらなくてはならないのだ、ということを考えると、ほんとうに気が重くなった。でものぼらなければならない。他にどうしようもないし、時間ももうなかった。

ハリウッドは部屋を整理《せいり》してから、伝染病《でんせん》に関する記事を読んで情報収集《じょうほうしゅうしゅう》し、心配なことを書きだして、長いリストを作った。だいたいにおいて、一度リスト化してしまえば、暗記《あんき》しなくちゃという心配がなくなる。そうなると今度は安心して、もうそのことをまったく考えなくなるのだった。これは単純《たんじゅん》なトリックだ。ときどき、自分のしかけにコロリとだまされる自分をバカだなあと思うことがあるが、ほんとうに効果《こうか》があったのだ。「不安《ふあん》の管理《かんり》」はむずかしいことなので、こういう方法が効果的だとか、こういう方法はだめだとか、単純には言いきれないけれど。

ハリウッドは部屋のドアのところまで歩いていって、ドアをほんの少し開《あ》け、ホールにまだ誰《だれ》かがいるかどうかを見た。ずっと待っているのはほんとうにうんざりだ！　でも、ひとつだけ、考えると心がなぐさめられることがあった——それはハリウッドにとって悪いことのはずだったが——もしボーがまだあのままだったら、ホールに現《あらわ》れないだろう。ボーが現《あらわ》れなければ、ハリウッドははしごをのぼれない。というのは、はしごをのぼるためには助手《じょしゅ》の助けが、最初の練習のときよりはるかに重要《じゅうよう》になってくるだろうから。ボーがいなくなることを祈《いの》ったりしちゃいけない、と思ったが、どうしてもそんな思いがまた心に浮《う》かんできてしまうのだった。

十二時半に、ついにホールが静かになった。ハリウッドは部屋のドアを開《あ》けて廊下《ろうか》にそっと出た。そして、板がキイキイいう場所を避《さ》けて、忍《しの》び足《あし》で歩いた。ホールを見渡《みわた》してみるが、ボーがいるようすはなかった。ホッとしたような気分が、おさえきれずわきあがってくる。おじいさんのいるま下の位置《いち》に近づくと、庭のほうから現れた人影《ひとかげ》が見えた。と思うと、もうボーが目の前に立っていた。ハリウッドはお腹《なか》を殴《なぐ》られたような気分になった。ボーの表情《ひょうじょう》はまだ暗かったが、それでも来たのだ。もうやるしかない。はしごをのぼらなければならないのだ。

そのとき、おじいさんの声が上から降《ふ》ってきた。「こんばんは。今夜は遅くなってしまったね、ハリウッド。どんどん先に進もう。わたしといっしょに、空中のプラットフォームで練習するときがきた」

ハリウッドのからだを、今までに感じたことのないなにかがかけぬけた。気を失う前のほんの一瞬《いっしゅん》に感じるような、息がつまってゾクゾクする感じだ。でもハリウッドは気を失ったりはしなかった。ただ、半分凍《こお》りついたようにじっとしたまま、立ちすくんでいた。

「ハリウッド」ボーがささやいた。「大丈夫《だいじょうぶ》？」

ハリウッドはうなずこうとしたが、からだが動かなかった。

「手伝おうか？」ボーはゆっくりと言った。

ハリウッドは首を横に振《ふ》った。少しずつ、なんとか足を前に出し、よろよろ歩いていった。そしてはしごのところまでやってきた。はしごに手を伸ばすと、横棒《よこぼう》をつかんで、そのまま動けなくなってしまった。こぶしが開《ひら》かなくなってしまったのだ。時間が歪《ゆが》みはじめた。耳の中でブンブンという音がうるさく鳴りだし、目の中で明かりがどんどん暗くなっていった。

「ハリウッド！」ボーは厳《きび》しい声を出した。「ハリウッド、なにやってるんだ？」ハリウッドはボーのほうを向き、眉間《みけん》にしわを寄《よ》せた。——わからないかな？　これからはしごをのぼろうとしてるんだよ。

「十五分もそうやって突《つ》ったってるんだぞ！」

ハリウッドは、困《こま》っている子犬《こいぬ》のように、小首《こくび》をかしげた。

「ハリウッド」おじいさんの声がまた上から響《ひび》いてきた。「才能《さいのう》というものは大事《だいじ》だ。それから血統《けっとう》、これもやっぱり大事だ……しかし、肝心《かんじん》の『やる気』がないと、こういうものは一切《いっさい》役に立たないんだ」

ボーは老人を見あげた。ハリウッドはピクリとも動かなかった。上を見ることができなかったのだ。

「世界中のどんな才能も、代々《だいだい》つづく血統も、きみにはしごをのぼらせたり、プラットフォームにおろしたりはしてくれないぞ。たった一つ『やる気』だけがあと押ししてくれる。もしやる気を出したなら、君はなんにでもなれる」

ハリウッドはやっとのことでおじいさんの話をきいていた。熱い涙《なみだ》がほほを伝って流れるのを感じた。ボーも一言一言《ひとことひとこと》にじっと耳をかたむけていた。

「もしやる気を出したなら、君はなんにでもなれる」

おじいさんの言葉が、ボーの心の中で、輪《わ》を描《えが》いてなんどもなんども回った。明日はぜったいに自分もサーカスの一員になるんだ、とボーは思った。

電話の呼びだし音が七回鳴ったところで、お母《かあ》さんは受話器《じゅわき》をとった。ハリウッドは深呼吸《しんこきゅう》をしてから、ふざけてピョンと飛《と》びあがった。しかし今夜は、ふざけるのには向かないひどい夜だった。ハリウッドはまったく駄目《だめ》だったのだ。はしごになんかぜったいにのぼれない。お母さんがみんなを助けに来てくれなければ駄目だ。お母さんしかいない。

「お母さん、こっちに来なくちゃ」ハリウッドはささやいた。「サーカスはここから追いだされちゃうし、ホテルはとりこわされちゃうし。お母さん、やめさせて！　わたしにはできないよ」

電話線の向《む》こう側《がわ》からはなんの返事もなかった。ただ、しゃくりあげる声と、鼻をすする音だけがした。

「とにかく家に帰ってらっしゃい。行かせたのはまちがいだったわ」その声は、お母《かあ》さんの声ではないように聞こえた。その声は小さくてかん高《だか》く、そしてふるえていた。ハリウッドはそれを聞いて心配になった。

長い沈黙《ちんもく》のあと、ハリウッドは言った。「お母さんがわたしより怖《こわ》がってるなんて、これが初めてじゃないかな」

「わたしはいつだって怖がってるわ」しぼりだすような声でお母さんが言った。

「お母さんは怖がったことなんてないよ!」とハリウッドは言いはった。

お母さんが大きく深呼吸《しんこきゅう》しているのが聞こえた。お母さんはハリウッドの言葉に答えようとしなかった。ハリウッドは、お母さんが居間《いま》のソファにすわっているようすを思いうかべようとしたが、できなかった。あっちの世界を離《はな》れてからというもの、短《みじか》い時間であまりにもいろいろな変化があったので、もう家の中のものを思いうかべるのもむずかしくなってしまった。そんなところにいたこともあったのか、と思うほどだった。すると、寒気《さむけ》が背中《せなか》を走った。急に、知らない人と話しているような気分になったのだ。お母さんについては知らないことがたくさんあった。たくさんの秘密《ひみつ》が長いあいだ隠《かく》されてきたのだ。

「なにがあったか教えて」ハリウッドはとうとう、静かにそう言った。台所《だいどころ》の椅子《いす》に腰《こし》かけて、壁《かべ》にもたれかかり、秘密《ひみつ》がとけるのを待っていた。

「新聞記事《しんぶんきじ》を読んだんなら知ってるでしょう」お母さんは言った。

「なんで出ていったかは知らない。わたしが知ってるのは、おそろしい事故《じこ》があって、お父《とう》さんが死んだってことだけだよ。どうしてそれで、ほかの家族《かぞく》みんなを捨《す》てて出ていくことになっちゃったのか、教えて」

長い沈黙が二人のあいだに横たわっていた。やがてついに、お母さんが低い声で「わたしのせいなの」と言った。

ハリウッドはそれに答える勇気がなかった。お母さんをあまり追いつめて、崖《がけ》から突《つ》きおとすようなことはしたくなかったのだ。

「あなたのお父さんはね、わたしが知ってる人の中でいちばん強くて、いちばん勇敢《ゆうかん》な人だったのよ」電話線を通じて、ささやき声が聞こえてきた。お母さんは娘《むすめ》に話してるということを忘れてるんじゃないか、とハリウッドは思った。でも、お母さんの夢《ゆめ》うつつの状態をこわさないように、ハリウッドは身動《みうご》きもせずにすわって、お母さんがもっと話してくれるのを待つことにした。

「赤ちゃんができたってわかったときには、とてもほっとしたわ。ついに引退《いんたい》できるってことだから。でも、ドミニクには理解《りかい》できなかった。おそれということを全然《ぜんぜん》知らなかったから、どうしてわたしがそんなに怖《こわ》がるのか、わからなかったのね。わたしはずっと空中を飛びつづけていたけれども、本当は、一度だって怖くないと思ったことはなかった。はしごをのぼる瞬間《しゅんかん》がものすごくいやだったの。お父《とう》さんとはおおちがいね、ほんと。ドミニクはいつも、はしごをほとんど駆《か》けあがるようにしてプラットフォームに飛《と》びのっていたけど。わたしなんか深呼吸《しんこきゅう》して自分を元気づけて、それからやっとの思いではしごをのぼって、プラットフォームにあがっていったのよ」

お母《かあ》さんはそこで押《お》しだまった。ハリウッドはなんでもいいから、なにか慰《なぐさ》めの言葉はないかと考えた。けれども、まだ自分ではしごをのぼった経験《けいけん》もないハリウッドが、なにか言うのは無理だった。みぞおちがキュッとなり、胃がさがっていくのを感じた。

「おじいさんは、怖いか怖くないかは問題じゃないって言ってたけど……」ハリウッドはやさしく言った。

「ああ、あれでしょ」お母さんはちょっとムッとしたような声をだした。「そんなことはものともせず、やるだけだ。そう、わたしは長いあいだ〝ものともせず〟にやってきたわよ。あんまりいつも怖いと思うものだから、逆《ぎゃく》に怖いと思う気持ちを使ってはしごをのぼれるようになったの。もうほとんど、それがないとのぼれないようになってたぐらいよ」

二人のあいだにまた長い沈黙《ちんもく》がおとずれた。ハリウッドは質問《しつもん》したいのをこらえて、舌をかんでだまっていた。聞きたくてしようがないのは、「どうして事故がお母さんのせいなの?」ということだった。その質問は頭の中でなんどもなんども繰《く》りかえされた。「どうして事故がお母さんのせいなの?」でもハリウッドとお母さんのあいだの微妙《びみょう》なバランスを崩《くず》してはならなかった。二人がどこまで堪《た》えられるかわからなかった。お母さんの声を聞くと、ハリウッドは自分が大人になりすぎたことを感じた。言葉が、着地《ちゃくち》するたびにスパイクシューズのようにおたがいの心にささる。二人とも、小さい子に話すように言葉を選んでいるわけではなかった。お母さんはただ、自分が言わなければならないことを話しているだけだ。ハリウッドは何《なに》にも守られていなくて、無防備《むぼうび》だった。

「そのおそろしい日の朝」お母さんが、また話しはじめた。「わたしは特別怖がっていたの。ドミニクとポッピーが、今まででいちばん危険な技《わざ》を初めて演じる日だった。〝三回うしろ宙返《ちゅうがえ》りのちブランコを見ず片手キャッチ〟っていう技」お母さんの舌はよく回り、言葉がスラスラと出てきた。まるでここ十年間、これをしゃべるのを一日十回ずつ練習してきたとでもいうようだった。

ハリウッドは目を丸くして、そんな芸当《げいとう》がいったいどういうものなのかを思い描《えが》こうとした。

「練習ではなんどもやってたの。二人は練習で完璧《かんぺき》にできたものだから、早く本番でやりたくてたまらなかったのね。その朝、あなたのお父さんが空中に出ていくとき、わたしはとっても怖くてふるえてた。その気持ちは隠《かく》すべきだった。でも、お父《とう》さんが『どうしたのか』ときいてきて。そのとき嘘《うそ》をつけばよかったのよ、でなきゃなにも言わなければよかった。でも、お父さんに言ってしまったの。自分が怖《こわ》がってるってことを、わたしは言ってしまった。それはすごく危険なことなの。なのに、お父さんも怖いと思うはずだ、と言ってしまった。失敗の場面がなんどもなんども心に浮《う》かんだものだから……それを全部お父さんにしゃべっちゃったのよ」お母《かあ》さんはゴクリと息をのみこんでから、つづけた。「お父さんはただニヤリと笑《わら》っただけだった。ちらりと浮かんだそのほほえみは、わたしの言うことをバカバカしいと思ったときに、いつもあの人が見せる笑《わら》いだったわ」お母さんはここで言葉をとめた。

「それでどうなったの？」ハリウッドは待ちきれなくてたずねた。

「お父さんは、ぜったいに大丈夫《だいじょうぶ》だからと言って出ていったわ」

また沈黙《ちんもく》。ハリウッドはじっと待った。

「わたしはあなたにも衣裳《いしょう》を着せて……お父さんがくれた、ピンクと白の新しいレオタードよ……あなたはまるでアクロバットをするちっちゃな天使みたいに見えたわ……それでわたしたちはテントに向かって歩いていったの。わたしはテントの外に立って、ショーがはじまる音だけ聞いてた。見るのが怖かったから。でもロドニフィコが『空飛ぶディベッキオ＝ジェネロ！』と言ったのが聞こえたとき、わたしは自分をおさえることができなくなった。それでテントの中に入ったわ。ちょうどブランコの上のポッピーにスポットライトが当《あ》たっているところだった。ドミニクはいつものようにはしごを駆《か》けのぼって……でもプラットフォームのところまで来て、ちょっととまったの」電話の向こうでお母さんはすすり泣いていた。

「わたしは大変な失敗をしてしまった。全部わたしのせいよ。ドミニクに怖がる方法を教えてしまったんだもの。わたしが教えたのよ。あの瞬間《しゅんかん》までお父さんは、怖いというのはどういう感じか知らなかったの。プラットフォームにあがったお父さんは、いつものお父さんじゃなかった。ほんとに、ようすがちがったの。わたしが怖がらせてしまったの。わたしから恐怖《きょうふ》を、病気のようにうつされたんだわ。いつものように両手を上げて、お父さんは観客《かんきゃく》にあいさつした。みんなはワーッといって拍手《はくしゅ》したけど……でもわたしにはわかってた……お父さんがもう怖がってるってことが……」

ハリウッドは大きく息を吸《す》いこんだ。まるで、今までずっと息をとめていたように、急に苦しくなったのだ。すべての場面がハリウッドの目の前に見えるようだった。お母さんが話すと、まるで映画のように場面が浮かんでくる。ハリウッドはてのひらに汗をかき、目を大きく見開《ひら》き、息を殺して聞いていた。

「お父さんは空中ブランコの棒《ぼう》をつかんで、うしろに身をそらしたあと……空中に飛《と》びだして。それからブランコをどんどん高くこいでいって。ポッピーも同じようにこいで。二人はおたがいのことを見て、ぴったりと息の合う瞬間《しゅんかん》を待ってた。わたしは目をつぶりたかったけど、そんなことはできなかったわ。だっこしてたあなたをきつく抱《だ》きしめたら、あなたは泣きだした。そこでドミニクが空中に飛びだして、うしろ宙返《ちゅうがえ》りをした。一回、二回、三回。そこでドミニクは、右手をうしろに伸ばしたのに、タイミングが悪くて、はずしてしまったの。ポッピーの手が前に差《さ》しだされて、ドミニクの手がうしろに差しだされて。でもドミニクはつかみそこねた。そのあとのようすは、全部スローモーションみたいに見えた――前に出たポッピーの手、うしろに出たドミニクの手。二つの手は触《ふ》れることなくそのまますれちがってしまった。そしてドミニクは落ちていったわ。とてもゆっくり落下《らっか》していった――まるで羽根《はね》が舞《ま》いおちるように。なんの音もしなくて。ただ落ちていくドミニクだけが空中にいて――空を舞うワシみたいに見えたわ。そして、そこでやっと、わたしは目を閉じることができたの。目を閉じたまま、背を向けた。そしてわたしはテントをあとにして、トレーラーにあなたを連れていって、荷物《にもつ》をまとめたわ」

お母《かあ》さんがこの話を、静かに話すのが怖《こわ》かった。まるで今でもショックから立ちなおってないような感じだ、とハリウッドは思った。

「そのあと数日間《すうじつかん》のことはよく覚《おぼ》えてない。電車に乗ったのは覚えてるわ。シカゴ行きの切符《きっぷ》を二枚買って、あなたといっしょに長距離列車《ちょうきょりれっしゃ》に乗ったの」ちょっと間《ま》があった。「そこでわたしは誓《ちか》ったの、これからはけっして、あなたを怖《こわ》がらせることはしない、って」

ハリウッドはまたお腹《なか》を殴《なぐ》られたような気分になった。お母さんに何千回、わたしは怖いと言ってしまっただろう。このことをもし知っていたら、ぜったいに怖いなんて言わなかったのに。

「ごめんなさい、ママ」ハリウッドはささやいた。

「なぜあやまるの？」

「怖がってばかりいて」

「あなたのせいじゃないわ」

「でもお母さんのせいでもないよ」

「わからない？　怖がることをあなたに教えちゃったのよ」

ハリウッドは混乱《こんらん》を感じた。アグネスの声が部屋に響《ひび》いてきた。「飛んでいるふりをするのよ……鳥になったふりをするのよ……」ハリウッドはその声に頼《たよ》ることにした。一人ぼっちで恐怖《きょうふ》に立ちむかうのはいやだった。

「ときどき……」とハリウッドは言った。「ときどきわたし、なにかが思いのままになるふりをするの。わたしはできる、って自分に言いきかせるために」

「じゃあ、自分の恐怖に立ちむかうふりをしなさい。わたしはその恐怖を追《お》いはらうふりをするわ」

お母さんの声は、弱々《よわよわ》しく、動揺《どうよう》していた。ほんとうにお母さんの声かどうか、もうハリウッドには聞きわけられないような気がした。

「わたしのせいなのよ」幽霊《ゆうれい》のようなお母《かあ》さんの声が受話器から聞こえていた。

静けさの中で、電話が混線《こんせん》する雑音《ざつおん》が鳴っていた。

「ママ知ってる?」ハリウッドは答えた。「ポッピーは全部自分のせいだと思ってるよ」

「ちがう、ちがう、ちがうわよ」お母さんはささやいた。

「きっと誰《だれ》のせいでもないんだよ」

第十六章

木曜日の朝起きると、まず、ハリウッドは裏口《うらぐち》からそっと外に出た。ホテルの前にはもう人々が集まりはじめていた。こうなるともう、うっかり窓から外をのぞくこともできない。すごいなあ、とハリウッドは思った。みんな前の日から並ぶんだ。自分の家族《かぞく》がとても有名なのだということを知って、ハリウッドはゾクゾクした。ディベッキオ一家《いっか》は伝説《でんせつ》のヒーローたちだった。人《ひと》人《びと》は長いあいだ、一家に会いたくてたまらなかったのだ。

ハリウッドは左右を注意深く見てから、ホテルの裏の道を歩きはじめた。手にはしっかりと二枚の紙を握《にぎ》りしめていた。

ハリウッドはゆうべ、お母《かあ》さんと電話で話したあともなん時間か起きていた。お母さんの話が心に浮《う》かんだり、その話が頭の中で映画のようによみがえったりして、なかなか眠《ねむ》れなかった。

しかし、そうしているうちに、ハリウッドはいいアイデアを思いついた――そこで、寝《ね》る前にそれを全部書き留《と》めておかなければならなかった。

今、朝の光の中、時間はいよいよ貴重《きちょう》に思えた。持っている二ページの書類を、お母《かあ》さんの職場にファックスしなければならなかった。グズグズしている暇《ひま》はない。もう時間がない。もしお母さんの気が変わらなかったら、そして今日の飛行機を予約《よやく》してくれなかったら、もうそれでおしまいだ。ハリウッドは角《かど》のドラッグストアまでまっしぐらに走っていった。そして、たどり着くと、そこで見覚《みおぼ》えのある看板《かんばん》を探した。あったあった、「ファックス」と書いてある。ハリウッドは呼吸《こきゅう》を整《ととの》えようとして、店の前で立ちつくした。ハアハアいいながら、手に持った紙をのばし、最後にもう一度、自分の書いたものを読みなおした。

過去《かこ》に直面《ちょくめん》する
キティ・ディベッキオが絶体絶命《ぜったいぜつめい》の危機《きき》を救《すく》う……そして家族《かぞく》も救われる

(サラソタ発《はつ》)――今日、キティ・ディベッキオが約十年ぶりに縄《なわ》ばしごをのぼった。このとき、彼女の心をよぎった思いを誰《だれ》が知るだろう? もちろん観客《かんきゃく》は、彼女にとってそれがどんなに長い時間だったかを知らない。今まで、ディベッキオ一家はけっしてショーをやめない、と言われてきた。しかし、一部の熱狂的《ねっきょうてき》ファンは、その説《せつ》が怪《あや》しいことを感じていた。キティの表情から真実《しんじつ》を読み取ろうとしても、なにひとつ明らかにはならなかった。キティは沈黙《ちんもく》を守り、われわれにはなにもわからなかった。けれども、彼女の娘《むすめ》は知っていた。有名人である母親《ははおや》が空を飛ぶのを今日まで一度も見たことがなかったハリウッド・ディベッキオは、母親が、自分には想像《そうぞう》もつかないような恐怖《きょうふ》や苦しみに直面《ちょくめん》していることを知っていたのだ。

高いテントの天井《てんじょう》からさがったはしごを、母親が着々《ちゃくちゃく》とのぼっていくのをハリウッドは見た。その少し前には彼女自身が、初めてのことでビクビクしながら、必死になってそのはしごをのぼろうとしたが、恐怖が邪魔《じゃま》して、ついにのぼれなかったのだ。記者がこう言うと残酷《ざんこく》に聞こえるかもしれないが、あわれな少女はもう少しで、できもしないことをやって、みんなのもの笑いの種《たね》になり、精神的《せいしんてき》にも肉体的にも大きな傷《きず》をのこすところだった。だが、話を元《もと》に戻そう。とにかく、記者は子供のころから今までのあいだに、今日サーカス・ホテルで行われたショーほどのものを見たことはない。心踊《おど》り、うきうきするような、ほんとうに夢中《むちゅう》にさせられるショーだった。

サーカス・ホテルは閉鎖《へいさ》され荒れはてているのだと、われわれはずっと思いこんでいた。しかし、この古びた場所で、今朝《けさ》、勇気ある十一人の住人たちが、このサーカスがすばらしい文化的遺産《ぶんかてきいさん》なのだということを、サラソタの人々に思いださせてくれた。伝統《でんとう》あるこの一座《いちざ》は、スリルに満《み》ちた歴史と自分たちの人生がつまったショーを満場《まんじょう》の観客に見せ、アンコールの嵐《あらし》を呼《よ》んだ。

主《おも》な出演者は、ザジャとゼナ、ウタとグレタ、強い男のティンボ、デブのルイーザ、道化《どうけ》のソーリー、そして団長《だんちょう》のロドニフィコである。かつては、この町で彼らの名前を知らない人はいなかった。彼らはみな、自分たちがまだリングで活躍《かつやく》しているのだということを証明《しょうめい》してみせた。

なんといっても、その力を完璧《かんぺき》に見せてくれたのは、世界的な名声《めいせい》を誇《ほこ》る伝説《でんせつ》の空中アクロバット師《し》、ロベルト・ディベッキオと、その娘で、長いこと失踪《しっそう》していた、同じく伝説的人物キティだった。

サーカスのフィナーレで、コチコチになっている子供のディベッキオが出てきた。この有名な一族の名前が呼ばれると、スポットライトが長い縄《なわ》ばしごの下にいる彼女に当たった。彼女がふるえているのは遠目《とおめ》にもわかった。縄《なわ》ばしごは空高く、空中ブランコやロープがぶらさがったあたりまでつづいている。少女は身動《みうご》きひとつできなくなっていた。観衆《かんしゅう》は息《いき》をつめ、期待しながら、今か今かと待っていた。孫《まご》娘のま上の空中で、おじいさんも、ブランコをゆっくりと前後にこぎながら待っていた。

そのまま、まるまる一分間が過《す》ぎ（そして付けくわえるなら、それは観客にとってひどく苦痛《くつう》に感じられる時間だった——屈辱《くつじょく》とか拷問《ごうもん》とかいうのに近いほど)、それからやっと、ハリウッドは右足をあげて、はしごの最初の段にその足をかけた。そして、また同じような苦しい時間があってから、彼女はもういっぽうの足を次の段にかけた。ここまできて、観客は落ちつかなくなってザワザワしはじめた。明らかに無理がある。高所《こうしょ》である危険にくわえて、少女がどう見ても経験不足《けいけんぶそく》に見え、観客はハラハラしていた。

黒い髪《かみ》のやせた人影《ひとかげ》が、向《む》こう側《がわ》にあるもうひとつの縄《なわ》ばしごをのぼっているのに、最初に気づいたのは誰《だれ》だっただろうか。ほんの短《みじか》い一瞬《いっしゅん》のあいだに、客席のイライラした空気が、雷《かみなり》のような熱狂《ねっきょう》に変わった。キティ・ディベッキオが、空をめざしてどんどんはしごをのぼっているのだった。陶磁器《とうじき》のような肌《はだ》をした彼女の顔には、動揺《どうよう》しているようすは少しも見えなかった。はしごの一段一段に次々と手をかけ、リズミカルにのぼっていく彼女は、ちょっとした見ものだった。

もうひとつのはしごのほうを見る者はもうあまりいなかったが、キティの娘《むすめ》はそこからもうおりていた(おりるのはのぼるよりたやすいようだった)。ハリウッド・ディベッキオは、自分の母親が、スーパースターであるおじいさんへの敬意《けいい》を示すためや、娘の将来《しょうらい》のためにがんばってのぼっているのであって、ほんとうは恐怖《きょうふ》や苦しみを感じているのだ、ということを知っていた。今までに見たこともなかった勇気を、お母《かあ》さんは見せたのだ。それは、なにもかもうまくお

さめてくれる、心からの勇気だった。

ハリウッドの思ったとおり、お母《かあ》さんははしごのてっぺんまでのぼりつくと優雅《ゆうが》に跳《と》びあがって、自分の父親の手をつかみ、一家全員を救ったのだった。

ハリウッドはかすかにほほえんだ。自分が作った話にちょっと感動して、しばらくはこの創作《そうさく》のもととなった危機《きき》のことも忘れていた。けれども、すぐわれにかえって、ももの上で紙を平《たい》らに伸ばし、深く息を吸いこんだ。さあ、ファックスしなきゃ。店の奥のカウンターのところまで歩いていったハリウッドは、「すみません」と力強く言った。「これをシカゴにファックスしたいんです——急ぎで」

ハリウッドは左右をよく見てから、ホテルの裏口《うらぐち》に向かって路地《ろじ》をかけていった。自分で書いた新聞記事《しんぶんきじ》をファックスしてから、元《もと》の原稿《げんこう》はお尻《しり》のポケットにしっかりとしまっておいた。あとは待つだけだ。お母さんが来るか、来ないか、だ。それを待つしかない。

「おい！」

「キャーッ！」ハリウッドは金切《かなき》り声《ごえ》をあげた。そして、こんなにも神経《しんけい》が高ぶってたんだなあ、と驚《おどろ》いた。

「ごめんごめん」とボーが言った。「おどかすつもりはなかったんだ。入りなよ！」ボーはせきたてるようにして、ハリウッドを裏口のドアから中に押しこんだ。ハリウッドはボーをよく観察《かんさつ》しようと思って振《ふ》りかえった。見たところ、今朝《けさ》のボーは怒《おこ》ってもいないし、取りみだしてもいないし、少しも変《へん》なところはなかった。きのうのような爆発《ばくはつ》は、もう二度と起こらないような感じだった。

「元気？」とハリウッドはきいた。

「ハリウッド、今日はほんとに気をつけなくちゃだめだよ」ボーは、ハリウッドの質問《しつもん》を無視《むし》して言った。「すごく大勢《おおぜい》の人が、ここのまわりをウロウロしてるんだから」

「なん人ぐらい表にいるの？」ハリウッドがきいた。

ボーは立ちどまって、目をキラキラさせながらハリウッドを見た。「見たい？」

「だけど今、気をつけなくちゃって……」

「特別《とくべつ》の場所があって、そこなら安全だしよく見える。来なよ」

ボーは弾丸《だんがん》のように飛《と》びだした。二人は廊下《ろうか》をかけぬけ、ロビーを横《よこ》ぎり、庭に出た。そしてハリウッドは、気がついたらボーといっしょに柵《さく》によじのぼっていた。その柵は、庭のまん中にいすわって枝《えだ》をひろげている、巨大な菩提樹《ぼだいじゅ》の周《まわ》りに立てられたものだった。ボーはまるでホテルの廊下を走るように、木の枝の上をひょいひょいと渡っていった。右に行き、左に行き、二歩のぼって、また別の枝におりて。

ハリウッドはボーの足どりに気持ちを集中させた。そして、ボーの歩いたのと正確《せいかく》に同じところを歩き、動きをそっくりそのまままねして、高くのぼっているということを意識《いしき》しないようにした。

やがてボーがとまった。目の前には、木の枝のあいだにちょうどよくおさまった、大きな大きな木の箱があった。その箱には、カムフラージュのために木と同じ緑色が塗《ぬ》られており、両側《りょうがわ》には四角い穴があいていた。これは木の上の家だ！

「すてき」ハリウッドはささやいた。「どうしてもっと早く見せてくれなかったの？」

ボーは笑《わら》った。「ええと……答えその一。ここは僕《ぼく》の秘密《ひみつ》の場所だから、用心して、人を連れてこないようにしてた。その二。僕たちは今までずっといそがしかったから、来る暇《ひま》がなかった。そしてその三……」ボーはそこで口を閉じ、うつむいて下を見た。

ハリウッドは、視線《しせん》の先《さき》を追《お》った。そしてキャッといって、枝かなにかをつかもうとあがいた。地上にあるジンジャーの檻《おり》が、お弁当箱《べんとうばこ》のように小さく見えていた。二人はすでに、ものすごく高いところまでのぼってきていたのだ。ボーはハリウッドの腕をつかみ、押しあげながら木の上の家に入らせた。

「その三……君がのぼれるかどうかわからなかったから」

ハリウッドは、しゃべろうとして口ごもった。こんなところまで、どうして高いと気づかずにのぼってこられたのだろう？　高いはしごにのぼるとき、なんとか同じ手が使えないだろうか？

「ボー、わたしをはしごの上まで連れてってくれる？　もし、ただついていてくだけでいいんだったら、きっとわたし……」

「それは無理《むり》だと思うよ」小さな家の内側《うちがわ》にからだを入れながら、ボーがそう言った。

ハリウッドの視線《しせん》が、ボーの顔からそれた。この家の内側の壁《かべ》に気がついたのだ。ハリウッドは、はしごのことを考えるのをやめて、その壁をじっと見た。壁は、びっしりと隙間《すきま》なく、落書《らくが》きで埋《う》めつくされていた。

〝ロコ来たる――一九七五年〟

〝空飛ぶ子供たちよ永遠《えいえん》に！〟

〝ヘレン・モーセズと、十頭の白馬たち――一九六三年サラソタ〟

「このホテルに泊《と》まった子供たちは、たぶん全員、ここの壁にサインしたんじゃないかな」とボーが言った。

ハリウッドはゆっくりとうなずきながら、ざらざらした壁の表面を手でなでては、そこに刻《きざ》まれた名前を次々と読んでいった。

「うーんと」ボーがためらいがちに言った。「これ、見てごらん」

ハリウッドはボーのことを見た。言い方《かた》はぎこちなく、ちょっと照《て》れくさそうだった。ボーは、黒いインクで天井《てんじょう》に書かれた、筆記体《ひっきたい》の字を指さしていた。ハリウッドはボーのほうまで進んでいって、それを見あげた。

「J Du C + K Di V=TLA　一九八〇・七・二四」

ハリウッドは眉間《みけん》にしわを寄《よ》せてボーのほうを振りかえった。「なにこれ?」とハリウッドはきいた。ただ見せるだけで、なんのヒントもくれないなんて。

「考えてみなよ」

ハリウッドはもう一度その字をにらんだ。J Du C + K Di V=TLA。TLA。最後のはわかる。トゥルー《真実》《いつも》・ラブ・オールウェイズ《の愛を》の略《りゃく》だ。これはみんな知っている。それから、ハリウッドはハッとした。Di Vはディベッキオだ。キティ・ディベッキオ。一九八〇年、お母さんは十五歳だ。そして、最初のイニシャルをハリウッドはにらんだ。J Du C。

「ジャック・デュ・シャだよ」ボーが静かに言った。

「ジャック?」ハリウッドはボーの顔を見て、がくぜんとした表情《ひょうじょう》をした。二人はおたがい見つめあっていた。しばらく沈黙《ちんもく》があったのち、ハリウッドに強烈《きょうれつ》な笑《わら》いの発作《ほっさ》が襲《おそ》いかかってきた。ハリウッドは、ほっぺたの内側を噛《か》んで必死に笑いをこらえようとした。なんとか笑わずに、真面目な顔をしていたかったが、無理だった。ハリウッドはクスクス笑いをもらしてしまい、ボーもそれにこたえるようにゲラゲラ笑った。気がつくと二人は、床の上を転《ころ》がりまわってヒステリックに笑っていた。

「おかしいよね」ハリウッドが息を切らしながら言った。「ママとジャックなんて！」二人はキャーキャーヒューヒュー騒《さわ》いだ。それから、騒ぐのをやめようと、ボーは口の上に指を立てた。そして、ハリウッドの口をてのひらでふさいだ。

「静かにしなくちゃ」ボーはそう言ったが、結局《けっきょく》また笑いだした。「ほんとに静かにしなくちゃ」もう一度そう言い、気持ちを落ちつかせようと努力《どりょく》した。「見て！」なんとか気分を変えようとして、ボーはホテルの正面に向いた小窓から外をのぞいた。ハリウッドも横に並び、窓から頭を出した。二人から見てはるか下のほう、庭の塀《へい》の外側《そとがわ》に、百人以上の群集《ぐんしゅう》が集まっていた。みんな毛布や枕、ラジオや新聞を持っていた。そこで徹夜《てつや》するつもりなのだ。

「わあ！」ハリウッドは驚《おどろ》いた。「あの人たち、なにしてんの？」

「明日のショーのために並んでるんだよ」

「うわあ！」それしか言葉が出てこなかった。

いろんなものを見すぎて、ハリウッドの頭はパンク寸前《すんぜん》になっていた。

チューイーが夕食の一品《いっぴん》、スープの壺《つぼ》を持ってきた。ハリウッド以外のみんなは、チューイーが壺《つぼ》をテーブルにそっと運んでくるのを、こぼしちゃだめだぞという顔をして、シーンとしたまま見守っていた。ハリウッドはといえば、ジャックのほうをチラチラ見ながら、質問《しつもん》したいことのリストを心の中で復習《ふくしゅう》するのにいそがしかった。お母《かあ》さんについて、どこまできけるだろうか？　それは明らかに、ジャックが自分から言いたくなかったことだ。そうでなければ今までに話していただろう。ジャックはなにを隠《かく》しているんだろう？　きっとたいした秘密《ひみつ》でもない、ただの高校生《こうこうせい》の恋愛《れんあい》なんだろうけど。たぶん。……ジャックになにを質問するかということに気をとられていたハリウッドは、チューイーがテーブルに到着《とうちゃく》してみんながホーッと息をついた気配《けはい》に、ちょっと驚《おどろ》いた。でも、次の瞬間《しゅんかん》、もっと驚くようなことが起こった。

ドン！　ドン！　ドン！

扉《とびら》を叩《たた》く大音響《だいおんきょう》が響《ひび》きわたり、チューイーはその音にぎょうてんしてしまった。チューイーは、壺を受けとめようとして、腕をテーブルからうしろに引いたが、スープ壺は床の上で割《わ》れてしまった。

「あーあ……」というみんなの声が響きわたった。

チューイーを助けようとする人と、ドン！　ドン！　ドン！　という玄関《げんかん》の扉を叩く音にこたえようとする人と、一座《いちざ》はふた手に分かれた。ノックの音はだんだん大きくなっていった。

「わたしが行こう！」ロドニフィコが告《つ》げた。「ついに観客《かんきゃく》に対面《たいめん》だ！」

ロドニフィコは、もう一度有名になるということに他の誰《だれ》よりも夢中《むちゅう》になっていた。得意《とくい》になって、ホールを横ぎり、大きな木の扉のほうに歩いていった。それから金属《きんぞく》の取っ手に手をかけ、しばらくあいだをおいてから、芝居《しばい》がかったようすで扉をパッと開《あ》けた。まぶしい照明《しょうめい》がパッと差しこみ、たくさんのカメラやマイクが敷居《しきい》を越えて突《つ》きだされた。いちどきにたくさんの質問《しつもん》が、雷《かみなり》のように部屋じゅうに轟《とどろ》きわたった。ロドニフィコが腕を優雅《ゆうが》に振《ふ》りあげると、

群集《ぐんしゅう》は静まった。

「みなさん！　お願《ねが》いです！　質問《しつもん》は一度にひとつにしてください！」ロドニフィコはそうさけびながら、外に出ていってドアを閉めた。

「なんだか吐《は》きそう」ハリウッドは玄関の扉《とびら》を見つめながらつぶやいた。こんな大混乱《だいこんらん》は見たこともなかった。人がこんなふうに、ハリウッドがなにかやるのを見たいといって押しよせてくるなどという経験《けいけん》を、今までにしたことがなかった。しかもこんなふうに群《む》れをなしてやって来るなんて。そして、いちばんおそろしいのは、ハリウッドには人に見せるものがなにひとつない、ということだった。

「あなたの気持ちわかるわ」こぼれたスープをモップで拭《ふ》きおえたルイーザが言った。

「すばらしいショーになりそうね」いっしょうけんめいに陽気な声を作りながら、ゼナが言った。この部屋にいる全員が一人のこらず怖《こわ》がっている、ということをハリウッドははっきりと感じた。

しばらくして、ロドニフィコが戻ってきた。照明《しょうめい》のまぶしさを吸収《きゅうしゅう》したような、明るい笑《え》みをたたえていた。

「みんな」ロドニフィコは言った。「明日のサーカスは、売り切れ必至《ひっし》だ！　われわれは町で大《だい》評判《ひょうばん》なんだ！　ああ、復活《ふっかつ》とはほんとうにすばらしい！」パンと手を打ち鳴らして、威風堂々《いふうどうどう》、テーブルについた。食欲旺盛《しょくよくおうせい》なのはロドニフィコひとりだということに気づいていないようだった。

その晩《ばん》の夕食は、いろんな種類のものが並んだバイキング料理だった――おそれや悲《かな》しみ、興《こう》奮《ふん》やいら立ち、そして期待と不安のバイキング。チューイーの作ったごちそうは、台所《だいどころ》のはんぱものやのこりものの寄せあつめだったので、テーブルを囲んだみんなはそれを食べながら、これがホテルでみんないっしょに食べる最後の夕食なのだということを、いやおうなく思いだしてしまうのだった。

「明日のすばらしいショーに」ザジャがグラスを持ちあげてそう言った。「そしてショーのあとの、みんなの明るい新人生に、乾杯《かんぱい》！」

「乾杯！」という声がみんなのあいだに広がったが、その声はなんだかうつろに響《ひび》いた。

たくさんのグラスがぶつかるカチャカチャという音が鳴りわたり、それから静けさがおとずれた。サーカス・ホテルの住人《じゅうにん》たちは、勝利を祈って乾杯し、悲しみをゴクリと飲みこんだ。

第十七章

窓にはった板の隙間《すきま》から朝日《あさひ》がさしこみ、カーテンに露《つゆ》がこぼれるころ、ホールでは準備《じゅんび》がはじまっていた。小道具だの衣裳《いしょう》だのをそろえるために、行ったり来たり、みんながいそがしく動き回っている。みんな——といっても、ハリウッド以外の。ハリウッドはうずくまって、バルコニーの柵《さく》の隙間からそのようすを見おろしていた。

みんなにちゃんと言わなきゃ、とハリウッドは思った。わたしはやっぱりサーカスを救《すく》えなかった、と知らせなきゃ。お母《かあ》さんは来ない。みんなの期待どおりに空中ブランコをやることは、ハリウッドにはできなかった。おじいさんのほうを見あげると、ゆうべ起こった出来事《できごと》が心の中で再生《さいせい》された。

おじいさんとハリウッド以外には誰《だれ》も知らないのだが、実《じつ》はハリウッドはゆうべはしごをのぼったのだ。夜《よ》もふけるころ、ハリウッドはベッドから這《は》いだして、ホールにおりていった。助手《じょしゅ》もいないし、なんの計画もないのに、ただ黙々《もくもく》とはしごをのぼりはじめた。これまでに味《あじ》わった中で最悪《さいあく》の恐怖《きょうふ》を感じたが、それでもその恐怖よりも強かったのが、おじいさんのところに行って、面《めん》と向《む》かってあやまらなければ、という気持ちだった――自分ができなかった、ということをあやまりたかったのだ。ハリウッドは、菩提樹《ぼだいじゅ》の上の家のことを覚《おぼ》えていた。ボーの足どりをたどって樹《き》の上を歩いたことは、強烈《きょうれつ》なイメージとしてのこっていた。

三つ数えては深呼吸《しんこきゅう》という一定《いってい》のリズムで、ハリウッドは行く先をまっすぐ見てのぼっていった。手をかけ、足をかけ、手をかけ、足をかけ、どんどん上へのぼっていった。手をかけ、足をかけ、手をかけ、足をかけ、上を見あげたりせず、下を見おろすこともせず、ただ手をかけ、足をかけ、手をかけ、足をかけ、とひたすら手と足を動かしつづけた。

はしごのいちばん上にやってきてプラットフォームが目の高さにくると、そこで初めてハリウッドは、自分の脚《あし》がふるえていること、そして手が痛《いた》くなっていることに気づいた。ここまで来てついに、自分にどんなに言い聞かせても足がまったく動かせなくなり、手がロープから離《はな》せなくなってしまった。ちょっとでも動こうとすると、足がガクガクするのだった。

するとハリウッドは、自分が無意識《むいしき》のうちにこう言っているのに、ふと気づいた。「わたしは偉大《いだい》な曲芸師《きょくげいし》のふりをしてるんだ。空中に住んでるふりをしてるんだ」

ただ「ふりをした」だけでも、十分効果《じゅうぶんこうか》はあった。握《にぎ》りしめた指が一本一本、少しずつ開《ひら》いてきて、はしごの最後の二段をのぼることができた。そうして、ハリウッドは慎重《しんちょう》にプラットフォームに上がった。プラットフォームの上に乗ると、手すりにしがみついて、はじっこは怖《こわ》いのでできるだけ中央まで来て、しゃがみこんだ。そしてひざの上に顔を伏《ふ》せた。

ちょっと経《た》ってから、頭を上げてま上をあおぎ見ると、ハリウッドはハッと息をのんだ。すぐ目の前に、今までに見たこともないほどやさしい目があった。生まれて初めて、ハリウッドはおじいさんの顔を正面から見たのだ。そして、おじいさんもハリウッドをまっすぐに見つめかえしていた。おじいさんはブランコに乗ったまま、プラットフォームのはじのあたりに浮かんでいた。その表情はとてもあたたかく魅力的《みりょくてき》で、孫娘《まごむすめ》に会えてとてもうれしそうだったので、ハリウッドが高いところにいて怖がっていることなど忘れそうになった。そして静かに老人にほほえみかえした。

「チャオ」おじいさんはやさしく言った。

「チャオ」ハリウッドもささやきかえした。

するとハリウッドの目から涙《なみだ》が流れおちた。「ごめんなさい、おじいさん――」

「いやいや、言わなくていい」とおじいさんは言った。「君があやまることはないんだ」そしておじいさんは、優雅《ゆうが》な動作《どうさ》でサッとブランコを結《むす》んで、ハリウッドの横に腰《こし》をおろした。

「あまりにも荷《に》が重かったね」おじいさんはハリウッドに言った。「あまりにも急だったしな。ディベッキオといえども時間は必要だよ」とほほえみかけた。「別の解決策《かいけつさく》が見つかる。大丈夫《だいじょうぶ》だ」話はそれだけだった。

けれども、二人はずいぶん長いこと、そこにじっとしていた。二人は一言もしゃべらずに静かにすわっていた。ロベルト・ディベッキオは孫娘の手を握っていた。ホールに一座《いちざ》のメンバーが一人、また一人と、かわるがわる最後の仕上《しあ》げをしにやって来るのを見おろしているうちに、夜はゆっくりと過《す》ぎていった。それぞれみんな、上に誰《だれ》かいるとも知らず、ホールにいるのは自分一人だと思いこんで、もう一度だけリハーサルを、もう一度だけ芸の仕上げを、と練習していくのだった。

そうして今、金曜日の朝になってしまったが、フィナーレの、空飛ぶディベッキオ一家《いっか》のショーはできないのだということを、みんなにどう伝えたらいいか、ハリウッドにはわからなかった。

ゆうべ、握っていたハリウッドの手をおじいさんが離《はな》したのは、ほとんど朝方ちかくなってからだった。驚《おどろ》いたことに、ハリウッドはおじいさんのブランコを使ってそこからおりたのだ。おじいさんに助けられてブランコに乗り、全身の力をこめてロープを握りしめた。ハリウッドがしっかりと目を閉じると、おじいさんはブランコを放《はな》し、すぐに滑車式《かっしゃしき》のロープを伸《の》ばしていった。空中を飛んで大きな弧《こ》を描《えが》くかわりに、ハリウッドは優雅《ゆうが》にホールの床までおりていった。

「ドマーニ」下に立ったまま見あげていると、おじいさんはそう言った。ブランコはもう、上に引きあげられていくところだった。

「うん、またあした」おじいさんの言ったことを繰《く》りかえしてから、ハリウッドは静かに部屋に戻っていった。

階段をおりていくと、ザジャとゼナが果物《くだもの》だけの軽い朝食を今食べおわるというところだった。ソーリーはもうテーブルを離《はな》れて片隅《かたすみ》に行き、お手玉《てだま》の練習をしていた。チューイーはずっと走りっぱなしで、大道具を並べたり飾《かざ》りつけをしたりしていたが、ハリウッドのために立ちどまって、テーブルの上にバランスのとれた朝食を置《お》いてくれた。オルガはテーブルの周《まわ》りをぐるぐる回り、風を巻きおこしながらうなっていた。ルイーザの発声《はっせい》練習の声があがったりさがったりするのが聞こえていた。

外の騒《さわ》ぎは、だんだん大きくなる一方《いっぽう》だった。ロドニフィコが正面の窓にはりついて、古びた板の隙間《すきま》からそれを観察《かんさつ》していた。だいたい五分ごとに、ロドニフィコの声が響《ひび》きわたるのだった。

「二百人以上だ！」ロドニフィコはどなった。

その時、扉《とびら》をノックする音が聞こえた。

「開《あ》けるぞ！」とロドニフィコは言った。チューイーが大急ぎでハリウッドの手を引っぱって、台所《だいどころ》に駆《か》けこんだ。そして、チューイーとハリウッドは、壁《かべ》とドアのあいだの隙間からホールのようすをのぞいた。

「いやあ！」宅地開発業者《たくちかいはつぎょうしゃ》のバートが飛びこんできた。相棒《あいぼう》のシドがぴったりとあとにくっついていた。「おめでとう！　ほんとにサーカスやるんですね！」

バートが笑《わら》って、つづいてシドも笑った。しかし、これはあたたかい笑いではなく、意地悪《いじわる》な笑いだった。その声を聞いて、ハリウッドは背筋《せすじ》が寒《さむ》くなり、心から怒《いか》りを覚《おぼ》えた。

「悪いやつらだなあ」チューイーがささやいた。

ハリウッドはうなずいた。

「午前十時から、何かショーみたいなもんがはじまるっていって、みんなが待ってるんだけど」バートがどなった。「ちゃんとやれるんですよね？」

一同《いちどう》は呆《あき》れたという顔をしてバートを見つめた。ゼナは笑いをこらえていた。

「もちろん、ちゃんとやります」ジャックが強い調子で冷たく言った。「一週間ずっと練習してきましたから」

「生涯《しょうがい》ずっと練習し続けてきたのよ」ゼナがジャックの言葉を訂正《ていせい》した。

バートはだまりこんだ。そのときやっと、二人の男はホールが大《だい》テントに変身《へんしん》していることに気づいたようすだった。上を見あげる二人の頭が、仲良《なかよ》く同じ動きをした。顔には唖然《あぜん》とした表情《ひょう》《じょう》が浮かんだ。やがてバートがわれにかえって、シドの肩を叩《たた》いた。

「行こう!」バートは相棒《あいぼう》に向かってぶっきらぼうに言い、二人は玄関《げんかん》のほうに戻っていった。

「開場《かいじょう》は三十分後です」と怒《いか》りに満《み》ちた大声《おおごえ》が聞こえた。チューイーの声だった。ハリウッドにはそのまま隠《かく》れているように合図《あいず》をして、チューイーは台所《だいどころ》から出ていった。この小さな人はすっかり腹《はら》を立てていた。ほとんど怒《いか》りくるっていた。シドとバートの二人組とけんかしそうな勢《いきお》いだった。隠《かく》れて見ているハリウッドの目には、このようすならチューイーが勝つだろうというふうに見えた。ザジャが出てきて、チューイーがそれ以上ドアのほうに行かないように、その肩に手をかけた。

「こりゃどうも」モゴモゴとバートがつぶやいた。二人はドアを開《あ》けて出ていった。

「本番《ほんばん》一時間前!」ロドニフィコの声が聞こえ、バートとシドがたった今まで立っていたあたりをぼんやり見つめていたみんなは、ハッとわれにかえった。ショーの開始《かいし》まであと一時間しかない! ハリウッドは腕組みをした。そして、庭とのあいだの敷居《しきい》のところに立っているボーのことを見た。あの子はもう衣裳《いしょう》に着替《きが》えている。外での押しあいへしあいの騒《さわ》ぎは、ますますひどくなってきた。

「これがあなたの衣裳よ、ハリウッド」台所のドアのところに突然《とつぜん》ルイーザが現《あらわ》れてそう言った。「気に入るといいんだけど。昔あなたのママのだった衣裳よ」ルイーザはハリウッドのほほにキスして「成功を祈るわ！」と言った。そしてホールのほうに消えていった。ハリウッドはサテンとスパンコールのかたまりを手に持ったまま立ちつくした。その紫《むらさき》色の布《ぬの》を見つめながら考えをまとめようとしたが、気持ちがあっちこっちに行ってしまってどうも集中できない。

たぶん、お母《かあ》さんは来るだろう。この衣裳を着ることはできない。みんなに言わなくては。わたしがもしはしごをもう一度のぼれたとしても、空中でなにか曲芸《きょくげい》ができるというの？　お母さんは今でも曲芸ができるのだろうか？　リハーサルもしないのに？　衣裳は合うの？　お母さんはどんな衣裳を着るの？　どうして自分は六月のフロリダ州《しゅう》でふるえているの？　命にかかわるもっともひどい病気って何？　どれだけの伝染《でんせん》病があるの？　ああ、もうやめよう！

「落ちつきなさい！」ハリウッドは、大声を出して自分を叱《しか》った。

ハリウッドはホールに入っていって、そこで繰《く》りひろげられている光景《こうけい》を見ていた。リングの上にあった小道具は片づけられ、檻《おり》や台や箱が正しい位置に並べられた。みんな一人一人に自分の役割《やくわり》があって、それぞれがその役割を果《は》たしていた。そしてまもなく、みんなは散《ち》りぢりになり、衣裳やヘア・メークのために自分の部屋に入っていった。庭にいるボーがハリウッドに向かって手を振ってきた。

「これ、どう？」ボーがニヤニヤしながら、自分の衣裳をさして見せた。ボーは黒いパンツと、黒い飾《かざ》りのついた赤いジャケットを着ていた。足には、ひざまでの長さのブーツをはいていた。ジャケットの下には、ゆったりした白いシャツを着ていた。

「かっこいいよ」ハリウッドはほほえんだ。

「ちょっとなあ……なんかさあ……」ボーはモゴモゴ言っていたが、衣裳《いしょう》を着て得意《とくい》になっていることは隠《かく》しきれなかった。「これ、昔のジャック・デュ・シャの衣裳なんだ」そう言ってから、ボーの視線《しせん》はハリウッドが手に持っている衣裳に向けられた。

「それ、君のなの？」ボーは慎重《しんちょう》にそう言った。

ハリウッドは、ただぼんやりとボーを見つめた。

「やらないって決めちゃったのかなあ。やるんでしょ？」

「やらない」ハリウッドはちょっと間《ま》をおいた。それから「わかんない！」と言った。

「ゆうべなにかあったの？」ボーはハリウッドにきいた。

「はしごをのぼった」

ボーは目をまんまるにして口をぽかんと開《あ》けた。「それで？」

「それで、って別に。二人でただプラットフォームにすわってたの。それからブランコで下におろしてもらった」

「すごい進歩《しんぽ》だよ」

「すごくもないよ、ボー。みんなは、わたしたちがちゃんとやると思ってるんだよ。やっぱり勇気がなかったなんて言える?」

「君のお母《かあ》さんから連絡《れんらく》はないの……?」ボーは質問《しつもん》するのもおそるおそるという感じだった。

「来るはずなんだけど」ハリウッドはボーを見てそう言うと、ポケットを探《さぐ》った。「これを昨日《きのう》ファックスしといたから」

ボーはハリウッドから記事《きじ》を受けとった。読んでいるあいだ、ハリウッドは衣裳のラメの上を指先でなぞっていた。紫《むらさき》のサテンを見つめながら、こんな衣裳を着たら自分がどう見えるかな、と考えていた。

「いいじゃん」読みおわったボーがやさしく言った。そして記事をハリウッドにかえした。「さあ、君は行って準備《じゅんび》しなくちゃ」

「いったいなんの話? なんの準備よ?」

「君が自分の役を演じないと、君が書いたとおりの結末《けつまつ》にならないよ」

「ボー! お母さんは来ないんだよ」

「ねえハリウッド、他にどうしようもないんだからさ、やってみなくちゃ! きみの書いたのとまったく同じにはならないかもしれないけど——あのね、僕はこれから、さんざんな目にあうためだけに、衣裳を着て舞台《ぶたい》に出ていくんだよ。今までにあの猫《ねこ》がちゃんとできたのは、たったの一回半なんだから。僕《ぼく》がただの負《ま》け犬《いぬ》になる可能性《かのうせい》は高い」

「わたしなんか、なにもできるようにならなかったんだよ、ボー!」まるでボーにはしごをのぼることを強制《きょうせい》されているかのように、ハリウッドはすがるような口調《くちょう》になっていた。

「とにかく、今は信じなきゃだめだ。うまくいく、次に進むことができる、って信じようよ」

「ボー……」ハリウッドの顔に涙が流れた。「なにがなんだか……」

「さあ、準備をしよう」とボーは言った。その声は驚《おどろ》くほどやさしかったけれど、表情《ひょうじょう》を見ると、ボーが真剣《しんけん》そのものだということがわかった。

ハリウッドは混乱《こんらん》してわけがわからなくなっていたので、なにも考えずに言うことをきいて、ボーについていくしかないと思った。


「三十分前!」ロドニフィコの声がホテル中《じゅう》に響《ひび》きわたった。そして正面の扉《とびら》が開く大きな音がして、何百人もの人々が駆《か》けこみ、座席《ざせき》めがけて走った。

ハリウッドはスパンコールのついた紫のサテンの衣裳《いしょう》を着て、庭に立っていた。お化粧《けしょう》した肌《はだ》がかゆかった。ハリウッドははしごをのぼっていく自分を想像《そうぞう》しようとした。プラットフォームにあがり、ブランコをつかんで、空中に飛《と》びだし、こいで、こいで、こいで、ひっくりかえって、ひざからぶらさがる。それから、一度もやったことがないことも想像してみた。手を伸《の》ばして、おじいさんが差《さ》しだした手をつかむ。そしてブランコから脚《あし》を放《はな》して、空中に飛びだす——おじいさんの強くて確《たし》かな手だけをたよりに！　しかし、そこから先はなにも想像できなかった。心の中の映像《えいぞう》がぼやけてしまうのだ。

なにをしようとしているのだろう？　想像することもできないのだから、まして「ふりをする」ことはできなかった！

「深呼吸《しんこきゅう》をするんだ！」ボーがささやいた。「ただ深呼吸するんだ。そうすればなんとかなるよ。ぜったいに」

ハリウッドは恐怖《きょうふ》が去るまでボーの顔をじっと見つめた。ボーの言うとおりだった。うまくいくと信じなければならなかった。二人がずっと挑戦《ちょうせん》しつづけてきたのは、失敗《しっぱい》するためではなかった。失敗なんかありえない。やがて、別の考えが頭をもたげた——ハリウッド・ディベッキオという、シカゴでいちばんの「臆病者《おくびょうもの》」が、どうやるのか予想《よそう》もつかないまま、いま空高くのぼって空中を飛ぼうとしているのだ！　これは奇蹟《きせき》だ、まったくの奇蹟だ。

もしひとつの奇蹟が起こったなら、とハリウッドは考えた、もうひとつ起こることだってありうる。

第十八章

ハリウッドは、庭の隅《すみ》で練習しているボーとジンジャーを遠くから眺《なが》めていた。目の力で威圧《いあつ》してくるボーを、猫《ねこ》は必死でにらみかえしていた。一人と一匹とはまるで催眠《さいみん》術《じゅつ》にかかったように見つめあっていた。野生《やせい》の猫は、まもなく人前《ひとまえ》で演技《えんぎ》をするということがわかっているようなようすで、毛を逆立《さかだ》て、つまさき立《だ》ちで立った。ボーが大きなブレスレットを差《さ》しだすと、ジンジャーは跳《と》びあがってそれをくぐった。次に、ボーが輪《わ》をもう少し高くあげると、ジンジャーはまたくぐった。三度目に、さらに高くなった輪にむかって身がまえたところで、やる気がなくなってしまったらしく、ジンジャーはすわりこんでしまった。

「いいよいいよ」ジンジャーに餌《えさ》を投げながら、ボーはやさしく言った。「本番前《ほんばんまえ》だから気が高ぶってるだけだ。舞台《ぶたい》に出ればちゃんとできるよ」

「スタンバイ！」強く、自信に満《み》ちたロドニフィコの声が響《ひび》きわたった。すっかり団長《だんちょう》の衣裳《いしょう》に身を固めたロドニフィコは、スポットライトのあたる位置《いち》に立って身がまえた。

ハリウッドは、ホールの中に吊《つ》られた、観客席《かんきゃくせき》と舞台裏《うら》を区切《くぎ》る大きな幕《まく》の裏を、観客にわからないようにそっと歩いていった。つまずきながらぎこちなく動き、列の中の自分の位置につく。ボーとジンジャーのうしろだ。赤茶色のジンジャーは、つくりものの宝石《ほうせき》がついた革《かわ》ひもにつながれたまま、落ちつきなく跳《は》ねまわっていた。テントの外をぐるりと囲むようにして、一座《いちざ》のみんなは位置につき、気持ちを集中させ、準備《じゅんび》を整《ととの》えた。そして照明《しょうめい》が消えた！

ホールで雷《かみなり》のような音が鳴り出した。それが観客のどよめきだとハリウッドが気づくまで、しばらく時間がかかった。どよめきがだんだん大きくなったところで、オルガンの音が鳴った。暗闇《くらやみ》の中でロドニフィコの声が、観客のどよめきを上回《うわまわ》る音量《おんりょう》で轟《とどろ》きわたった。

「レディズ・アンド・ジェントルメン！　坊《ぼ》っちゃん嬢《じょう》ちゃん！　チビちゃんたちとお兄さんお姉さん！　サーカス・ホテルが自信を持っておおくりする、世界一のショーをどうぞ！」

観衆《かんしゅう》は熱狂的《ねっきょうてき》になって、拍手《はくしゅ》したり、口笛《くちぶえ》を吹《ふ》いたり、さけんだり、ヒューヒューとはやしたてたりした。ルイーザは、観客の大騒《おおさわ》ぎにかき消されないように、オルガンをガンガン叩《たた》いて弾《ひ》かなければならなかった。ルイーザがオープニングの曲の、最後の音を弾きおわったところで、照明《しょうめい》がつき、ホテルの中には色があふれた。サーカスのメンバーが次々と登場《とうじょう》すると、観客はわっと立ちあがり、蒸気《じょうき》オルガンの奏《かな》でる音楽に合わせてその場で足踏《あしぶ》みした。一座《いちざ》のみんなは隊列《たいれつ》を組んで、サーカスへようこそ、という歓迎《かんげい》パレードをした。

ハリウッドは前を歩いているボーの足をじっと目で追った。ボーの動きを正確《せいかく》にまねしようと集中し、右足、左足、右足と出していった。すると突然《とつぜん》、ハリウッドは明るい照明《しょうめい》の中に登場《とうじょう》していた。自分の顔にとびきりのほほえみがあふれてくるのを感じる。頭の中でケラケラ笑《わら》う声がこだましたが、それは自分の声だった。ハリウッドは笑いながら、テントの中をぐるぐると行進《こうしん》し、観衆《かんしゅう》に手を振《ふ》っていた。ボーが振りかえって、ハリウッドにウインクした。ボーも、晴れやかな笑顔《えがお》になっていた。この瞬間《しゅんかん》が終わらないでほしい、とハリウッドは思った。今までに感じた中で、もっともすばらしい瞬間だった。

なんてすてきなんだろう、耳に聞こえる音も、この気分も、この雰囲気《ふんいき》も！　これをもっともっと味《あじ》わいたいと思った。緊張《きんちょう》なんか全然していなかった。熱狂と歓声《かんせい》で胸がいっぱいになり、緊張《きんちょう》する余地《よち》がなかったのだ。三つあるリングをぐるぐるとひと廻《まわ》りしてから、メンバー全員は一列に並んで観客にお辞儀《じぎ》をし、それからそれぞれの方向へと走って退場《たいじょう》していった。

これからいよいよ、それぞれの演技《えんぎ》がはじまる。順番《じゅんばん》は決まっていた。ティンボが最初で、次がザジャとゼナ、続いてソーリーときて、その次がグレタとウタだ。その後に、ジャックとウィー・オルガ、ボーとジンジャーが出る。そして最後にはもちろん、空飛ぶディベッキオ一家《いっか》が

登場するのだ！

テントの裏《うら》でハリウッドは、ちょうどいい具合《ぐあい》にのぞけるカーテンの穴《あな》から、ショーの進行を見守った。ティンボが、おもしろいアイデアで、お客さんに愉快《ゆかい》なスリルを味わわせていた。ティンボは、観衆の中から目方《めかた》のありそうなお客さんをなん人か選んで、次々と頭上《ずじょう》たかく持ちあげてみせた。次に二人同時に持ちあげた。最後にはソファに三人すわらせ、まん中の脚《あし》を片手で持ち、青い顔した三人を乗せたまま地上三メートルの高さまで持ちあげた！　そして、ティンボがソファを無事《ぶじ》に着地《ちゃくち》させると、観客《かんきゃく》は拍手《はくしゅ》かっさいした。

それから、四方八方《しほうはっぽう》にお皿が飛《と》びかかってザジャとゼナがセンターリングに飛びだした。観客は驚《おどろ》いてキャーキャーキャーさけんだ。ザジャとゼナは、投げるお皿の数をどんどん増《ふ》やしたり、お皿をキャッチするあいだに宙返《ちゅうがえ》りをしたりした。離《はな》れわざを見るたびに観客《かんきゃく》は拍手し、しまいに拍手《はくしゅ》は切れ目なくつづく大歓声《だいかんせい》に変わって、最後に皿回しの二人がお辞儀《じぎ》をしたところで、雷《かみなり》のような音になって終わった。

ここまではあまりにも早く進んでしまった。ハリウッドは目を閉じて、もっと遅く進めばいいのに、ずっとつづいてくれたらいいのに、と祈《いの》った。しかし、ふと気づけば、ソーリーがもう最後のお辞儀をしていた。観客はみんなお腹《なか》を抱《かか》えて大笑いしており、中には笑いすぎて苦しくなり、涙を拭《ふ》いている人もいた。

それから突然《とつぜん》、観客は度肝《どぎも》をぬかれたようにシーンと静まりかえった。グレタとウタを最初に見たときのハリウッドと、同じ気持ちを味わっているのだ。ふたごがからだをひねったりねじ曲げたりして、普通ありえないような姿勢《しせい》になるたびに、観客がどんな反応《はんのう》をするか、ハリウッドはじっと観察《かんさつ》していた。観客は目をそらすこともできず、まばたきすることもできなかった。魔法《まほう》にでもかけられたようなようすだった。不思議《ふしぎ》な力だ、とハリウッドは思った。

「さあ、いくよ」ジャックがボーにささやいた。

ハリウッドは手を伸ばし、ボーの手を一瞬《いっしゅん》強く握《にぎ》りしめた。ハリウッドのほうを振《ふ》りかえったボーは、とても興奮《こうふん》し、とても緊張《きんちょう》し、そして高揚《こうよう》していた。ハリウッドはなぜだか泣《な》きそうな気分になったが、泣くかわりにへへへと笑った。ボーもほほえみかえした。ハリウッドはボーの緊張状態《きんちょうじょうたい》に影響《えいきょう》されて思わずヒステリーの発作《ほっさ》を起こしそうになったのだが、それに打ち勝った。ボーはきっとうまくやるにちがいない。もしジンジャーがちゃんとできなかったら、などということをハリウッドは考えもしなかった。

「さあ、はがねの心臓《しんぞう》を持つ男が、凶暴《きょうぼう》でおそろしい猫《ねこ》の、檻《おり》の中へと入ります——みなさん、世界的に有名なジャック・デュ・シャと、そして『猛獣《もうじゅう》ウィー・オルガ』！」

ハリウッドには音が全然聞こえなくなった。まるで脳《のう》が、消音《しょうおん》ボタンを押したみたいだった。ジャックとオルガが演技《えんぎ》をしている。観客が笑《わら》ったり、拍手《はくしゅ》したり、歓声《かんせい》をあげたりしているようすが見える。でもなぜか、世界は静まりかえっている。それから、すべてがスローモーションになった。ジャックはお辞儀をし、そしてボーを指さした。ジャックの手招《てまね》きで、ボーとジンジャーがセンターリングに静かに歩いてきて、位置についた。場面は完全に静まりかえっていた。ボーの顔に汗が光っているのが見えた。ボーはとても緊張していたが、もうすでに明るい照明《しょうめい》のまん中に出てしまったのだ。ハリウッドはドキドキして息がつまりそうだった。

最初の命令《めいれい》を出そうとボーがジンジャーに腕をあげたので、ハリウッドもつられて腕をあげた。ボーは光の中で、ハリウッドは暗いところで、二人とも完璧《かんぺき》に同じ動作をして立ち、ジンジャーが命令どおり芸をするのを待っていた。

ジンジャーはやった！　すばやく優雅《ゆうが》に、ジンジャーはうしろ足で立ちあがった。かつては獰《どう》猛《もう》だったその赤茶色の猫《ねこ》は、跳《と》びあがり、光るブレスレットの輪《わ》（それは元《もと》はルイーザのものだった）を、一回、二回、三回とくぐりぬけた。

観客《かんきゃく》は熱狂《ねっきょう》した。みんながボーとジンジャーを好きになってくれた！　ハリウッドはキャーキャー言って手を叩《たた》いた。観客の熱狂がすさまじいので、どんなに大きな声でさけんでも大丈夫《だいじょうぶ》だった。ボーの顔が輝《かがや》いてきた。ちらりと観客のほうを見てから、ジンジャーのほうに向きなおった。ボーが合図《あいず》をすると、ジンジャーはまたうしろ足で立って、そのままバランスをとってとまった。チューイーからもらってきれいな色を塗《ぬ》った、いろんな大きさのブリキ缶《かん》が大きさ順に並んでいて、もう一度合図があるとジンジャーは、その中のいちばん小さなブリキ缶の上に慎重《しんちょう》にのぼった。ボーからの無言《むごん》の合図があるたびに、ジンジャーは隣《となり》のブリキ缶にひとつずつのぼっていき、最後にいちばん大きな缶の上に立った。一度も尻《しり》ごみしなかった。細長《ほそなが》いからだをしたジンジャーは、にせものの宝石《ほうせき》でできた自分の首輪《くびわ》が、キラキラきらめくのを楽しむように、優雅に動いていた。いちばん大きな缶の上で、うしろ足で完璧《かんぺき》にバランスをとったまま、ジンジャーはくるくると一回りし、それからうしろ足をおろした。

次に、ボーは沈黙《ちんもく》を破《やぶ》って、低い声で「それ！」と言った。最後の、いちばんむずかしい曲《きょく》芸《げい》だ。ジンジャーは普通の状態《じょうたい》からすばやく跳《と》びあがり、活発《かっぱつ》なやせたからだを宙《ちゅう》におどらせて宙返りをした。そうして、ブリキ缶の上に見事《みごと》におりたった。観客は立ちあがって熱狂した。

ボーとジンジャーはいっしょに片足を前に出し、かがみこんでうやうやしくお辞儀《じぎ》をした。

ボーはやりとげた！　ジンジャーもしくじらず、この曲芸は無事終わった！　ハリウッドはキャーキャーさけびながら、ぴょんぴょん飛びはね、手が痛くなるほど拍手《はくしゅ》をした。ボーが舞台裏《ぶたいうら》に戻ってくると、ジャックがボーをつかまえて、しっかりと抱《だ》きしめた。ハリウッドはかぎりなく陽気な気分になった。そして、自分がこんなにもボーのことで喜んでいること、こんなにもボーのことを気にかけていたことに驚《おどろ》いた。ハリウッドは、ボーのほうに急いで（忍《しの》び足《あし》で）近づいた。小さな声を出すつもりだったのに、口をついて出たのはさけび声《ごえ》だった。「すごかったよ！　完璧だったよ！」

息をきらしているボーは、大声を出さないようにちゃんと気をつけながら言った。「もう一回やりたいぐらいだよ！」

「さあ」ロドニフィコの声が二人の会話をさえぎった。二人はリングのほうを振《ふ》りかえった。

「みなさんが待ちに待った瞬間《しゅんかん》がやってまいりました……」とロドニフィコはつづけた。

「出番《でばん》だよ」ボーはハリウッドのほうに向きなおり、急にまじめな、静かな口調になって言った。

ハリウッドはだまりこんだ。空飛ぶディベッキオ一家《いっか》だ。ハリウッドは、まるで空中ブランコのことをすっかり忘《わす》れていたみたいな顔になって、ぽかんとして立ちつくした。

「空高く飛ぶ、史上最高《しじょうさいこう》の空中の魔術師《まじゅつし》たち、死をもおそれぬ、伝説《でんせつ》の、空、飛、ぶ、デ、ィ、ベ、ッ、キ、オ、一、家、ここで、言葉で言いあらわすことのできないような、ものすごい歓声《かんせい》がわきおこった。この騒《さわ》ぎに比べたら、今までの観客《かんきゃく》のどよめきなんか、小川のせせらぎみたいなものだ。今や観客全員の声はひとつになり、どうどう落ちる滝《たき》の音のように絶《た》えまなくつづいている。ロドニフィコがロベルトを紹介《しょうかい》するころには、観客の発する轟音《ごうおん》はどんどん大きくなってきて、紹介の声もかき消されてしまうほどだった。

ハリウッドのからだに感覚《かんかく》がなくなった。なんだかわからない力がハリウッドの脚《あし》を動かし、まばたきをさせた。自分のからだが自分のものではなくなったような感じで歩いていった。またもや、音が聞こえなくなり、不思議な静けさがやってきた。まるで水中にいるようだった。恐怖《きょうふ》を感じながら、ハリウッドは遠景《えんけい》のように小さく見える客席に目をやった。観客《かんきゃく》が熱狂《ねっきょう》しているようすが、音のない映像《えいぞう》として見えた。ジャックが舞台《ぶたい》の袖《そで》で腕を組んでこちらを見ているのも見えた。ボーは立ちつくしていた。

と、今度は、ジャックがこっちに向かって手を振《ふ》って合図《あいず》しているのが見えた。ボーもすぐに、同じように手を振りはじめた。ちょっと途方《とほう》に暮《く》れたあと、すぐにハリウッドは二人が「早くはじめなさい」と自分に言っているんだ、と理解した。きっとロドニフィコが名前を呼《よ》んだんだろうけど、聞こえなかったのだ。

歩いても、歩いたような感じがしない。わたしは死んでいるのかもしれない、とハリウッドは思った。もう自分のからだから抜《ぬ》けでてしまったのかもしれない。今までに感じた中でいちばんおかしな感じだ。ゆっくりと歩いていく自分を、外側《そとがわ》から見ているような。ハリウッドはそうやってはしごのほうに向かっていった。自分自身がはしごをのぼるところが見られるというのなら、早く見てみたかった。

ハリウッドは自分のからだの表面《ひょうめん》が熱《あつ》くなっているのを感じた。肩とか、腕とかが。スポットライトのせいだな、と静かに思った。照明《しょうめい》の熱《ねつ》だ。自分がひとりでに、とぼとぼとはしごの下まで歩いていくのを見た。それからそこに立ったまま、ぼんやりなんもせずにはしごと向きあっていた。観客がざわめいた。それでもハリウッドは立ちすくんだままだ。観客は、伝説《でんせつ》のスターのあと継《つ》ぎであるハリウッドが動きだすのを、今か今かと待っている。ハリウッドは、頭の上でおじいさんが、ブランコを前後にこぎながら自分を待っているのを感じた。

心の中にお母《かあ》さんの姿が浮かんだ。

「はやく、お母さん」ハリウッドはやさしく言った。「今すぐ出てきて、わたしとかわってよ」けれどもハリウッドは知っていた。お母さんはいない。そのまま、まるまる一分間が過《す》ぎ、それからやっと、ハリウッドは右足《みぎあし》をあげて、はしごの最初の段《だん》にその足をかけた。そして、また同じような長い時間をかけて、もういっぽうの足を次の段にかけた。ここまできて、観客《かんきゃく》は落ちつかなくなってザワザワしはじめた。あきらかに無理がある。高所《こうしょ》である危険《きけん》にくわえて、少女がどう見ても経験不足《けいけんぶそく》に見え、観客はハラハラしていた。

ハリウッドは全身全霊《ぜんしんぜんれい》をかたむけて、右足をもう一度動かし、次の段にのせようとした。残念《ざんねん》なことに、もう外側《そとがわ》から見ているような感じがなくなってしまった。なまなましい恐怖《きょうふ》がからだの中からわきあがってきて、自分が大失敗に直面《ちょくめん》している、という地獄《じごく》の苦痛《くつう》をじかに感じた。

自分のことで精一杯《せいいっぱい》になっているハリウッドは気づいていなかったが、黒い髪《かみ》のやせた人影《ひとかげ》が、向《む》こう側《がわ》にあるもうひとつの縄《なわ》ばしごをのぼっていた。観客のほうは人影に気づいたので、客席のイライラした空気が、雷《かみなり》のような熱狂《ねっきょう》に変わった。

ハリウッドはのろのろと足の動きをとめた。振《ふ》りかえってもうひとつのはしごのほうを見るのが怖《こわ》かった。幻覚《げんかく》を見ているのかもしれない。本当は、観客は歓声《かんせい》なんかあげていないのかもしれない。とうとう頭がおかしくなってしまったのかもしれない。でも、自分をおさえることはできなかった。見なくっちゃ。ハリウッドはゆっくりと振りかえった。向こう側でスポットライトを浴《あ》びて、お母《かあ》さんがはしごをのぼっていた。

キティ・ディベッキオが、空をめざしてどんどんのぼっているのだった！

陶磁器《とうじき》のような肌《はだ》をしたお母さんの顔には、動揺《どうよう》しているようすは少しも見えなかった。はしごの一段《いちだん》一段に次々と手をかけ、リズミカルにのぼっていく姿は、ちょっとした見ものだった。

お母《かあ》さんは美しかった。まっ黒な髪《かみ》の毛はきっちりとおだんごにまとめあげられ、深紅《しんく》の衣裳《いしょう》は照明《しょうめい》の光を反射《はんしゃ》していた。お母さんは輝《かがや》いていた。

まるで世界が爆発《ばくはつ》したように、今まで聞こえなくなっていた音が一瞬《いっしゅん》にして戻ってきた。ハリウッドはバランスを失ってよろめいた。耳をつんざくような大歓声《だいかんせい》にゆすぶられ、それを、自分の失敗をあざ笑う観客の声だと思いこんだ。ハリウッドははしごから下りたが、はしごの縄《なわ》をつかんで離《はな》さなかった。

そのままの状態《じょうたい》で、ハリウッドはお母さんのほうを見た。お母さんは十年以上ものあいだ、避《さ》けてきた恐怖《きょうふ》や苦痛《くつう》と向きあったのだ。涙《なみだ》がハリウッドのほほを流れた。お母さんはおじいさんのためにやってくれた。わたしのためにやってくれた。そして、家族《かぞく》のためにやってくれた。

わたしたちは家族なんだ！

ハリウッドには家族がいた。お母さんが心からの勇気で空中に出ていき、すべてを元《もと》どおりに戻《もど》してくれるのを見て、ハリウッドははっきりとそれを感じた。これは、家族のような強い絆《きずな》からしか出てこない力だ、と思った。

お母さんが、はしごをのぼりきるとすぐ、少しもためらわずにプラットフォームにあがったので、ハリウッドはハッとした。お母さんは片手でブランコをつかみ、もう一方の手を高くあげた。観客はそのサインを一瞬にして理解《りかい》し、すぐ静かになった。かわりに、今度は耳が聞こえなくなったような沈黙《ちんもく》がおとずれた。息をつく音ひとつ聞こえなかった。

そこで、お母さんはいきなり空中におどりでて、前へうしろへとブランコをこいだ。おじいさんはブランコから逆さにぶらさがって、お母さんを受けとめる体勢《たいせい》になった。二人は、まるで毎日つづけてきたかのように自然にやっていた。お母さんとおじいさんが、完璧《かんぺき》なタイミングを待って、呼吸《こきゅう》を合わせて集中しているのが感じられた。やがて、さあ、今がお母さんが手を放《はな》すときだ、とハリウッドは思った。

するとそのときまさしく、お母さんが手を放《はな》した。お母さんのからだ、腕、目を、ハリウッドは見た。完璧だ。宙に飛びだしたお母さんは、一度、二度、そして三度、と宙返《ちゅうがえ》りしてから、おじいさんに向かって手をのばし、しっかり手と手をつないだ。ゴーッというような歓声《かんせい》が、ホテルの隅《すみ》から隅までを揺《ゆ》るがし、交響曲《こうきょうきょく》のように響《ひび》きわたった。それは、とても荘厳《そうごん》な音で、録音《ろくおん》しておきたいと思うほどだった。なん度も聞きたくなる音だったのだ。それから、別の考えが浮《う》かんだ。

「もちろん、わたしだって空を飛んでみせる」ハリウッドは大声でさけんだ。「でも今日はやめておこう」おじいさんは正しかった。時間が必要だった。練習することはいっぱいある。そして、もう今後はいくらでも練習できるのだ。

今日は飛ばない。でも……とハリウッドははしごを見つめた。「今日は、とにかくのぼるだけのぼってみよう。上までのぼっていって、家族の輪の中に入ろう」そう思いついたら、もうあれこれ考えている暇《ひま》はなかった。ハリウッドは、ゆうべのぼったときと同じ、やみくもな決意《けつい》でのぼりはじめた。どんどんどんどんのぼっていく。観客《かんきゃく》が送る、がんばれがんばれという声が、古いホテルを揺るがした。ワーワー、ヒューヒュー、という音に混《ま》じって、一座《いちざ》のみんなが驚《おどろ》いて悲鳴《ひめい》をあげているのが、ハリウッドの耳に聞こえてきた。

お母《かあ》さんの足どりをまねて、ハリウッドはさっさとはしごをのぼると、一秒たりとてためらわずにプラットフォームにのぼり、下界《げかい》からはるか上の高みにすっくと立った。おじいさんはハリウッドに背中を向けてブランコにすわり、お母さんはハリウッドと向かいあって、おじいさんをまたぐようにして立っていた。下界の音がぼんやりと遠くに聞こえた。やわらかな雲が、下界から三人を守るためにのぼってきて、その雲に包まれたような感じだった。家族の呼吸《こきゅう》の音だけがはっきりと聞こえていた。三人は、ぴったり息が合い、同じ血を持つ、かたく結束《けっそく》した一つのチームになっていた。

ハリウッドは両手でブランコをつかみ、そのまま、ポン、と空中に飛びだした。ハリウッドがブランコの上に乗って、すわる体勢《たいせい》でこぎはじめると、ディベッキオ家《け》の三人はいっしょになって大きく息を吸《す》った。ハリウッドのからだは風を起こし、ヒューヒューという音をたてた。ブランコの振《ふ》れ幅《はば》がいっぱいまでくると、おじいさんやお母さんから、自分を引きよせる力が伝わってくるのをハリウッドは感じた。おじいさんのブランコも、お母さんのブランコも、正確《せいかく》な位置《いち》にこぎだした。自分でも気づかないうちに、少女の顔にほほえみが浮かんだ。ハリウッドは、空中を舞《ま》っている幸せを感じていた。

そこでお母さんの小さな声が聞こえた。「そのままこいでいて」

ハリウッドは言われたとおりにした。ハリウッドがこぎつづけていると、お母さんはうしろ向きに宙返《ちゅうがえ》りして、もう一度おじいさんの手をつかんだ。そして、ブランコが二回揺れたところで、お母さんはもう一度宙に飛びだして、まっすぐハリウッドのほうにやってきた。小さなディベッキオはぬかりなかった。呼吸を落ちつかせ、ブランコをこぐリズムを一定《いってい》に保《たも》った。いちばん高いところまでこいだときに、お母さんがハリウッドのブランコの棒《ぼう》の、ハリウッドがすわっている両脇《りょうわき》の部分をつかんだ。ハリウッドがこぎきって、今にもうしろに脚《あし》を振《ふ》ろうという、絶妙《ぜつみょう》のタイミングをつかんでいた。

「わあ！　ママ、今のよかったよ」とハリウッドはささやいた。

「そのまま、そのまま」お母さんはささやいた。そしてはずみをつけてぐるりと回ると、ハリウッドをまたいで棒の上に立ちあがった。そこで突然《とつぜん》、ハリウッドは、自分たちがどんどん下にさがって、地面に近づいていることに気づいた。おじいさんが滑車《かっしゃ》でゆっくりとロープをおろしていたのだ。観客《かんきゃく》は雷《かみなり》のように拍手《はくしゅ》していた。ハリウッドは地面に着くまでずっと、観客に向かって手を振った。

地面におりると、ハリウッドはふらつく脚《あし》で立った。よろめく寸前《すんぜん》に、お母さんの腕がハリウッドをさっと抱《だ》きあげた。二人が抱きあっているのを見て、観客は総立《そうだ》ちになった。この瞬間《しゅんかん》に、広い広い世界の中のなにもかもが丸くおさまったようにハリウッドは感じた。とにかく、わたしの心配事《しんぱいごと》は消えたんだ。

その一瞬が去ると、もうひとつのことを思いだした。おじいさんがまだブランコの上にいる。ハリウッドはハッとした。終わったらおりることになっているというのに、まだブランコに乗っているなんて。思わずお母さんの顔を見た。ほほえんで娘《むすめ》を見ていたお母さんも、すぐに上を見あげた。

観客の歓声《かんせい》がやんだ。つぶやきや、ささやきが、ざわざわと響《ひび》いた。ロドニフィコはだまっている。ハリウッドはお母さんの腕にしがみついていた。もしおじいさんがおりてこなかったら？

「おじいさんを信じるのよ」お母さんは、おじいさんをじっと見守りながら、そうささやいた。まるでキティ・ディベッキオに号令《ごうれい》をかけられたように、観衆《かんしゅう》はざわめくのをやめて静かになり、全員の目が、はるか上にあるブランコのほうに向けられた。

ロベルト・ディベッキオは、受けとめる体勢《たいせい》をとるときのようにブランコからうしろ向きに滑《すべ》りおちたが、両手で棒《ぼう》を握《にぎ》るかわりに、どんどん高くブランコをこいでいった。とてつもなく高くあがったので、もう天井《てんじょう》についてしまうんじゃないかとハリウッドは思った。ブランコが最高に高くあがったところで、おじいさんはブランコから飛びおりた。空中を舞《ま》いおりながら、ロベルト・ディベッキオは、らせん状《じょう》に二回からだをひねり、そして小さくからだを丸めた。そして一回、二回、三回、と宙返《ちゅうがえ》りをして、完全なフォームでからだを伸ばし、ネットの上にポンと背中からおりた。

それは、ハリウッドが今までに見た中でいちばん美しいものだった。そのままバウンドしてもう一度跳《と》びあがると、今度は足からネットの上におりて、両腕を高々《たかだか》と上げた。観客はわれを忘れて、ドッとわきかえった。ハリウッドの周《まわ》りにパッと人が集まってきた。サーカス一座《いちざ》のみんなだった。みんなはお母さんとハリウッドを取りかこんで、勝利のさけびを上げ、大喜びで飛びはねていた。

もう一度バウンドして、ネットのはじにポンとおりたロベルトは、ネットのはじをしっかりとつかみながら、一回転して地面の上に着地《ちゃくち》した。

一座の輪《わ》がゆるみ、みんなそれぞれロベルトにキスをしに行った。

うれしいような悲《かな》しいような瞬間だった。ショーが終わって、いよいよホテルが閉じるんだな、とハリウッドは思った。でも、ロベルト・ディベッキオは、ついに空からおりてきた。

ショーが終わったあと、騒然《そうぜん》とした押しあいへしあいのまっただなかで、ハリウッドは、ロビーの向こうに立っている小さなおばあさんの姿をみつけた。おばあさんはこっちを見つめて笑顔《えがお》を浮《う》かべている。どうしてあの人に見覚《みおぼ》えがあるんだろう、とハリウッドは目を細くして考えた。それからパッと思いだした。あの人はアグネスだ！

少女は喜んで飛びはねながら、おばあさんに向かって手を振《ふ》った。おばあさんは笑《わら》いながら手を振りかえしてくれた。大勢《おおぜい》の人でごったがえす中を、ハリウッドは人波《ひとなみ》をくぐりぬけ、部屋を横ぎってずんずん進んでいった。

「アグネス！」おばあさんのところまでたどりついて、ハリウッドはさけんだ。「どうしてここにいるの？」

「新聞で写真を見てね、ああ、この女の子はぜったい、飛行機《ひこうき》でわたしの力になってくれたあの勇気ある子だわ、と思ったの！　やっぱりそうだったのね！」

「わたしの写真が新聞に出たの？」ハリウッドはびっくりぎょうてんした。

「あら知らないの！　あなたは大《だい》スターなのよ！　わたし、今日のあなたを見て納得《なっとく》したわ！　飛行機に乗ってるとき、あんなに勇敢《ゆうかん》だったのはあたりまえね……あなたは空飛ぶディベッキオ一家《いっか》の子だったんだから！」

ハリウッドは笑い、アグネスも笑った。二人とも、本当はそれだけではなかったことを思いだしていたのだ。

「今日は長いこと、とってもすばらしいショーをありがとう、ハリウッド・ディベッキオ＝ジェネロさん！」

アグネスはハリウッドのほっぺたにキスをしてから、群集《ぐんしゅう》の中にさっと姿を消した。ハリウッドはアグネスが行くのを見届《みとど》けてから、満《み》ちたりた気持ちで、大混乱《だいこんらん》のまっただなかにだまって立っていた。今だかつてないほど心穏《こころおだ》やかな気分だった。ハリウッドはロビーのまん中の一段高くなった場所に立って、家族《かぞく》のみんながお祝いの言葉を受けているのを見た。みんな幸せそうだった――ザジャとゼナはきつく抱《だ》きあっていたし、ロドニフィコは幸福《こうふく》に浸《ひた》りきって満足《まんぞく》そうだった。ジャックとボーはそれぞれ獰猛《どうもう》な猫を抱いていた。この光景《こうけい》を見ていると、あと数時間で荷物《にもつ》をまとめて出ていかなければならないということを、ほとんど忘れてしまいそうだった。

ハリウッドは一人一人を目で追った。全員のことをよく見ておきたかった。

人々を見渡《みわた》していると、もう一度アグネスが目に入った。アグネスはシドとバートと話していた。

「なんで?!」ハリウッドは大声でさけんだ。「あんなやつらと知りあいなの?!」

ハリウッドはためらいもせず、すぐに一段おりて群集の中に入っていった。はいつくばって、大勢《おおぜい》の人の脚《あし》や家具の脚のあいだをくぐりながら進み、アグネスとバートとシドが立っているすぐ横の、テーブルの下までやってきた。自分の思っていることを伝えるつもりだった。

「そうしなさい、バート、それしかないでしょう！」アグネスの口調《くちょう》を聞いてハリウッドはぎょうてんした。ハリウッドと話したやさしいおばあさんとは全然ちがう人のような口調だったからだ。

「でもアグネスおばさん」バートが哀《あわ》れっぽく鼻を鳴らした。「僕《ぼく》にコンドミニアムを建《た》てればって言ったのはおばさんでしょう！　わかってほしいな！　あんなのはただの老人たちじゃないか！」

アグネスがにらむような目をしたのが、テーブルの下にしゃがんでいるハリウッドにも見えた。まずいことを言っちゃったんだな、とハリウッドは思った。小さかったアグネスが、急におそろしい巨人《きょじん》になったように見えた。

「ちょっと、あなた」アグネスは吐《は》きすてるように言った。「工事の人たちに、月曜日までにこのホテルをタイル一枚一枚まで元《もと》の状態《じょうたい》に戻るように修理《しゅうり》して、それで撤収《てっしゅう》するように言ってちょうだい。もしあなたがそうしなければ、アグネスばあさんは、びた一文《いちもん》お金《かね》を出しませんよ！」

ハリウッドは今聞いた話のどれもが信じられなかった！　アグネスはお金持ちなのだ！　バートは弱虫《よわむし》だ！　ホテルがかえされる！

「それと」アグネスはつづけた。「ここにいるサーカスのみなさんには、希望《きぼう》する人にはみんな、仕事をしてもらえるようにしましょう!!」

ハリウッドは喜んで飛びあがり、テーブルに頭をぶつけた。うれしいさけびにうめき声《ごえ》がまじった。ふと見あげると、アグネスとバートとシドが、かがみこんでハリウッドを見ていた。

「あなたはお金持ちなの？」ハリウッドはたずねた。

「そうよ、とっても」アグネスはそう言って目をぱっちり見開き、そしてウインクをした。

「ホテルを救《すく》ってくれて、みんなに仕事もくれるのね？」

「そう、それで今度のはね、ハリウッドさん」アグネスは声をひそめた。「ふりをしているんじゃないのよ!!」

うれしくなって笑《わら》いながら、ハリウッドは言った。「サーカス・ホテルへようこそ！」

センターリングニュース

サーカス・ホテル公式《こうしき》新聞

ホテルのお客さま（と、欲しい方《かた》どなたでも）に無料進呈《むりょうしんてい》

今日の天気：晴れのち晴れのち晴れ（ここはフロリダだから……）

サーカス・ホテル再開《さいかい》！
オールスターのきらびやかなショーが新時代《しんじだい》をひらく

サラソタ発《はつ》――長いこと待たれていた新生《しんせい》サーカス・ホテルが、今週、豪華《ごうか》できらびやかな全貌《ぜんぼう》を見せた。かつてのサーカス・ホテルを知る人々によれば、今回の改装《かいそう》で当時《とうじ》のすばらしさが完璧《かんぺき》に再現《さいげん》されたとのこと。うれしいニュースである。

前の古いロビーにあった暗がりや、こわれた床板《ゆかいた》などを懐《なつ》かしむ向きもあるかもしれないが、修理後の新しいホテルは、色彩《しきさい》やタイルや壁なども元《もと》どおりになっていて、なかなかの見ものである。タイルの飾《かざ》りのついた優雅《ゆうが》な古い壁に金属《きんぞく》の燭台《しょくだい》が取りつけられ、つやつやに磨《みが》かれた木がろうそくの光を写《うつ》している。装飾的《そうしょくてき》な家具の数々も大手術《だいしゅじゅつ》を受け、布《ぬの》の部分は元どおりの

色や柄《がら》に張《は》り直された。

「すばらしいホテルに生まれ変わりました」インタビューに答えて、デブのルイーザが語った。

「宿帳《やどちょう》が証明《しょうめい》しています。今から一年後まで予約《よやく》で埋《う》まってしまいましたもの！」

成功《せいこう》の秘密《ひみつ》のひとつは、ここの住人《じゅうにん》である一座《いちざ》がレギュラー出演《しゅつえん》するサーカス公演《こうえん》だ。毎晩《まいばん》七時《じ》から三〇分間のショーが行われるのだ。終演後《しゅうえんご》は、サーカスのスターたちもお客さんといっしょになって、コーヒーや甘《あま》いお菓子《かし》を楽しむ。お菓子は有名シェフのチューイーが焼いているものだ。

このような集まりが朝までつづくこともある。団長《だんちょう》のロドニフィコの演説《えんぜつ》があったときには特にそうなりがちだ。昔話《むかしばなし》はつきることがなく、ロドニフィコはたちまちロビーの人気者《にんきもの》になった。しかし、子供たちのあいだでは、ルイーザが人気ナンバーワンだ。パイプオルガンで「猫ふんじゃった」を弾《ひ》かせてくれるのだ！　強い男のティンボも、一度に半ダースもの子供たちを肩の上に乗せることで、その名をあげた。さらに勇気あるお客さんは、ふたごの曲芸師《きょくげいし》ウタとグレタに心ひかれる。しかしふたごは、二人で同時に話す奇妙《きみょう》なしゃべり方《かた》と、二人でからまりあうという信じられないその曲芸《きょくげい》とで、観光客《かんこうきゃく》たちを煙《けむ》に巻《ま》いている。道化《どうけ》のソーリーもファンクラブを持っており、ファンはソーリーを追いかけまわして、ずっこける仕草《しぐさ》をまねしたりしている。現在《げんざい》までのところ、けがなどの事故《じこ》は報告《ほうこく》されていない。そしてもちろん、人気者の皿回し芸人、ゼナとザジャや、獰猛《どうもう》な猫の調教師《ちょうきょうし》、ジャック・デュ・シャもいる。しかし、彼らはあえて目立ちたいと思ってはいないようだ。みんなの注目をひときわ集めているのは、ロベルト・ディベッキオと、その娘《むすめ》のキティだ。空中のスターはロビーでもスターだったのだ！

今すぐご予約《よやく》を！

サーカス・ホテル●リング三つ／星四つ★★★★
（本当《ほんとう》はあと十二個星《スター》があります——サーカスの十二人のスターが！）
——見たこともないすばらしさ。日常《にちじょう》から離《はな》れて、すばらしい一夜《いちや》を！
（ザガット旅行ガイド）
一〇二室《しつ》・豪華《ごうか》スイート十二室・価格《かかく》と空室《あきしつ》状況は電話でおたずねください
ショーは毎晩《まいばん》七時開演《かいえん》

サーカスはサラソタ市《し》の誇《ほこ》り

すばらしいホテルの貢献者《こうけんしゃ》、セント・ロイ

サラソタの有名な慈善家《じぜんか》、アグネス・セント・セント・ロイは、十二人の経験豊富《けいけんほうふ》な（つまり年とった）サーカス芸人たちと、彼らが長いあいだ住んでいた、有名な、古びたサーカス・ホテルに援助《えんじょ》の手を差《さ》しのべた。この古い名所の大規模《だいきぼ》な修復《しゅうふく》ができたのは、もっぱらセント・ロイ基金《ききん》のおかげだ。ロイ女史《じょし》のおかげで、サラソタ市は再び「サーカスのふるさと」を宣言《せんげん》することができる。くわえて、いつもサーカス公演をしている、とてもユニークで楽しいホテルができたことが、サラソタの自慢《じまん》のひとつとなった。しかし、ホテルの改装《かいそう》は、単《たん》にアグネス・セント・ロイのびっくりプレゼントというだけで終わらなかったようだ。ショーのスター、ロベルト・ディベッキオ氏が、セント・ロイ女史《じょし》に一目《ひとめ》ぼれしてしまい、そしてセント・ロイ女史も好意《こうい》を持っている、との噂《うわさ》が流れている。オープニングの日や、その他いろいろな機会《きかい》があるごとに、このカップルが腕を組んで登場《とうじょう》したのが目撃《もくげき》された。

デブのルイーザにスポット

ルイーザはおデブさんとして知られているが、けっしてそれだけの存在《そんざい》ではない。

ルイーザは十三歳のときにこのサーカスに

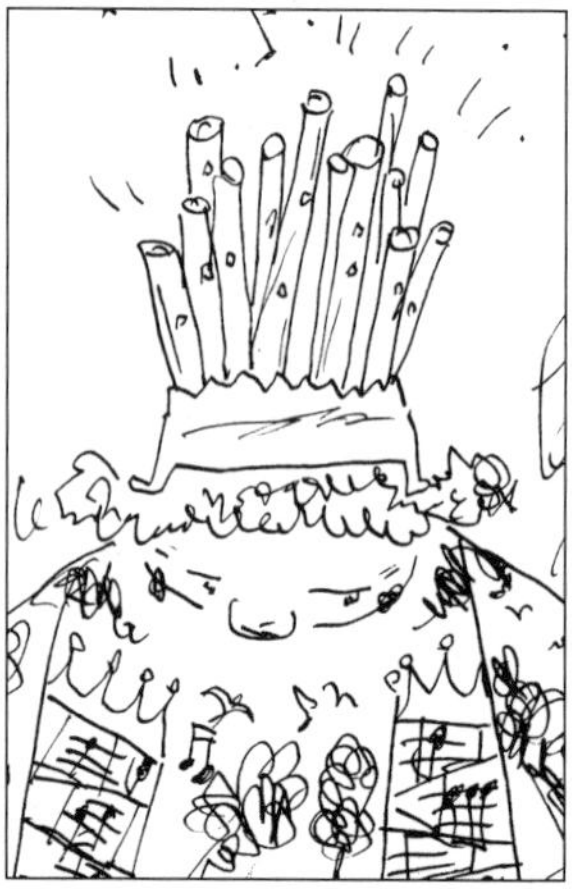

ルイーザ

入った。ルイーザと、弟の「強い男」ティンボは孤児《こじ》になってしまって、そのときちょうど、住んでいた中西部《ちゅうせいぶ》の小さな町にたまたまやってきたサーカスに出会った。まるでハリウッド映画のように、二人はサーカスにくわわり、二度と町には戻らなかった。

「サーカスがわたしの家族《かぞく》なんです」ルイーザはきっぱりと言った。「生まれた家のことはもう覚《おぼ》えてないですもん」

サーカスでの「デブのルイーザ」としての活動《かつどう》に加えて、ショーの中の音楽も担当《たんとう》している。「姉には、オルガンを人間のように歌わせる才能《さいのう》があるんです」とティンボは誇《ほこ》らしげに言った。

また、ルイーザについて一座《いちざ》で言われていることは、他にもいろいろある。ルイーザなしには衣裳《いしょう》が準備《じゅんび》できないし、スケジュール管理《かんり》もできない、図書館の本も期限内《きげんない》にかえせない、などなど。「ルイーザはわれわれのまとめ役です」皆はそう言っている。

昔からある木の上の家は、歴史的な記録《きろく》をきざむ

ボーリガード・C・ウィラモット氏が発見した木の上の家は、一九〇〇年代に作られたま

まの姿をのこしている。専門家によれば、この家の壁は古い落書《らくが》きでびっしり覆《おお》われているという。「これは重要《じゅうよう》な発見です」とサーカス博物館《はくぶつかん》の学芸員《がくげいいん》は語った。

噂《うわさ》(ヒソヒソヒソ……)

脱走《だっそう》した空中ブランコの女王、猫の王様にうっとり
(キティ・ディベッキオ&ジャック・デュ・シャ)

女相続人《おんなそうぞくにん》が、勇敢《ゆうかん》な空飛ぶ老人の腕の中に
(ロベルト・ディベッキオ&アグネス・セント・ロイ)

編集部《へんしゅうぶ》への手紙

前略《ぜんりゃく》
サーカス・ホテルと、そこで働《はたら》く芸人《げいにん》さんたちがどんなにすばらしいか、言葉では言いつくせません。わたしはシカゴに住む負け犬の少女で、親友《しんゆう》がわたしをいちばん必要としているときに、ひどい言葉を浴《あ》びせかけ、そしてその事実《じじつ》から逃げようとしていました。その罪を忘れて心が軽くなったことは一度もないような気がしますが、でもサーカス・ホテルでわたしが過《す》ごしたときは、今までの人生で最高の時間でした。ありがとう。

かしこ
サディ・ロバーツ(負《ま》け犬《いぬ》)

シェフのチューイーより――
今週末のメニュー

木曜日
海老《えび》のクレープ
本日のアスパラガス
アラスカの淡雪《あわゆき》

金曜日
ジャガイモのホットケーキ
マスのホワイトソースがけ
フルーツゼリー・ケーキ《ジェロー・サプライズ》

土曜日
ステーキのフライドポテトぞえ
野菜のグラタン
アイスクリーム・ビュッフェ

編集《へんしゅう》　ハリウッド・ディベッキオ
マネージャー／スポーツ記者　ボーリガード・C・ウィラモット
会計係《かいけいがかり》　ジンジャー

おわり

訳者あとがき――永遠《えいえん》に鳴りやまない拍手《はくしゅ》を！

この本を初めて英語で読んだとき、ハッと息をのみました。きらびやかで、とびきり楽しいサーカスの場面。「臆病者《おくびょうもの》」の女の子が書く、ゆかいな新聞記事《しんぶんきじ》。そして、「勇気を出して何でもやってみよう！」と思わせてくれるすばらしい結末。これはまさしく、子供のころの自分が夢《ゆめ》みていた物語だ、とわたしは思いました。終わりのないお祭りのように楽しく、鳴りやまない拍手が心にひびきわたるようなお話――小学生のころ、そんな本を読んでみたいという気持ちに、なぜかとりつかれたことがあったのです。思いどおりのものがないので、自分で作ってしまおう、と思ったほどの情熱《じょうねつ》でした（そして『動物の運動会』という話を書いてみたのですが、失敗作に終わりました）。大人になった今になって、そのイメージにぴったりの世界が突然《とつぜん》目の前に現《あらわ》れたので、わたしは驚《おどろ》き、熱狂《ねっきょう》しました。そして読みおわった瞬間《しゅんかん》、わたしは、日本の子供たちにこれを紹介《しょうかい》したい、と強く思ったのです。

その願《ねが》いがかなって、この本が生まれました。みなさんが、読みおわった今、「サーカス・ホテルに行ってみたい！」という気分になっているとしたら、訳者としてこんなに嬉《うれ》しいことはありません。

これは架空《かくう》のお話なので、実際《じっさい》にサーカス・ホテルがあるわけではなく、行くこともできないのですが、でも「サーカス」というものは世界中にたくさんあります。今度チャンスがあったら、ぜひ見に行ってみてください。今までに見たことのある人も、この本を読んだあとにはきっと、前よりもいっそう楽しめるでしょう。空中ブランコを見るとディベッキオ一家《いっか》のことを、道化《どうけ》を見るとソーリーを、力もちの大男を見るとティンボを…などと、場面ごとにサーカス・ホテルの一人一人のことを、いきいきと思い浮《う》かべられるでしょうから。

サーカスには、生身《なまみ》の人間が全力で作り出す迫力《はくりょく》があります。危険な演技もあるので、ときには命がけです。だから、ゲームでドキドキするのとはくらべものにならない、本物の興奮《こうふん》がサーカスのテントの中には満ちています。しかも、目の前で実際《じっさい》に演じられるショーというのは、その日そのとき、一回きりで消えてしまいます。公演が何百回と繰《く》りかえされても、人間（と動物）が演じるのですから、寸分《すんぶん》たがわぬ同じショーというのは二度とできません。すべては今日この日限りなのです。考えてみたら、とてもぜいたくなことです。

しかし、残念《ざんねん》ながら現代では、こういうぜいたくがだんだん少なくなっていきつつあります。サーカス・ホテルはもう少しで取りこわされるところで、危うく難《なん》をのがれましたが、世の中では、昔ながらのものや、ぜいたくなほど手間のかかる手作り、田舎《いなか》くさいものなどが嫌《きら》われ、すたれていっています。でも、それでいいのでしょうか？　ぴかぴかのショッピングモールや、ファーストフードも結構《けっこう》ですが、「人間くささ」「田舎くささ」を感じさせるものが町から消えたら、つまらない暮らしになってしまうのではないでしょうか。愛をこめて時間をかけて作りあげたものこそが、結局は心の栄養《えいよう》になるのだと思います（まるでチューイーのおいしい料理のように）。

著者のベッツィー・ハウイーも、もともと「一回きり」の舞台《ぶたい》の世界の人です。といっても、サーカスではなく、演劇《えんげき》——彼女は自分でお芝居を書き、また女優《じょゆう》として舞台にも立っていたのです。彼女の作・出演の『カウガールズ』という、女性ばかりが出演する楽しいミュージカルは、ニューヨークで大ヒットしました。最近のベッツィー・ハウイーは、お芝居の台本を書くより小説やエッセイを書いたり、女優としては舞台よりテレビで活躍《かつやく》したりすることが多いようですが、「ぜいたくな芸術」を大切にしようという彼女の精神《せいしん》はいつも変わりません。

わたしも演劇好きであるせいか、ベッツィー・ハウイーと話が合い、しょっちゅう連絡《れんらく》をとって友達づきあいをするようになりました。この『サーカス・ホテルへようこそ！』が書かれたばかりのときは、わたしにも彼女にも子供がいませんでしたが、今では二人とも一児《いちじ》の母です。どちらの子供も女の子で、誕生日《たんじょうび》はたったの四カ月ちがいなのです。ちなみにベッツィーは、娘《むすめ》のキャリーのことを書いたエッセイ『キャリーズ・トーリー（キャリーにかかる費用）』を今年出版し、全米で話題になっています。日本ではまだ紹介《しょうかい》されていませんが、これもまた、楽しくて温かい魅力的《みりょくてき》な本です。

最後に、この作品を紹介してくださった道下匡子《みちしたきょうこ》さん、素敵《すてき》な絵を描《か》いてくださった小竹信節《こたけのぶたか》さん、そして、この本を見いだし、また助言をくださった早川書房編集部の岩崎誠《いわさきまこと》さんに感謝《かんしゃ》いたします。本当にありがとうございました。

二〇〇二年十二月

目黒　条

早川書房の児童書〈ハリネズミの本箱〉

サーカス・ホテルへようこそ！

二〇〇二年十二月　十　日　初版印刷
二〇〇二年十二月十五日　初版発行

著　者　ベッツィー・ハウイー
訳　者　目黒《めぐろ》　条《じょう》
発行者　早川　浩
発行所　株式会社早川書房
東京都千代田区神田多町二ー二
電話　〇三-三二五二-三一一一（大代表）
振替　〇〇一六〇-三-四七七九九
http://www.hayakawa-online.co.jp
印刷所　株式会社精興社
製本所　大口製本印刷株式会社

乱丁・落丁本は小社制作部宛お送り下さい。
送料小社負担にてお取りかえいたします。

Printed and bound in Japan
ISBN4-15-250006-9　C8097